Peter James

Peter James est né en 1948, à Brighton. Après plusieurs années passées aux États-Unis en tant que scénariste et producteur de cinéma, il est retourné s'installer en Angleterre. Peter James compte parmi les auteurs de romans policiers les plus lus du Royaume-Uni, notamment grâce à son personnage récurrent du commissaire Roy Grace. *Comme une tombe* (Éditions du Panama, 2006), son premier ouvrage le mettant en scène, a reçu le prix Polar international 2006 du Salon de Cognac et le prix Cœur noir 2007. Si son personnage fétiche se retrouve dans la grande majorité de ses ouvrages, il signe avec *Des enfants trop parfaits* (2014) un roman sur les dérives de la science et de la génétique. La plupart de ses romans ont paru chez Fleuve Éditions. En 2016, il a reçu le prestigieux Diamond Dagger Award pour l'ensemble de son œuvre.

Tous les livres de Peter James sont repris chez Pocket.

LA MAISON
DES OUBLIÉS

PETER JAMES

LA MAISON
DES OUBLIÉS

Traduit de l'anglais (Grande-Bretagne)
par Raphaëlle Dedourge

Titre original :
THE HOUSE ON COLD HILL

MIXTE
Papier issu de
sources responsables
FSC® C003309

Pocket, une marque d'Univers Poche,
est un éditeur qui s'engage pour la préservation
de l'environnement et qui utilise du papier fabriqué
à partir de bois provenant de forêts gérées
de manière responsable.

© 2015 Really Scary Books / Peter James
© 2019 Fleuve Éditions, département d'Univers Poche,
pour la traduction en langue française
ISBN : 978-2-266-30855-7
Dépôt légal : février 2020

Pour Linda Buckley,
ma formidable assistante

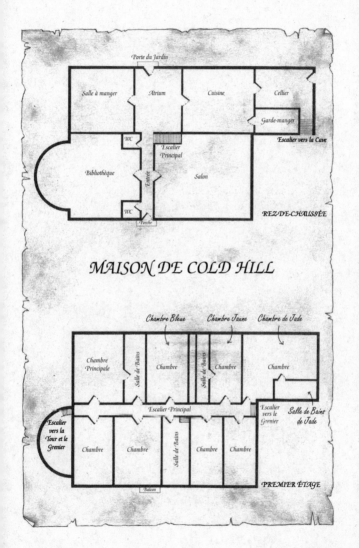

1

— Quand est-ce qu'on arrive ?

Cigare entre les lèvres, Johnny jeta un coup d'œil dans le rétroviseur. Il adorait ses gosses, mais Felix, qui venait d'avoir 8 ans, était parfois pénible.

— C'est la troisième fois que tu demandes en dix minutes, répondit-il d'une voix forte, pour couvrir *Sunny Afternoon*, des Kinks, qui passait à la radio à plein volume.

Retirant son cigare de sa bouche, il se mit à fredonner :

— « *The tax man's taken all my dough and left me in my stately home...* »

— J'ai besoin de faire pipi, annonça Daisy.

— On est bientôt arrivés ? gémit de nouveau Felix.

Johnny échangea un sourire avec Rowena, qui semblait apprécier le confort du siège passager rouge et blanc de la Cadillac Eldorado. Elle avait l'air tellement heureuse que c'en était presque ridicule. Ce monstrueux engin de 1966 n'était, certes, pas adapté aux étroites routes de campagne, mais il l'adorait parce qu'il était aussi flashy que lui, producteur de rock à succès. Leur nouvelle maison était, elle aussi, *too much* à bien des égards, mais sa femme l'adorait autant que lui. Elle se voyait déjà, dans quelques années, en Lady Rowena, à organiser des fêtes somptueuses. Cet endroit dégageait quelque chose de très particulier, mais pour le moment, il avait surtout besoin d'être retapé.

Ils avaient acheté cette maison malgré le rapport du géomètre, qui leur promettait l'apocalypse en vingt-sept pages. Les huisseries étaient pourries, le toit devait être remplacé, certains murs étaient chargés d'humidité, et le sous-sol comme une bonne partie de la charpente étaient infestés de mérule. Rien de rédhibitoire, toutefois, quand l'argent coule à flots, comme c'était le cas pour lui actuellement.

— Dis, Papa, on peut ouvrir le toit ? demanda Felix.

— Il y a trop de vent, mon chéri, répondit Rowena.

Il faisait beau en cette journée de fin octobre, mais le vent soufflait fort et des nuages menaçants s'amoncelaient à l'horizon.

— On arrive dans cinq minutes, voilà le village, annonça Johnny.

Ils dépassèrent un panneau « COLD HILL – RALENTIR » flanqué de deux signaux de limitation de vitesse à 40 km/h, de part et d'autre de la route. La voiture rebondit sur un dos-d'âne. Ils remarquèrent un terrain de cricket sur la gauche et une vieille église normande, perchée au sommet d'une colline, sur la droite. Le cimetière était joli, avec son muret en silex et ses rangées de pierres tombales patinées par le temps, certaines penchées, d'autres cachées par les branches d'un grand if.

— Il y a des gens morts, ici, Maman ? demanda Daisy.

— Oui, ma chérie, c'est un cimetière, répondit-elle en jetant un coup d'œil au muret.

Daisy écrasa son visage contre la vitre.

— C'est là qu'on ira quand on sera mort ?

Leur fille était obsédée par la mort. L'année précédente, alors qu'ils étaient allés pêcher en Irlande, Daisy, 6 ans, avait adoré la visite d'un cimetière où, dans certains tombeaux, les squelettes étaient visibles.

Rowena se retourna.

— Et si on parlait de quelque chose de plus gai ? Tu as hâte de vivre dans notre nouvelle maison ?

Daisy serra son singe en peluche contre elle.

— Peut-être, répondit-elle d'une voix hésitante.

— Peut-être ? C'est tout ? s'étonna Johnny.

Ils passèrent devant une rangée de cottages victoriens, un pub décrépit baptisé « The Crown », un forgeron, un Bed & Breakfast et une épicerie de village. Puis ils s'engagèrent dans une montée bordée de maisons de différentes tailles. Une camionnette blanche arrivait en sens inverse à toute allure, sans freiner. Furieux, Johnny serra le plus possible son énorme voiture à gauche, égratignant la carrosserie contre les broussailles, et le van les frôla.

— Je pense qu'il nous faudra un autre véhicule, plus adapté à notre nouvelle vie à la campagne, fit remarquer Rowena. Quelque chose de plus raisonnable.

— Je n'aime pas être raisonnable, répliqua Johnny.

— Je le sais bien et c'est pour ça que je t'aime, mon chéri ! Mais je ne pourrai plus accompagner les enfants à pied, à la rentrée. Et je ne me vois pas les déposer à l'école avec celle-ci.

Johnny ralentit et mit le clignotant à droite.

— Et voilà ! La famille O'Hare est arrivée !

Face à une boîte aux lettres rouge se trouvaient deux piliers en pierre surmontés d'effrayantes vouivres et un portail en fer forgé rouillé, déjà ouvert. Dans l'ombre d'une immense pancarte « Vendu », posée par l'agence Strutt and Parker, on discernait, fixée à droite, une plaque « MAISON DE COLD HILL ».

Avant de tourner, Johnny attendit de voir, dans le rétroviseur, les camions de déménagement qui les suivaient. Quand il les aperçut au loin, il s'engagea sur le chemin en pente sinueux, plein de nids-de-poule. Les clôtures métalliques, de chaque côté, délimitaient un terrain vallonné, sur lequel paissaient des moutons. Il appartenait à la propriété, mais était loué à un fermier.

Trois cents mètres plus loin, ils prirent un virage serré à droite et passèrent une barrière canadienne. Une fois arrivés sur un plateau recouvert de gravier au sommet de la colline, ils aperçurent la maison.

— C'est elle ? Waouh ! s'exclama Felix.

— Mais c'est un château ! On va vivre dans un château ! renchérit Daisy, tout excitée.

La partie centrale de la maison, style georgien, proportions classiques, était crépie sur trois étages – quatre en comptant le sous-sol – d'un enduit gris délavé par les années. Le porche était surmonté d'un balcon à colonnades. « Comme dans *Roméo et Juliette* », s'était exclamée Rowena la première fois qu'elle l'avait vu. Deux fenêtres à guillotine se trouvaient de part et d'autre, et le toit d'ardoises était agrémenté de deux lucarnes.

Sur la gauche, la maison était curieusement flanquée d'une tour crénelée, avec des fenêtres tout en haut. À droite avait été bâtie une extension sur deux étages, ajoutée un siècle après la construction originale, leur avait précisé l'agent immobilier.

— Qui c'est, là-haut ? demanda Rowena en désignant une fenêtre.

— Où ça ? l'interrogea Johnny.

— Il y a une femme qui nous observe depuis les combles.

— Peut-être que les gens qui font le ménage n'ont pas fini.

Il regarda à travers le pare-brise.

— Je ne vois personne.

La voiture fut secouée par un coup de vent et un courant d'air glacé s'engouffra dans l'habitacle. Tout sourires, Johnny se gara juste devant le porche, tira sur son cigare et déclara dans un nuage de fumée :

— Bienvenue chez nous !

Le ciel s'assombrit soudain et un grondement menaçant, qu'il prit pour un roulement de tonnerre, retentit.

— Mon Dieu, s'écria Rowena en saisissant la poignée de la portière. Allons vite nous réfugier à l'intérieur.

Une ardoise se détacha et glissa du toit, entraînant d'autres tuiles en avalanche. Elles dégringolèrent sur la gouttière rouillée et, dans leur chute, prirent de la vitesse. Aiguisées comme des rasoirs, elles déchirèrent la capote de la Cadillac. L'une d'elles sectionna le bras droit de Rowena et une autre s'enfonça dans le crâne de Johnny, telle une hache dans une bûche.

Rowena et les enfants hurlèrent. Des blocs de béton commencèrent alors à tomber, déchirant le toit de la voiture avant de leur fracasser la tête. Puis un pan de mur entier se détacha et écrasa littéralement la Cadillac, réduisant ses oceupants en une bouillie de chair, de sang et d'os.

Quand les déménageurs arrivèrent quelques minutes plus tard, ils découvrirent un monticule de gravats, d'ardoises et de poutres.

La complainte monotone d'un klaxon couvrait le mugissement du vent.

2

Vendredi 4 septembre

Ollie Harcourt était un éternel optimiste, du genre à voir le verre à moitié plein, convaincu que tout finissait toujours bien. Bel homme, 39 ans, blond, toujours légèrement décoiffé, lunettes arty, il portait un gros gilet de laine, un jean baggy, des boots robustes et une montre de luxe.

De trois ans sa cadette, Caro était tout le contraire. Cheveux bruns, coiffure soignée, elle était habillée d'une veste Barbour flambant neuve, d'un pantalon slim et de bottines en daim noires. Toujours tirée à quatre épingles, elle avait minutieusement choisi une tenue parfaitement adaptée à une journée de septembre humide et venteuse à la campagne. Anxieuse de naissance, et encore plus depuis l'arrivée de Jade, douze ans plus tôt, elle se faisait du souci pour un oui ou pour un non. Quand Ollie pensait « Tout va bien se passer », elle se disait « Le pire est toujours certain ».

Et elle était bien placée pour le savoir. Avocate dans un cabinet de Brighton, elle était spécialisée dans les cessions immobilières. Les gens consultent rarement un avocat quand tout va bien. Elle enchaînait les rendez-vous, appels et e-mails de clients inquiets à propos de leur vente ou de leur acquisition, souvent dans le contexte de divorces houleux et de violentes disputes entre héritiers. Consciencieuse à l'extrême, elle rapportait ses préoccupations chez elle, dans son cœur et dans son attaché-case, le soir et parfois le week-end.

Ollie disait en plaisantant que si l'anxiété était un sport olympique, Caro pourrait représenter la Grande-Bretagne. Elle ne trouvait pas ça drôle, surtout qu'elle était actuellement la seule à gagner de l'argent, dans la mesure où Ollie montait sa propre agence de web-design. Et en ce jour de déménagement, bien qu'enthousiaste, elle était surtout pétrie de doutes. S'étaient-ils engagés dans un projet démesuré ? Citadine dans l'âme, comment s'adapterait-elle à l'isolement ? Jade se plairait-elle ici ? En plus, Ollie conduisait trop vite à son goût. Surtout qu'il pleuvait des cordes et que les essuie-glaces peinaient à chasser l'eau sur le pare-brise.

— C'est limité à quarante, mon chéri ! lui indiqua-t-elle tandis qu'ils approchaient d'un panneau annonçant COLD HILL. Il y a peut-être un radar. Je n'ai pas envie qu'on se fasse arrêter le jour de notre emménagement.

— Je maîtrise ! lança Ollie, insouciant, au moment où la Range Rover décollait légèrement au-dessus d'un dos-d'âne.

— Tu maîtrises rien du tout ! rétorqua Jade en rebondissant sur le siège arrière, retenant tant bien que mal son iPhone et les paniers des deux chats posés à côté d'elle.

18

Ils laissèrent un terrain de cricket sur la gauche, puis une église normande sur la droite, dont le cimetière était recouvert de feuilles mortes. Ils grimpèrent une côte, passèrent devant plusieurs cottages victoriens, dont l'un vendait des œufs de poules élevées en plein air, un vieux pub baptisé « The Crown », un forgeron, un Bed & Breakfast et une épicerie de village. Ils longèrent des maisons de différentes tailles, puis virent un petit cottage sur la gauche et Ollie freina brusquement.

— Papa ! Tu énerves Bombay et Sapphire, protesta Jade, avant de se concentrer sur les photos de son périple vers sa nouvelle maison, qu'elle partageait sur Instagram.

C'était Ollie qui avait, en rigolant, proposé de nommer les chats d'après une marque de gin. Jade et Caro avaient adoré et les noms avaient été adoptés.

À droite, face à une boîte aux lettres rouge en partie cachée par une haie mal taillée, se dressaient deux piliers en pierre surmontés d'effrayantes vouivres et un portail en fer forgé rouillé, déjà ouvert. L'immense pancarte « AGENCE RICHWARDS – VENDU » était en bien meilleur état que les montants et le portail.

Ollie mit son clignotant et s'arrêta, alors qu'un tracteur avec une remorque débordant de paille fonçait vers eux à une vitesse ahurissante, les évitant de justesse. Il s'engagea ensuite sur un chemin sinueux en pente, plein de nids-de-poule, bordé par des clôtures métalliques en piteux état. D'un côté paissait un troupeau de vaches, de l'autre un groupe d'alpagas.

— Papa ! le réprimanda de nouveau Jade, tandis que la voiture faisait des bonds.

Puis elle remarqua les animaux.

— Waouh, c'est quoi, ces trucs ?

— Des lamas, répondit sa mère.

— Je pense que ce sont plutôt des alpagas, intervint Ollie.

— C'est pas plus petit, un alpaga ?

— Ils sont trop mignons !

Jade les observa, puis reporta son attention sur son écran.

Trois cents mètres plus loin, ils passèrent une barrière canadienne et aperçurent la maison. Ollie ralentit. Il avait du mal à croire que c'était désormais la leur. Elle dégageait quelque chose de magique et de mélancolique. Il eut l'impression d'être projeté un siècle en arrière. Il imagina une calèche s'arrêter devant la demeure. Comme dans un roman ou un film romantique, *Rebecca*, par exemple. Il se gara sur le gravier en partie recouvert de mousse, derrière la Golf de Caro, qu'ils avaient laissée après avoir apporté un premier chargement. Il pleuvait des cordes et la Range Rover fut secouée par une bourrasque.

— Bienvenue chez nous ! annonça Ollie.

— Pourquoi elle s'appelle la maison de Cold Hill ? demanda Jade, toujours concentrée sur le texte qu'elle rédigeait sur son iPhone.

— Parce que le village s'appelle Cold Hill, ma chérie, répondit Ollie en détachant sa ceinture.

— Et pourquoi il s'appelle Cold Hill ?

— Sans doute parce qu'il est orienté au nord. Il n'est pas très ensoleillé, et le vent s'y engouffre facilement, suggéra Caro.

Puis elle leva les yeux vers la façade grise récemment restaurée, les fenêtres à guillotine repeintes en blanc et les ancrages en métal, en haut des murs – les quelques parties rénovées –, inquiète du travail qui restait à accomplir.

Elle regrettait de ne pas avoir été plus ferme, la première fois qu'ils avaient visité cet endroit. Mais c'était en plein été. Les champs de blé et de colza étaient magnifiques, l'enclos envahi de fleurs sauvages, les deux hectares de pelouse parfaitement tondus, le lac rempli de nénuphars, et les saules pleureurs, sur la petite île, d'un doré irrésistible en plein soleil. Des douzaines de canards et un couple de foulques peuplaient l'étendue d'eau calme.

À présent, les champs n'étaient plus que boue et chaume. La pelouse n'était pas entretenue et les fenêtres, remplies de lumière quelques mois plus tôt, étaient aujourd'hui sombres et sinistres, comme les yeux d'un poisson mort sur un étal.

Le porche semblait avoir pris vingt ans depuis leur précédente visite. La peinture, fraîche quelques semaines plus tôt, commençait déjà à s'écailler. Le heurtoir en laiton en forme de lion, étincelant la dernière fois, avait désormais des reflets verdâtres. Et l'allée circulaire en gravier était la proie des mauvaises herbes.

Paul Jordan, l'agent immobilier toujours enjoué, leur avait expliqué que la maison était restée inhabitée pendant plus de trente ans, après qu'une partie s'était effondrée. Un promoteur immobilier l'avait rachetée dans l'objectif de la rénover et d'en faire une résidence pour personnes âgées, mais il avait fait faillite lors du dernier crash immobilier, alors que les travaux venaient à peine de commencer. Selon lui, le potentiel était énorme. Il fallait un acquéreur avec une vision.

Et Ollie, qui avait beaucoup de goût – et une vision – avait convaincu Caro. Ils avaient déjà déménagé trois fois en quinze ans, depuis leur mariage, achetant des taudis et les revendant avec une jolie marge, après les avoir retapés. C'était d'ailleurs grâce à ce système, et à la coquette somme qu'Ollie avait touchée en cédant son site de recherche immobilière qu'ils avaient réussi à acquérir ce manoir. Ollie l'avait persuadée qu'ils pourraient doubler la mise en cinq ans, s'ils souhaitaient de nouveau déménager.

— Mon Dieu, je n'arrive pas à croire que nous sommes les heureux propriétaires. Et toi, ma chérie ? lança-t-il en se penchant vers sa femme pour l'embrasser sur la joue.

— Moi non plus. C'est magnifique, mais… dit-elle d'un ton empreint d'anxiété.

De près, elle ne voyait plus que les fissures dans la façade, les traces d'humidité sur le mur de la bibliothèque, la peinture écaillée des fenêtres et l'immensité de la tâche qui les attendait.

— Comment est-ce que je vais faire pour voir mes amis à Brighton ? Phoebe, Olivia, Lara et Ruari ? l'interrompit Jade.

Ruari était son copain. La veille, ils avaient partagé dans les larmes un dernier milk-shake à la framboise et à la mangue au café Drury's, sur Richardson Road, à l'angle de leur ancienne rue.

— Il y a un bus ! s'exclama Ollie.

— Ouais, deux fois par jour, et il part du village, qui est à plus d'un kilomètre.

— On te conduira jusqu'à l'arrêt de bus quand tu voudras.

— Genre… maintenant ?

Dans le rétroviseur, Ollie découvrit la petite Volvo de ses beaux-parents et, derrière eux, le camion de déménagement qui grimpait péniblement la côte.

— On va d'abord s'installer, OK, ma puce ?

— Je veux rentrer à la maison !

— Tu es à la maison.

— On dirait que tout va s'écrouler.

Ollie sourit en se tournant vers son épouse.

— Cet endroit est sublime. On va être très heureux ici. Il faudra juste qu'on s'habitue à notre nouveau mode de vie.

— J'aimais bien mon mode de vie, moi. J'aimais bien Carlisle Road, rétorqua Jade.

Ollie serra la main de Caro. Elle fit de même, puis se tourna vers leur fille.

— On fera en sorte que tu voies tes amis aussi souvent que possible. Et puis tu vas te faire des nouveaux copains et copines ici.

— Comme qui ? Les vaches ? Les lamas ? Les alpagas ?

Caro rit et chiffonna la coiffure de Jade. Celle-ci recula, irritée. Elle détestait qu'on lui touche les cheveux. Caro mourait d'envie de partager l'enthousiasme de Ollie. Elle était déterminée à faire des efforts. Mais, en ce jour pluvieux de septembre, avec l'hiver en ligne de mire, les travaux qu'ils allaient devoir entreprendre semblaient insurmontables. Et elle n'avait jamais vécu sans voisins. Sans bruit. Sans présence humaine.

— Tu adores les animaux, ma puce. Tu as toujours voulu un chien. On pourrait en adopter un.

— Un chien ?

Le visage de Jade s'anima soudain.

— On va vraiment adopter un chien ? Un chiot ?

— Oui, confirma Caro.

— Quand ?

— On pourrait faire le tour des refuges, une fois qu'on sera installés.

Jade sembla emballée.

— Quelle race de chien ?

— On verra ce qu'il y a. Ce serait bien qu'on choisisse un chien abandonné, non ?

— Une boule de poils ? Une grosse boule de poils ? lança Jade.

— Pourquoi pas.

— Et si on prenait un labradoodle ?

— On verra, ma chérie ! répondit Caro en riant.

Ollie sourit. Tout allait bien se passer. Une vie de rêve les attendait dans la maison de leurs rêves. Enfin… Quand les travaux seraient terminés.

Caro ouvrit la portière et une rafale l'emporta. Elle vint cogner contre l'aile si fort que le rétroviseur se brisa en mille morceaux.

— Sept ans de malheur ! s'exclama Jade.

— Heureusement que je ne suis pas superstitieux, répliqua Ollie.

— Maman l'est, dit Jade, désinvolte. Ça y est : on est foutus !

3

Vendredi 4 septembre

— Merde ! s'exclama Ollie en inspectant, sous la pluie battante, la portière endommagée. Va te réfugier sous le porche, dit-il à Caro. Toi aussi, Jade. Je vous ouvre dans une seconde et je décharge la voiture.

— Pas tout de suite, Papa, objecta Jade sans lever les yeux de son portable.

— Je vais t'aider, fit Caro.

Au moment où elle sortit, il passa un bras autour de ses épaules et lui susurra en l'embrassant :

— C'est le début de notre formidable nouvelle aventure.

Caro approuva d'un hochement de tête.

Elle jeta un coup d'œil vers la façade, le porche à colonnades et le balcon à balustres juste au-dessus, qui apportaient une touche supplémentaire de grandeur. Ils avaient quitté une grande maison victorienne en mitoyenneté, assez impressionnante avec sa façade à six fenêtres et ses cinq chambres, mais cette demeure, qui possédait huit chambres – dix en comptant les deux petites dans les combles aménagés –, était gigantesque. Et sublime. Mais il lui faudrait plus qu'une couche de peinture et beaucoup d'amour. Tournant son visage pour se protéger du vent, elle regarda Ollie, qui tentait de claquer la portière. Elle était consciente de ne pas être dans le même état d'esprit que lui.

Ollie était ravi que le jour de leur déménagement soit enfin arrivé. Son enthousiasme avait été contagieux, mais maintenant qu'ils y étaient, qu'ils ne pouvaient plus faire marche arrière, qu'une autre famille s'était installée dans leur ancienne maison, elle était en proie au stress. Et ce, pour plusieurs raisons.

Cette maison était *too much*. Ils étaient d'ailleurs tombés d'accord là-dessus. Beaucoup trop grande. Beaucoup trop chère. Beaucoup trop isolée. Beaucoup trop abîmée. Beaucoup trop éloignée. Des amis, de la famille, des magasins. Elle était loin de tout, en fait. Les travaux allaient être interminables – à commencer par la plomberie et l'électricité. De nombreuses fenêtres étaient pourries et les cordons des guillotines étaient inutilisables. Les combles n'étaient pas isolés et la cave était humide. Ce dont ils allaient devoir s'occuper rapidement.

— Elle est magnifique, mais vous êtes tombés sur la tête, avait déclaré sa mère quand elle avait découvert la demeure.

À peine sorti de la voiture, son père s'était contenté de secouer la tête en fixant la façade.

Pourquoi ?
Pourquoi ?
Pourquoi ?

Pourquoi avait-elle accepté, se demandait à présent Caro.

Ils n'avaient jamais vécu à la campagne. Ils étaient des citadins pur sucre.

— Parfois, il faut savoir être visionnaire, lui avait répété Ollie.

Ses parents, sinistres, contre lesquels il s'était toujours rebellé, passaient leur vie entre les quatre murs d'une maison de retraite intégrée beaucoup trop jeunes. Eux n'avaient jamais fait preuve de témérité. Ils avaient vécu leur vie comme une longue descente vers la mort. Et ils semblaient s'être résignés aux tourments de la vieillesse, comme symbole de leur conception de la vie.

— C'est une épave, mais qu'est-ce qu'elle sera belle, une fois restaurée ! s'était enthousiasmé Ollie.

— Peut-être qu'elle est hantée, avait-elle objecté.

— Je sais que ta mère croit aux fantômes – Dieu la bénisse –, mais ce n'est pas mon cas. Les morts ne me font pas peur, ce sont les vivants que je crains.

Caro avait compris très tôt, bien avant leur mariage, que lorsque Ollie avait une idée en tête, il était impossible de le faire changer d'avis. Il n'était pas bête, il était même doué pour les affaires. Qui plus est, elle avait toujours rêvé, en secret, de vivre la grande vie à la campagne. Lady du manoir de Cold Hill…

Ollie retira son bras et ouvrit la portière arrière de Jade, mais sa fille, penchée sur son iPhone, continuait à alimenter son compte Instagram.

— Sors, ma chérie !

— Une minute, c'est important !

— Dehors ! dit-il en détachant sa ceinture et en attrapant les paniers de transport des chats.

27

Elle le fusilla du regard, mit sa capuche sur la tête, enfonça son téléphone dans une poche et fonça se réfugier sous le porche.

Ollie s'empressa de mettre les chats à l'abri, retourna à la voiture en courant, ouvrit la partie haute et la partie basse du coffre, saisit une valise, puis une autre.

Caro sortit deux des siennes et les tira jusqu'au porche. Ollie posa les bagages et passa en revue la multitude de clés que l'agent leur avait données, en choisit une en espérant que ce soit la bonne, l'enfonça dans la serrure et tourna. La lourde porte s'ouvrit sur un hall d'entrée sombre, tout en longueur, qui ressemblait davantage à un couloir qu'à un vestibule.

Au bout à droite se trouvait l'escalier qui conduisait au premier étage. Au fond, le couloir donnait sur une petite salle lambrissée de chêne comprenant trois portes, qui, selon l'agent, s'appelait un atrium. La porte à gauche s'ouvrait sur la salle à manger, celle de droite sur la cuisine et la troisième sur le jardin. L'agent immobilier leur avait confié que, selon les rumeurs, le chêne des lambris provenait de l'un des navires de l'amiral Nelson, l'*Agamemnon*.

Ollie fut saisi par une forte odeur de cire et une autre, plus citronnée, de produits ménagers. Une entreprise de professionnels avait astiqué pendant deux jours la maison de fond en comble. Et, parce que la propriété était inhabitable en l'état, le notaire du vendeur les avait autorisés à aménager quelques pièces avant la remise officielle des clés.

Jade souleva les paniers des chats et suivit son père, curieuse. Caro entra en dernier. Ollie déposa les deux valises au pied de l'escalier et s'empressa d'aller accueillir ses beaux-parents et les déménageurs. L'un d'eux, baraqué, crâne rasé, tee-shirt Meatloaf et jean délavé, venait de sauter de sa cabine et observait la maison avec admiration. Deux jours plus tôt, alors qu'il mettait en cartons les objets à emporter, il avait confié à Ollie avec fierté qu'il venait tout juste de sortir de prison, sans préciser quelle peine il avait purgée.

— C'est une sacrée baraque que vous avez là, chef ! J'adore la tour.

Protégeant d'une main sa cigarette roulée, sans se soucier de la pluie, il se pencha et ajouta d'un air entendu :

— Vous prévoyez d'y ligoter madame si elle n'est pas sage ?

Ollie sourit.

— En fait, ce sera mon bureau.

— Bonne idée !

Ollie vit la mère de Caro sortir du côté passager de la Volvo, ou plutôt la Ovlov, comme ils aimaient l'appeler pour plaisanter. Avec son anorak à capuche et son pantalon imperméable, Pamela Reilly, solide magistrate de Brighton et Hove, semblait habillée pour une expédition au pôle Nord.

Son mari, Dennis, qui, comme sa fille, était extrêmement anxieux, souffrait d'un début d'Alzheimer. Ancien actuaire chez Lloyds – profession qui lui allait comme un gant –, il avait passé sa vie à calculer les risques et consacrait sa retraite à appliquer ses compétences à toutes les situations du quotidien. Petit, le crâne dégarni, calme et doux, il portait l'un de ses habituels costumes trois-pièces en tweed et une cravate aux couleurs de son club de gentlemen sous un manteau doublé de fourrure, avec un chapeau en astrakan noir, qui lui donnait l'air d'un tout petit oligarque russe.

Vingt minutes plus tard, après avoir fait bouillir de l'eau sur la cuisinière en fonte, bu du thé et du café dans des tasses dépareillées dénichées çà et là, après s'être partagé un paquet de sablés, ils s'étaient organisés pour tout décharger. Caro se plaça au pied de l'escalier, à l'entrée de l'atrium, afin d'indiquer aux déménageurs dans quelle pièce déposer chaque carton. Dennis se mit en haut des marches avec la liste des pièces et des cartons rédigée par Caro, qu'il déchiffrait avec la concentration et l'enthousiasme d'un enfant. Jade libéra les chats dans la cuisine, ferma les portes et s'en alla explorer leur nouveau royaume.

Ollie et Pamela s'étaient postés sous le porche, avec la liste des cartons qui devaient aller dans la maison et ceux qui seraient stockés dans une dépendance, en attendant que les travaux soient terminés.

Le déménageur taillé comme une armoire à glace passa devant eux en souriant avec un énorme carton étiqueté « CHAMBRE 1 (PARENTS) ».

Ollie le raya de la liste. Puis il vit Caro, à l'intérieur, indiquer au déménageur de le monter à l'étage. Au moment où l'homme disparaissait de son champ de vision, Ollie vit une ombre traverser l'atrium, aussi légère qu'un oiseau.

Sa belle-mère se tourna vers lui, les yeux écarquillés, tout sourires.

— Tu as vu ce que j'ai vu ? le pressa-t-elle.

Magistrate extrêmement respectée, Pamela avait toutefois un côté mystique. Au début de leur relation avec Caro, elle avait confié à Ollie que, même si elle n'était pas sûre d'être « voyante » – quelle que soit la signification de ce mot –, elle savait quand quelqu'un allait mourir, parce qu'elle faisait alors un rêve récurrent impliquant un corbeau noir, un lac et une pierre tombale gravée du nom de la personne.

Qu'avait-elle vu ? Caro était déjà suffisamment mal à l'aise à l'idée de s'installer ici, dans cette propriété isolée, sans que sa mère vienne lui mettre de drôles d'idées en tête. C'était bien la dernière chose dont il avait besoin pour leur première journée ici, la première de leur nouvelle vie de rêve.

— Tu l'as vue ? répéta-t-elle.

Il trouva son sourire, qu'il interprétait comme un « Je vous l'avais bien dit », particulièrement irritant.

— Non, assena-t-il. Je n'ai rien vu.

4

Dimanche 6 septembre

En jean, top court et chaussettes, ses longs cheveux blonds retenus par des barrettes, quelques mots griffonnés à l'encre bleue sur la main gauche, Jade était dans sa chambre, dont elle trouvait le papier peint assez ringard. Elle avait passé ce premier week-end à trier ses affaires, parfois aidée de sa mère. Sa chanson préférée, *Uptown Funk* de Bruno Mars et Mark Ronson sortait à plein volume de l'enceinte Sonos posée sur une commode en bois.

En ce dimanche soir, elle n'avait plus envie de déballer. Comme le sol était jonché d'objets divers et variés, Bombay s'était installé sur le duvet en patchwork de son lit en fer forgé. Ce chat de gouttière rayé, qui avait adopté Jade en quelques heures le jour où ils l'avaient ramené d'un refuge, trois ans plus tôt, s'était fait une place confortable au milieu des oreillers, la tête sur Blankie, le doudou gris de Jade, et le nez contre un Minion en peluche. Au-dessus de lui pendouillait Duckie, un vieux canard en peluche dégingandé blanc cassé, avec palmes et bec jaune, qu'elle possédait depuis presque aussi longtemps que Blankie, les pattes enroulées dans l'entrelacs en fer forgé. Un attrape-rêves violet était accroché à l'autre bout de la tête de lit.

Elle devait admettre, à contrecœur, que cette chambre était mieux que la précédente, même si les murs étaient d'un rose douteux. Cinq fois plus grande, elle possédait sa propre salle de bains attenante, avec une immense baignoire et une robinetterie vintage. En se faisant couler un bain moussant, la veille au soir, elle s'était prise pour une reine.

Sur les étagères arrondies de son chevet, elle avait posé quelques-uns des trophées remportés lors de compétitions de tennis et de danse et la photo d'une décapotable américaine rose, avec une planche de surf dépassant de la banquette arrière. À côté se trouvaient sa guitare dans un étui bordeaux et un pupitre sur lequel reposait une méthode pour débutants. Elle avait déjà rangé la plupart de ses livres sur les étagères du mur d'en face. Ses collections de *Hunger Games* et de *Harry Potter* étaient alignées dans l'ordre, tout comme ses bouquins de David Walliams, à part *Ratburger*, posé sur sa table de nuit, plusieurs ouvrages sur l'élevage des chiens, ainsi qu'un manuel qu'elle adorait, intitulé *Mieux comprendre son chat*.

Devant une imposante fenêtre à guillotine, elle avait mis sa coiffeuse en bois, dont le miroir n'avait pas encore été fixé. Elle y avait aussi disposé ses dizaines de crèmes pour le corps, flacons de parfum et produits de beauté pour ados. Sa chaise en plastique orange était posée devant.

Elle se sentait seule. D'habitude, le week-end, à Brighton, elle rendait visite à Phoebe, Olivia ou Lara, ou les invitait à passer chez elle, pour réaliser des vidéos, ou alors elle voyait Ruari. En ce moment, ses parents et ses grands-parents étaient au rez-de-chaussée, occupés à déballer leurs affaires et à tenter de mettre de l'ordre dans la maison, du moins dans les pièces où ils allaient vivre en attendant que les maçons et les décorateurs aient terminé leur travail. Ce qui devait prendre des mois. Ou des années. Bref, une éternité.

La grande fenêtre donnait sur des garages, l'immense jardin, le lac, l'enclos avec, au loin, un paysage vallonné.

Sa mère lui avait dit que l'enclos serait parfait pour le poney dont elle avait toujours rêvé. Cette idée la consolait un peu, même si elle avait maintenant davantage envie d'un labradoodle. Sur Google, elle avait passé du temps à localiser les refuges pour animaux et les éleveurs du coin. Pour le moment, aucun refuge n'avait de chiots, mais un éleveur, à une heure de chez eux, attendait une portée pour bientôt.

Il était bientôt 20 heures. L'un de ses parents n'allait pas tarder à monter lui dire qu'elle n'avait plus droit aux écrans et qu'il faudrait bientôt se coucher. Elle se dirigea vers sa coiffeuse, attrapa son téléphone et regarda, mélancolique, un clip tourné avec Ruari, dont la coupe de cheveux était particulièrement stylée, et qui hochait la tête en dansant, un sourire aux lèvres. Elle décida d'appeler Phoebe avec l'application FaceTime.

Il faisait encore jour dehors, malgré les nuages gris et la pluie, qui n'avait pas cessé du week-end et qui tambourinait contre la fenêtre. *Uptown Funk* passait toujours à fond. C'était un autre avantage de cette nouvelle maison : sa chambre se trouvait au premier étage, au bout du couloir, et elle était entourée de pièces inoccupées, ce qui lui permettait d'écouter de la musique aussi fort qu'elle le souhaitait. Avant, elle devait se résoudre à porter des écouteurs. De toute façon, dans l'immédiat, elle ne savait pas où ils étaient. Sans doute au fond d'un des quatre énormes cartons qu'elle n'avait pas encore ouverts.

Bip, bip, bip.

La connexion échoua.

— Sérieusement ?!

La connexion internet était mauvaise. Son père lui avait promis de trouver une solution le lendemain, mais il avait tellement de mal à gérer les choses pratiques que, le connaissant, il lui faudrait sans doute une semaine. Ils allaient d'ailleurs tous devoir changer d'opérateur téléphonique. Ce n'était pourtant pas comme s'ils vivaient au milieu de nulle part… Ils ne se trouvaient qu'à 15 kilomètres de Brighton, mais, pour elle, ils étaient partis vivre sur la Lune.

Elle essaya de nouveau. La troisième fois, elle vit soudain le visage de Phoebe, avec sa tignasse blonde, envahir l'écran de son téléphone, et une petite fenêtre s'ouvrit dans le coin avec son visage à elle.

Son amie, qui mâchait un chewing-gum, lui sourit :

— Salut, Jade !

La connexion disparut, et Phoebe aussi.

— Je rêve ! s'exclama-t-elle, avant de recomposer le numéro.

Elle réussit à se reconnecter.

— Désolée, Phoebe.

— Ça va ?

— Pas du tout, tu me manques trop !

— Toi aussi, Jade ! Ma mère est folle de rage contre mon père, mais elle préfère s'en prendre à moi. Et toutes les gerbilles se sont échappées. Quelle journée... Mungo s'est enfuie dans le jardin avec ma préférée dans la gueule.

— Elle l'a tuée ?

— Papa l'a enterrée. Enfin, ce qu'il en restait. Je déteste cette chatte !

— Nan ! Et tu as mis les autres à l'abri ?

— Elles étaient toutes sous le canapé, dans le salon, terrifiées. Pourquoi est-ce qu'elles se sont fait la malle, d'abord ? Elles avaient tout ce qui leur fallait, de la nourriture, de l'eau, des jouets...

— Peut-être qu'elles en avaient marre de la pluie et qu'elles voulaient des vacances au soleil...

Phoebe éclata de rire, puis elle s'écria :

— *Uptown Funk* ! Monte le son !

— OK.

— Donne-moi ton avis : j'ai acheté le CD de la nouvelle compil *Now* pour l'anniversaire de Lara.

— Elle utilise encore un lecteur CD ?

Phoebe réfléchit.

— Ben... je pense, non ?

— Nous, je crois qu'on n'en a plus.

— Peu importe. Quand est-ce que tu viens à Brighton ?

— Je dois négocier avec le Comité d'escapade de la maison de Cold Hill. Mais mes parents sont d'accord pour que je fête mon anniversaire ici. Plus que trois semaines ! Et il y aura un photomaton Polaroid !

On choisira chacun la pizza qu'on veut, et mon père ira les chercher.

— Génial, mais c'est dans trois semaines. Je peux pas venir te voir avant ?

— Si. J'ai une chambre gigantesque. Et une baignoire comme tu n'en as jamais vu. On peut presque nager dedans ! Tu pourrais venir passer le week-end, dans quinze jours ? Soirée pyjama samedi soir ? Ruari vient dimanche, c'est sa mère qui l'amène.

— S'il fait beau, on pourra même se baigner dans la piscine, non ?

— Il faudrait d'abord repêcher les grenouilles mortes, puis la remplir et la chauffer. Donc laisse tomber.

— Beurk !

Phoebe fit soudain une drôle de tête.

— Jade, qui c'est, derrière toi ?

— Qui ça ?

— La femme.

— Quelle femme ?

— Celle qui est derrière toi. Tu la vois pas ou quoi ?

Jade se retourna. Il n'y avait personne.

— Quelle femme ? demanda-t-elle de nouveau à son amie.

La connexion s'interrompit.

Agacée, elle rappela.

Elle entendit la connexion se faire et le visage de Phoebe réapparut.

— Qu'est-ce que tu voulais dire, Phoebe ? Quelle femme ?

— Je ne la vois plus, elle n'est plus là. Mais elle était derrière toi.

— Il n'y avait personne.

— Je l'ai vue !

Jade se dirigea vers la porte, l'ouvrit et regarda dans le couloir. Elle leva son téléphone de façon à ce que Phoebe puisse constater par elle-même qu'il était vide, referma derrière elle et retourna s'asseoir dans sa chambre.

— Si quelqu'un était entré, Phoebe, je l'aurais entendu.

— Je te jure que j'ai vu quelqu'un, insista son amie. Je n'invente rien, Jade, promis.

Jade haussa les épaules et sentit un courant d'air. Elle se retourna et fixa l'entrée.

— Qu'est-ce que… qu'est-ce que tu as vu ?

— Une vieille dame en robe bleue. Avec un air super méchant. C'est qui ?

— La seule vieille dame, ici, c'est ma grand-mère. Elle est avec mon grand-père, ils nous aident à tout déballer en bas. Ils sont un peu bizarres tous les deux.

Vingt minutes plus tard, une fois la conversation terminée, Jade descendit. Elle trouva ses parents assis à la grande table de cuisine, entourés de cartons, en train de boire du vin tout en ouvrant les cartes de « Bon déménagement » envoyées par leurs amis et la famille. Sapphire mangeait des croquettes dans une gamelle, près de la gazinière en fonte.

— Coucou, ma chérie. Tu es prête pour demain ? lui demanda sa mère.

— Plus ou moins.

— C'est l'heure de te coucher. Demain, c'est la rentrée dans ta nouvelle école !

Jade fit la moue. Elle repensa à son école de Brighton. Pendant toutes ces années, elle avait adoré être responsable d'un groupe d'une dizaine d'enfants qui s'y rendait chaque jour à pied. Elle adorait retrouver ses amis sur le chemin, les uns après les autres. Demain, ils feraient la route sans elle. Et elle irait à ce foutu collège catholique de Saint-Paul, à Burgess Hill, autant dire au milieu de nulle part.

Et ils n'allaient même pas à l'église régulièrement !

— Où sont papi et mamie ?

— Ils sont partis il y a quelque temps, ma puce, lui répondit sa mère. Papi était très fatigué, ils nous ont demandé de t'embrasser.

— Mamie est montée dans ma chambre.

— Parfait, fit sa mère.

— Mais elle n'a rien dit. Elle est entrée et ressortie sans m'embrasser, ce qui est bizarre, vu qu'elle m'embrasse toujours, d'habitude.

— Tu étais sur ton ordinateur ?

— Je discutais avec Phoebe.

— Peut-être qu'elle ne voulait pas te déranger.

— Peut-être.

Son père leva la tête et fronça les sourcils. Mais préféra ne pas intervenir.

5

Lundi 7 septembre

Ollie accueillit ce lundi matin avec une sorte de soulagement. La pluie avait enfin cessé et un magnifique soleil de fin d'été brillait dans le ciel. Caro était partie travailler à Brighton peu avant 7 h 30. À 8 heures, tout en écoutant les informations de Radio 4, il versait des Cheerios dans le bol de sa fille, qui venait de nourrir les chats et lui préparait son café, comme elle aimait le faire chaque matin, avec la machine Nespresso. Par miracle, elle s'était réveillée tôt. Mais cela ne l'empêchait pas de stresser à l'idée de la déposer en retard à sa nouvelle école. Il avala son muesli, la pressa de monter dans la voiture et vérifia qu'elle avait bien sa ceinture attachée.

Durant tout le trajet, Jade, dans son uniforme, chemisier jaune, veste et jupe plissée noires, garda le silence, nerveuse. Sur Radio Sussex, Neil Pringle parlait avec un artiste local du nom de Tom Homewood de sa dernière exposition.

— Tu es contente d'aller dans ta nouvelle école ?
lui demanda Ollie.

— Lol.

— Qu'est-ce que ça signifie ?

— À ton avis ? Tous mes amis vont à King's
School. Et Saint-Paul, on dirait le nom d'une église !
dit-elle, penchée sur son téléphone.

— Je pense que c'est une chouette école. Tu te
souviens des Bartlett ? Leurs triplés y sont allés et ils
ont adoré.

Ollie regarda le téléphone de sa fille. Elle était de
nouveau sur Instagram.

En haut de l'écran se trouvait son nom, Jade_
Harcourt_x0x0, et, en dessous, une ribambelle de
pouces tournés vers le bas et de visages mécontents.

— Attends de voir, d'accord, ma puce ?

— C'est pas comme si j'avais le choix, dit-elle sans
lever la tête.

Ils roulèrent quelques instants en silence, puis il
demanda à sa fille :

— Ta grand-mère est venue te voir hier soir, mais
elle ne t'a pas parlé ?

— Oui.

— Tu en es sûre ?

Phoebe l'a vue, on était sur FaceTime.

— Et mamie n'a rien dit ?

— Non. Tu crois qu'elle est en colère contre moi ?

— Pourquoi serait-elle en colère contre toi ?

— Phoebe m'a dit qu'elle faisait une drôle de tête.

Le trajet se poursuivit en silence, tandis que Jade
continuait à recevoir et envoyer des messages.

Ollie repensa à la soirée de la veille. Ils s'étaient installés dans la cuisine, Caro, lui et ses beaux-parents. Il avait servi à Dennis un whisky, et à Pamela, qui conduisait, un fond de vin rouge. Quand il les avait raccompagnés jusqu'à la porte, Pamela lui avait demandé de dire au revoir à Jade pour eux. Elle n'était pas montée à l'étage. Aucun doute là-dessus.

6

Lundi 7 septembre

Ollie fut de retour chez lui trente minutes plus tard et se gara à côté de la vieille camionnette des ouvriers, qui étaient là pour résoudre les problèmes d'humidité dans la cave. Il attendit quelques instants dans sa voiture, pour écouter Danny Pike, sur Radio Sussex, demander à un conseiller Vert de Brighton de justifier la création d'une nouvelle ligne de bus, alors que lui-même pensait que c'était absurde. Il aimait depuis toujours le style combatif, mais informatif, de Danny Pike.

En descendant du véhicule, il aperçut un mouvement à sa droite et vit un écureuil gris grimper en haut du grand ginkgo, au centre de la pelouse, devant la maison.

Il suivit des yeux l'animal qu'il trouvait magnifique. Caro, elle, les appelait des « rats grimpeurs ». Elle les détestait. Elle prétendait qu'ils arrachaient l'écorce des arbres, et, après en avoir vus pendant le week-end, lui avait demandé d'acheter un fusil à air comprimé et de les tuer. Il regarda l'animal croquer la noisette qu'il tenait entre ses pattes. Jamais il ne pourrait lui tirer dessus. Ici, il ne voulait se débarrasser d'aucune bête, sauf peut-être les lapins, qui envahissaient le jardin.

Il perçut une odeur de fumier, discrète, mais identifiable. Au loin, il vit un tracteur de la taille d'un jouet sur la colline de Cold Hill, dont il ne pouvait entendre le moteur à cette distance. Il observa les champs, puis la façade de la bâtisse, sans arriver à croire qu'ils vivaient maintenant ici. C'était leur maison et ils espéraient y passer le reste de leur vie.

Toujours incapable de s'orienter convenablement, il sortit son téléphone et prit une série de photos tous azimuts : le porche à colonnades, le balcon au-dessus, les deux fenêtres de chaque côté, les deux étages plus haut...

À l'entrée à gauche se trouvaient des WC, puis la porte de la bibliothèque. À droite, le salon. Un peu plus loin à gauche, il y avait d'autres toilettes, puis le long couloir donnait sur l'atrium, qui desservait, à gauche, une grande salle à manger. Toutes ces pièces étaient hautes de plafond et décorées de moulures. Depuis l'atrium, par la porte de droite, on accédait à la cuisine, puis à l'extension composée d'un cellier, d'un garde-manger et de l'escalier qui permettait d'accéder à la cave voûtée en briques. Une partie de celle-ci abritait une cuisine abandonnée, avec une cuisinière qui n'avait pas été allumée depuis des lustres et appartenait aux anciens quartiers des domestiques. L'autre partie était remplie d'étagères de bouteilles de vin poussiéreuses. Un jour, si leurs finances le permettaient, ils rempliraient ces casiers de bonnes bouteilles, le vin étant l'une des passions qu'ils partageaient.

Vendredi, alors qu'ils commençaient à s'installer, il avait pris des photos de toutes les pièces, très excité. Dieu qu'il aimait cette maison ! Certaines pièces étaient dans un état catastrophique, et le resteraient quelque temps, mais ce n'était pas grave. Tout ce dont ils avaient besoin pour le moment, c'était la cuisine, le séjour, la salle à manger et l'une des chambres d'amis. La leur, dont les murs étaient recouverts d'un vieux papier peint rouge floqué, et celle de Jade étaient dans un état acceptable, étant donné que le promoteur les avait rénovées avant de faire faillite et que quelques travaux avaient été réalisés juste avant qu'ils emménagent. La priorité, actuellement, c'était la mérule, l'électricité et la plomberie.

Fixant le porche et son heurtoir en laiton en forme de lion, il repensa une nouvelle fois à ce moment où, vendredi, alors qu'il se trouvait là avec sa belle-mère, il avait entraperçu une ombre. Celle d'un déménageur, d'un oiseau, d'un écureuil, ou un simple jeu de lumière ?

Il entra, traversa l'atrium et tourna à droite dans la cuisine. Dans le cellier, plus loin, se trouvaient un évier profond, un égouttoir et un étendoir en bois muni d'un système de poulies permettant de le monter et de le descendre. Il y avait aussi une ancienne pompe en fer, fixée au mur, pour tirer l'eau d'un puits censé se trouver sous la maison, mais que personne n'avait encore réussi à localiser.

La porte de la cave, au fond de la pièce, possédait une énorme serrure et une clé gigantesque, comme une porte de prison. Elle était entrouverte. Il descendit l'abrupt escalier de briques pour proposer aux ouvriers de se servir de thé et de café dans la cuisine. Ils lui répondirent qu'ils avaient des thermos et n'avaient besoin de rien.

Il remonta les trois étages jusqu'à son bureau en désordre, situé dans la tour ronde, à l'extrême droite de la maison. C'était un bel espace, six mètres de diamètre sous une belle hauteur de plafond et des panoramas magnifiques sur les collines verdoyantes à perte de vue. Il se fraya un chemin entre les cartons encore fermés et les dossiers empilés à même le sol, contourna un tas de cadres posés près du mur, atteignit le bureau et alluma Radio Sussex. Le présentateur reprochait au directeur de l'hôpital royal du Sussex le temps d'attente inacceptable aux urgences quand son téléphone lui indiqua l'arrivée d'un SMS.

C'était Rob, l'un de ses deux meilleurs amis, qui lui proposait de faire une randonnée en VTT dans la région de Box Hill, dimanche prochain. Il répondit : « Désolé, mec, mais faut que je range la maison avec Caro. Et j'ai deux hectares de pelouse à tondre. Viens plutôt nous rendre visite. » Il envoya le message et reçut cette réponse laconique : « Pauvre type. »

Il sourit. Avec Rob, ils n'avaient pas échangé une seule politesse en quinze ans d'amitié. Il s'assit à son bureau, changea de fréquence pour écouter Radio 4, entra son mot de passe dans son ordinateur, vérifia ses e-mails, au cas où il y aurait quelque chose d'urgent, puis ouvrit ses comptes Twitter et Facebook, conscient de n'avoir rien posté depuis leur déménagement. Il avait l'intention de mettre en ligne les photos des endroits les plus délabrés de la maison sur sa page Instagram, sous forme d'avant/après. Avec Caro, ils avaient envisagé de contacter une émission de télévision réalisant ce genre de rénovation spectaculaire, mais y avaient finalement renoncé pour préserver leur vie privée.

Quoi qu'il en soit, même si sa connexion internet n'était pas terrible, il fallait qu'il termine un travail urgent. Son informaticien, son « Mac Geek », comme il l'appelait en plaisantant, allait venir cet après-midi afin de tout mettre en place, mais il devait se mettre au boulot dès maintenant. Sa mission consistait à moderniser le site d'un nouveau client au titre pompeux : « Charles Cholmondley Classic Motors, fournisseurs d'automobiles pour la noblesse et l'aristocratie depuis 1911 ». Charles Cholmondley, qui vendait des voitures de sport vintage, avait réservé de grands stands coûteux à une foire à Dubaï, qui avait lieu dans un mois, ainsi qu'au Goodwood Festival of Speed dans un an. Il leur fallait remplacer leur site actuel, vieillot et sans intérêt.

S'il faisait du bon travail, le monde des voitures classiques, qu'il affectionnait, s'ouvrirait à lui. Il avait gagné énormément d'argent en créant un site internet immobilier agrémenté d'un moteur de recherche innovant. S'il arrivait à réitérer ce succès, ils n'auraient plus de soucis à se faire financièrement, et pourraient rénover cette maison exactement comme ils en avaient envie.

Ollie avait des doutes sur la probité de Charles Cholmondley Classic Motors, dans la mesure où l'entreprise n'avait que neuf ans. Son propriétaire était un petit homme arrogant d'une cinquantaine d'années. Les deux fois où Ollie l'avait rencontré, Charles Cholmondley portait un costume en lin beige, une lavallière flamboyante, des mocassins à glands et arborait des cheveux argentés permanentés. C'était cette image de lui, entre une Bentley Continental et une Ferrari des années 1950, qu'il avait choisi de mettre en première page de son site.

À titre personnel, Ollie trouvait douteux le message qu'il envoyait, du genre : « Venez donc vous faire rouler dans la farine ! » Il avait subtilement tenté de dissuader Cholmondley de porter une lavallière, mais celui-ci n'avait rien voulu entendre. « Il faut que vous compreniez, monsieur Harcourt, que les gens avec qui je fais affaire sont très riches. Ils aiment interagir avec des personnes de leur milieu et ils considèrent la lavallière comme un signe de distinction. »

Il y avait vraiment quelque chose de louche dans ce personnage, et Ollie se demandait même si c'était son vrai nom. Mais il avait accepté un devis conséquent, ce qui était la seule chose qui l'intéressait. Il avait besoin de cet argent pour leur maison et éventuellement finir de retaper sa Jaguar Type E adorée, qui se languissait dans un garage de Hove, en attendant qu'il ait fait de l'espace dans l'un de ceux de leur propriété. Mais pour le moment, leur budget était exclusivement consacré aux travaux, et son bolide n'était malheureusement pas une priorité.

Quelques instants plus tard, Caro lui téléphona pour savoir si le plombier avait commencé à travailler dans leur salle de bains. Ollie lui répondit qu'il n'avait vu personne.

— Tu pourrais l'appeler ? lui demanda-t-elle. Il était censé s'y mettre à 9 heures, ce matin.

— Je m'en occupe, dit-il en essayant de masquer son irritation.

Caro n'avait jamais compris que, même s'il travaillait à la maison, il bossait aussi dur qu'elle. Il composa le numéro du plombier, laissa un message sur sa boîte vocale et se concentra sur le site de son client.

Il écoutait la radio en continu, soit Radio Sussex, soit Radio 4, et le samedi, après « Saturday Live », il adorait suivre l'émission de football « The Albion Roar », sur Radio Reverb. Quand il n'y avait rien qui l'intéressait, il regardait Latest TV, la chaîne de télévision de Brighton, sur son ordinateur.

Il se mit à surfer sur les sites d'autres revendeurs de voitures de collection, rapidement frustré par la lenteur de sa connexion internet. Il insulta plusieurs fois son ordinateur, et se demanda combien d'heures de sa vie il avait gâchées à attendre qu'un site se charge. À 10 h 30, il descendit se préparer un café.

Il prit l'escalier en colimaçon, emprunta le couloir du premier étage, puis les marches qui menaient au hall, tourna à droite et entra dans l'atrium, qui précédait la cuisine. Il trouva alors Bombay et Sapphire au milieu de la pièce, dos rond, en train de suivre des yeux quelque chose.

Il s'arrêta, curieux. Leurs yeux passaient de gauche à droite et de droite à gauche, de façon absolument synchrone, comme s'ils suivaient un match de tennis. Qu'observaient-ils ? Il s'approcha d'eux, mais ne vit rien.

— Eh, qu'est-ce que vous regardez, les chats ?

Ceux-ci restèrent concentrés sur leur cible mouvante, toujours aux aguets.

— Qu'est-ce que vous regardez ? répéta-t-il en suivant les mouvements de leurs yeux.

Il commençait à trouver leur attitude inquiétante.

Soudain, les deux bêtes hurlèrent de douleur simultanément et prirent la fuite dans le couloir.

Très intrigué, il entra dans l'immense cuisine. Le plafond aux poutres apparentes était bas, il y avait une vieille gazinière bleue à quatre feux, une immense table en chêne pour douze personnes, qui était vendue avec la propriété, un buffet en pin, de nombreuses étagères encastrées en bois et une grande fenêtre avec vue sur les pelouses et le terrain.

Il se fit un café au lait avec la machine Nespresso, retourna vers l'atrium et s'arrêta net.

Des dizaines de minuscules bulles translucides flottaient dans l'air. Elles mesuraient entre un et cinq millimètres et avaient des densités lumineuses différentes. L'espace d'un instant, il pensa à ces organismes vivants observés au microscope lors des cours de biologie. Elles formaient une bande étroite de soixante centimètres de large environ et s'élevaient du sol à hauteur d'homme.

De quoi pouvait-il s'agir ?

Étaient-ce ses lunettes qui difractaient un rayon de soleil sous un angle inhabituel ? Il les enleva puis les remit. Les lumières avaient disparu. Étrange, se dit-il en regardant autour de lui. Il ne les avait quand même pas imaginées, si ? À gauche, se trouvait le long couloir sans fenêtre qui menait à la porte d'entrée. À droite, la petite porte vitrée qui donnait sur la terrasse de derrière. Ses lunettes avaient dû lui jouer un tour, décida-t-il en retournant dans son bureau. Au moment où il se remettait au travail, Caro l'appela de nouveau.

— Ollie, le nouveau frigo est arrivé ?

— Non. L'électricien non plus ni le plombier !

— Tu pourrais les relancer ?

— Oui, ma chérie, dit-il patiemment. Le plombier m'a rappelé. Il arrive dans une heure. J'essaie de localiser les autres ouvriers.

Caro avait à sa disposition deux secrétaires et une assistance juridique. Pourquoi ne leur demandait-elle pas de lui rendre ce genre de services ? songea-t-il, exaspéré.

Il passa les coups de fil et reprit son travail. Peu avant 13 heures, il décida de se préparer un sandwich. Traversant de nouveau l'atrium, il sentit un courant d'air dans la nuque. Il se retourna brutalement. Les fenêtres et la porte du jardin étaient fermées. Puis il vit de minuscules lumières scintiller autour de lui. Elles annonçaient généralement les migraines dont il souffrait de temps en temps. Elles ne ressemblaient pas aux bulles qu'il avait vues plus tôt dans la journée, mais peut-être s'agissait-il des mêmes symptômes. Il n'était pas plus surpris que ça, vu la période de stress qu'il traversait actuellement.

Mais il n'avait pas le temps de tomber malade.

Il se rendit dans le cellier et descendit les marches de la cave. En bas, une radio passait de la musique à plein volume et deux ouvriers déjeunaient en buvant du thé. Le plus grand avait une petite trentaine d'années, et l'autre, petit, était proche de l'âge de la retraite.

— Comment ça se passe ? s'enquit Ollie.

— Il y a beaucoup d'humidité, expliqua le plus âgé en reniflant et en déchirant l'emballage d'un Mars. Il va vous falloir un isolant étanche, sinon les problèmes vont revenir. Je suis surpris que ça n'ait pas été fait avant.

Ollie s'y connaissait très peu en maçonnerie.

— Vous pouvez effectuer ce genre de travaux ?

— On demandera à notre chef de vous envoyer un devis.

— Très bien, merci, autant faire les choses bien. Je vais vous laisser continuer. Plus tard, il faudra que j'aille récupérer ma fille à l'école. Vous comptez partir vers quelle heure ?

— 17 heures, répondit le plus jeune.

— D'accord. Si je ne suis pas là, claquez simplement la porte derrière vous. Vous revenez demain ?

— Pas sûr, dit le plus âgé. On a un chantier en extérieur et si le temps se maintient, le chef voudrait qu'on bosse dessus deux jours. Mais on reviendra avant la fin de la semaine.

Ollie se souvint d'avoir négocié avec leur patron, Bryan Barker, une ristourne à condition de laisser ses ouvriers travailler sur d'autres chantiers en extérieur, si le temps le permettait.

— OK, merci, fit Ollie en remontant dans la cuisine.

Il avala deux comprimés d'antimigraineux et se prépara un sandwich au thon. Il s'installa à la grande table et déjeuna, tout en feuilletant les quotidiens qu'il aimait lire, *L'Argus*, le *Times* et le *Daily Mail*, qu'il avait achetés après avoir déposé Jade à l'école.

Quand il eut fini de manger, il remonta dans son bureau, soulagé de ne pas avoir développé d'autres symptômes. Le médicament faisait son effet. Il regarda quelques instants la photo d'une BMW 1965 blanche négociant à toute allure le virage de Graham Hill du circuit de Brands Hatch. C'était l'une des images du bolide, connu pour ses performances en course, en vente sur le site de Cholmondley.

Quelqu'un sonna à la porte. C'était Chris Webb, son informaticien. Équipé de plusieurs outils et appareils, il était là pour faire en sorte qu'Internet fonctionne correctement chez eux.

Il le fit entrer, content de le voir.

Quelques heures plus tard, après avoir récupéré Jade à l'école et s'être remis au travail, il entendit la Golf de Caro se garer sur le gravier. Jade était dans sa chambre, occupée par une tonne de devoirs, et Chris Webb, arc-bouté sur son Mac, était toujours en train d'installer leur nouvelle ligne. Une tasse de café à la main, une cigarette se consumant dans le cendrier qu'Ollie lui avait trouvé, Chris leva la tête.

— C'est la courbure de la colline, le problème, déclara-t-il.

— La courbure ?

— Il y a des antennes en haut des Downs, mais la colline bloque la réception. La meilleure solution consisterait à démolir cette maison pour la reconstruire plus près du sommet.

Ollie sourit.

— Je vois, mais il va falloir en trouver une autre. Il y a un plan B ?

— J'y travaille.

Ollie descendit en courant pour accueillir sa femme d'un baiser. Après quatorze ans de mariage, il ressentait toujours une pointe d'excitation quand elle rentrait à la maison.

— Comment s'est passée ta journée, ma chérie ?

— Horrible. Le pire lundi de ma vie. Trois clients consécutifs éconduits par leurs vendeurs et un fou à lier.

Elle tenait à la main deux grands sacs en plastique.

— J'ai acheté des torches et des bougies, comme tu l'avais suggéré.

— Super ! Je vais disposer des lampes de poche un peu partout dans la maison. Tu veux un verre de vin ?

— Un grand ! Et toi, raconte-moi ta journée.

— Pas terrible non plus. Une distraction après l'autre, entre les ouvriers, les électriciens et le plombier... Et l'architecte a appelé : notre demande de création d'une nouvelle fenêtre dans la chambre a été refusée parce que le bâtiment est classé.

— Mais seulement en catégorie 2 ! Pourquoi ce refus ?

Ollie haussa les épaules.

— Cette baraque est modifiée depuis deux cent cinquante ans, pourquoi faudrait-il que ce soit interdit aujourd'hui ?

— On peut faire appel.

— Oui, mais ça va nous coûter un bras.

— J'ai vraiment besoin d'un verre.

Ollie précéda Caro dans l'atrium, puis dans la cuisine. Il sortit du frigo une bouteille de rosé de Provence et l'ouvrit.

— Tu veux faire le tour de la propriété avec moi ? La soirée est tellement belle, lui proposa-t-il en la servant.

Elle retira sa veste et la posa sur le dos d'une chaise.

— Volontiers. Comment va Jade ?

— Bien. Toujours un peu grognon, mais j'ai l'impression qu'elle a passé une bonne journée. Ou du moins, que ce n'était pas aussi difficile qu'elle le pensait. Elle fait ses devoirs.

Il ne mentionna pas le fait qu'elle était persuadée que sa grand-mère était venue dans sa chambre la veille au soir.

Caro monta voir leur fille et Ollie sortit les deux verres sur la terrasse de derrière, où ils avaient installé une table et des chaises, avec vue sur la pelouse.

Caro redescendit.

— Mon Dieu, que l'air est doux ! Une fois que la piscine sera nettoyée, on pourra se baigner le soir après le boulot, dès l'année prochaine ! se réjouit-il.

Elle sourit.

— Tu as raison, Jade semble bien vivre ce changement.

— Oui, ce qui est bon signe ! Une société doit venir vendredi pour estimer le coût de la réparation des carreaux endommagés et de la remise en état du système de chauffage de l'eau.

— Parfait. Je n'arrive pas à croire qu'il fasse bon, à 18 h 30 !

Le soleil était encore haut dans le ciel, à l'ouest, au-dessus des champs. Caro serra Ollie dans ses bras et l'embrassa.

— J'étais très anxieuse à propos de notre déménagement. Mais ce soir, quelle joie de quitter Brighton ! Je pense que nous avons pris la bonne décision.

Il sourit, l'enlaça et l'embrassa à son tour.

— Absolument. J'adore vivre ici. Je pense que nous allons être très heureux.

— J'en suis sûre. Ce sera la maison du bonheur !

7

Mardi 8 septembre

Le lendemain marqua le début d'un épisode d'été indien. Vêtu d'un short, d'un tee-shirt et de baskets, Ollie déposa Jade à l'école. Sa première journée s'était bien passée, mais elle était toujours triste d'être séparée de ses anciens amis. Il retourna chez lui, soulagé que les comprimés d'antimigraineux aient fait leur effet. Ce matin, il allait avoir beaucoup de boulot avec le site de son client.

Mais dès qu'il fut assis à son bureau, les distractions reprirent, à commencer par une visite du patron de l'entreprise de bâtiment, Bryan Barker, qui lui exposa une série de nouveaux problèmes révélés par une inspection approfondie, mais d'une façon tellement enjouée que les choses semblèrent moins graves qu'elles ne l'étaient.

Il lui parla de la mérule dans la cave, de l'humidité sous les fenêtres de la façade avant du fait des intempéries, et de la fuite dans la toiture. Il expliqua à Ollie qu'il pouvait tout faire réparer d'un coup, ou petit à petit, mais que la seconde option ne lui ferait pas faire de réelles économies. Pour lui changer les idées, Barker mentionna le vélo hybride qu'il avait vu dans l'une des dépendances, et invita Ollie à les rejoindre, lui et ses copains, lors de leurs balades hebdomadaires à vélo dans la région.

Pendant que l'entrepreneur lui parlait, Ollie voyait défiler devant ses yeux des chiffres avec plusieurs zéros derrière. Puis l'électricien arriva et lui annonça d'autres mauvaises nouvelles. Selon lui, la maison présentait de sérieux risques d'incendie, et il ne serait pas couvert par son assurance si l'électricité n'était pas refaite rapidement.

Le plombier, un Irlandais bavard nommé Michael Maguire, apparut au même moment pour lui communiquer les résultats de son inspection de la veille. La tuyauterie était en plomb, ce qui pouvait, à terme, leur occasionner des dommages cérébraux s'ils continuaient à boire l'eau du robinet sans rien changer. Il lui conseilla de tout remplacer par un système moderne en plastique. Le compte rendu du peintre n'était pas plus réjouissant. Le promoteur immobilier avait embauché un incapable qui, au lieu d'arracher le papier peint, s'était contenté de peindre par-dessus, sans doute pour faire illusion au moment de la vente.

Les voyants étaient déjà au rouge dans l'énorme rapport qu'ils avaient reçu avant de signer. Mais quand les agents immobiliers les avaient informés qu'un autre acquéreur était intéressé, ils avaient réagi dans la précipitation. Ollie avait convaincu Caro que les travaux n'étaient pas urgents et qu'ils pourraient les étaler sur plusieurs années. Cela ne semblait plus être une possibilité. Ils avaient fait un effort financier colossal pour l'achat de la maison et pensaient avoir budgété correctement les rénovations de la première année, or, à présent, après avoir entendu Bryan Barker, Ollie réalisa qu'ils allaient devoir débourser encore plusieurs milliers de livres. Et trouver l'argent, d'une façon ou d'une autre. Ils étaient endettés jusqu'au cou. Pour ne rien arranger, le marché immobilier était en repli depuis qu'ils avaient signé, et s'ils tentaient de revendre la maison maintenant, ce serait une perte phénoménale. Ils n'avaient pas le choix. Il fallait qu'ils prennent leur courage à deux mains.

Et c'est bien ce qu'ils allaient faire !

Au milieu de sa discussion avec le peintre, un voisin arriva pour lui demander s'il souhaitait s'abonner au magazine de la paroisse locale. Ollie accepta. Il était près de midi quand, épuisé, il se pencha sur le site de Charles Cholmondley. Il vérifia d'abord si les pages étaient lisibles sur une tablette et sur un téléphone, puis si tous les liens vers l'adresse e-mail, Twitter, Facebook et Instagram, fonctionnaient correctement.

À 13 h 30, satisfait, il envoya le lien du site test à son client, puis descendit se préparer à manger. Quand il arriva dans l'atrium, il s'arrêta pour regarder autour de lui, au cas où il verrait les mêmes points lumineux que la veille, mais il ne remarqua rien d'autre que de la poussière sur les carreaux de la porte-fenêtre. Pas de migraine à signaler, donc.

Il se fit un sandwich cheddar et pickles, se servit un verre d'eau glacée, et emporta le tout, avec un exemplaire du *Times*, sur la terrasse de derrière. Le soleil brillait si fort qu'il dut rentrer à l'intérieur chercher ses lunettes. On sonna alors à la porte. C'était la livraison de leurs armoires en kit.

Il retourna à son déjeuner dix minutes plus tard. Tout en lisant le journal et en mangeant, il regarda deux canards qui nageaient sur le lac. Il longea ensuite la maison, descendit l'allée et passa le portail, puis décida de marcher jusqu'au village et d'explorer les environs avant de se remettre au boulot.

Tandis qu'il empruntait la route étroite sans trottoir, bordée d'arbres et de haies, en respirant les douces odeurs de la campagne, son téléphone vibra. Il venait de recevoir un e-mail de son nouveau client, Charles Cholmondley, qui lui disait qu'il adorait le site et qu'il reviendrait vers lui plus tard dans la journée, ou le lendemain, avec quelques suggestions. Ollie se sentit soudain incroyablement heureux. Cette maison leur porterait bonheur. Il y avait beaucoup de choses à refaire, mais sa nouvelle activité était sur de bons rails. Tout allait bien se passer !

Alors qu'il passait devant une petite maison victorienne délabrée, dont le jardin était abandonné, il vit un vieil homme avec une chemise trop large pour lui, un pantalon gris et des chaussures de randonnée se diriger vers lui, un bâton à la main et une pipe en bruyère éteinte aux lèvres. Il était sec, avait des cheveux blancs coiffés de façon démodée, avec une houppette de petit garçon, un bouc et la peau tannée, ridée. En le croisant, Ollie lui sourit et le salua d'un « bon après-midi ».

— Bon après-midi, répondit l'homme en roulant les « r », avec un fort accent du Sussex.

Il s'arrêta et retira sa pipe.

— Monsieur Harcourt, n'est-ce pas ?

— Absolument, lui répondit Ollie d'un ton engageant.

— Vous êtes le gentleman qui vient d'acheter la
grande maison ?

— La maison de Cold Hill ?

Le vieil homme s'appuyait sur sa canne pour garder
l'équilibre. Sous ses sourcils blancs broussailleux, ses
yeux humides ressemblaient à des mollusques.

— C'est ça, la maison de Cold Hill. Comment vous
vous entendez avec la Lady ? demanda-t-il en fixant
Ollie d'un regard dur.

— La Lady ? Quelle Lady ?

Le vieillard esquissa un sourire étrange.

— Peut-être qu'elle ne vit plus là.

— De qui voulez-vous parler ?

— Je ne voudrais pas vous effrayer, vous venez tout
juste d'arriver.

— Oh, vous savez, je suis déjà effrayé par les devis
des entrepreneurs !

Il lui tendit la main.

— Ravi de faire votre connaissance. Vous habitez
dans le coin ?

— On peut dire ça comme ça.

Il hocha la tête en grimaçant, sans serrer la main
tendue.

Décontenancé, Ollie la retira.

— La région est très agréable, comparée à Brighton.

L'homme secoua la tête.

— Jamais été à Brighton.

— Jamais ? rétorqua Ollie, surpris.

— Je n'aime pas les grandes villes et je n'aime pas
trop voyager.

Ollie sourit. Brighton était à moins de quinze kilomètres.

— Vous venez de me dire que vous ne vouliez pas m'effrayer. Mais cette Lady, devrais-je en avoir peur ?

Le vieil homme lui jeta un regard pénétrant.

— Ça remonte à plusieurs années, maintenant. Quand j'étais jeune homme, je travaillais pour Sir Henry et Lady Rothberg, les propriétaires – des banquiers. J'étais l'un de leurs jardiniers. Un jour, ils m'ont demandé de m'occuper de la maison pendant qu'ils étaient à l'étranger. Avant, ils avaient des domestiques, mais Sir Henry avait perdu beaucoup d'argent et ils avaient dû s'en séparer.

Il hésita.

— La pièce qu'on appelle l'atrium, elle est toujours là ?

— Lambrissée de chêne, avec deux colonnes ? Juste avant la cuisine ?

— C'était la chapelle, à l'époque où c'était un monastère, avant que la maison telle qu'on la connaît aujourd'hui soit construite.

— Ah bon ? Je ne savais pas qu'il restait quelque chose du monastère.

— Sir Henry et Lady Rothberg s'en servaient de petit salon. La pièce était agréable, en hiver, grâce à la chaleur de la gazinière en fonte de la cuisine, et comme ça, ils n'avaient pas à chauffer le reste de la maison, vu qu'ils n'étaient que deux.

— Ils n'ont pas eu d'enfants ?

— Ils sont tous morts très jeunes.

— Quelle tristesse.

Le vieil homme ne réagit pas.

— Comme ils devaient s'absenter quelques jours, reprit-il, ils m'ont demandé de garder la maison et les chiens. Il y avait deux fauteuils confortables, dans l'atrium. Un dimanche soir, alors que j'écoutais la radio, les deux chiens, dans la cuisine, se sont mis à grogner. Ce n'était pas un grognement normal, c'était vraiment irréel et j'en ai eu la chair de poule. Je n'ai jamais oublié leur grondement. Ils sont entrés dans l'atrium, le poil dressé. Puis soudain, ils se sont mis à aboyer et je l'ai vue.

— Qui ?

— La Lady.

— À quoi ressemblait-elle ? Qu'a-t-elle fait ?

— C'était une vieille dame avec une horrible expression sur le visage, habillée d'une crinoline de soie bleue, ou quelque chose comme ça, avec des chaussures jaunes. Elle est sortie du mur, s'est dirigée vers moi et m'a giflé avec son éventail, si fort que j'en ai gardé une marque sur la joue, puis elle a disparu dans le mur derrière moi.

Ollie frissonna.

— Nom de Dieu ! Que s'est-il passé ensuite ?

— Oh, je n'ai pas fait de vieux os. J'ai pris mes affaires et j'ai déguerpi vite fait. J'ai appelé Sir Rothberg pour lui dire que j'étais désolé, mais que je ne pouvais pas rester une minute de plus dans sa maison.

— Vous a-t-il demandé pourquoi ?

— Oui, et je lui ai dit la vérité.

— Qu'a-t-il répondu ?

— Il n'était pas content, mais il m'a révélé que je n'étais pas le premier à la voir. Je m'en suis rendu compte par moi-même.

— Qu'est-ce que vous voulez dire ?

— Eh bien…

L'homme s'interrompit et secoua la tête en se pinçant les lèvres. Ollie lut de la peur dans son regard.

— Comme je vous disais, ce n'est pas mon rôle de vous faire peur.

Puis il se remit en route.

Ollie accéléra le pas pour le suivre.

— J'aimerais en savoir davantage à propos d'elle.

Le vieil homme secoua la tête. Sans ralentir ni se retourner, il ajouta :

— J'en ai dit assez. Bien assez. À part une dernière chose : la pelleteuse.

— La pelleteuse ?

— Demandez à quelqu'un qu'on vous raconte l'histoire de la pelleteuse.

— Comment vous appelez-vous ? lui cria Ollie.

Le vieil homme ne lui répondit pas.

8

Mardi 8 septembre

Ollie regarda l'étrange personnage poursuivre sa route. Peut-être était-ce son imagination, mais il eut l'impression que le vieil homme accélérait au niveau du portail de la maison de Cold Hill, puis ralentissait après.

Et qu'avait-il voulu dire par « l'histoire de la pelleteuse » ?

Perturbé par cette rencontre, il était déterminé à obtenir d'autres informations de la part de cet homme. Il était sûr que des opportunités se présenteraient. Peut-être retomberait-il sur lui par hasard ou le croiserait-il un soir au pub. Il lui paierait une pinte ou deux et aurait le fin mot de ce mystère.

Il continua à marcher, plus loin qu'il ne l'avait prévu, jusqu'au village, avec l'espoir de rencontrer de nouveau le vieil homme sur le chemin du retour. Il entra dans un petit bazar encombré à l'enseigne délavée, qui disait « Magasin du village de Cold Hill ». L'odeur de pain chaud masquait les légers relents de métal et de moisi que l'on sent parfois dans les quincailleries. Le propriétaire, un homme âgé, et sa femme semblaient déjà le connaître. Les nouveaux propriétaires de la maison de Cold Hill étaient, de toute évidence, une source majeure de bavardages dans le village.

Ollie eut l'agréable surprise de découvrir qu'ils livraient la presse quotidienne. Il passa commande pour tous les journaux et magazines que Caro et lui lisaient : le *Times*, le *Mail*, *L'Argus*, les hebdomadaires *Brighton and Hove Independent* et *Mid-Sussex Times* et les magazines mensuels *Motor Sport*, *Classic Cars* et *Sussex Life*. Il acheta une part de cake au citron fait maison, un pain complet et sortit au soleil.

Il scruta le haut de la colline, en espérant voir le vieil homme. Une toute petite femme dans une Nissan Micra se dirigeait vers lui. Sa tête dépassait à peine du tableau de bord. Une camionnette verte tentait désespérément de la doubler. Alors qu'il remontait la côte, plongé dans ses pensées, il se demanda si le vieillard n'était pas fou. Il n'en avait pas l'impression. La peur dans ses yeux lui avait semblé bien réelle.

Fallait-il qu'il en parle à Caro ?

À quoi cela servirait-il ? Elle allait se faire des idées à propos de quelque chose qui n'était peut-être pas vrai. Il décida que cela attendrait. Ses pensées retournèrent vers le site qu'il était en train de réaliser pour Charles Cholmondley. L'une des voitures les plus chères de la liste, pour laquelle il devait rédiger un descriptif comprenant le recensement des différents propriétaires, était une Rolls-Royce Silver Ghost Canterbury Landaulette de 1924, une berline noire avec des roues à bandes blanches et une capote à l'avant. *Ghost*… Fantôme…

Quelle coïncidence, se dit-il en souriant. En arrivant au niveau du portail, il s'arrêta et attendit quelques instants, regarda une dernière fois vers la colline, au cas où le vieil homme serait sur le chemin du retour, mais il ne vit personne.

Il monta l'allée. En approchant de la maison, il reprit confiance. Il faisait chaud et beau, son tee-shirt était humide de transpiration. Soudain, il observa le soleil, haut dans le ciel, s'arrêta et réfléchit. Il repensa aux bulles de lumière qu'il avait vues dans l'atrium.

Il s'était dit que c'était soit le reflet du soleil à travers la partie vitrée de la porte de derrière, soit les symptômes annonciateurs d'une migraine. L'arrière de la maison était exposé au nord. Même haut dans le ciel, se déplaçant d'est en ouest, le soleil ne pouvait en aucun cas filtrer à travers la porte de derrière.

Les sphères ne pouvaient pas être le reflet du soleil. Ce devait donc être un début de migraine.

9

Dimanche 13 septembre

Chaque année en ce week-end de septembre, Ollie se rendait au célèbre festival automobile Goodwood Revival, son événement préféré. Mais aujourd'hui, au lieu de se promener dans l'enceinte du célèbre circuit, vêtu d'une tenue vintage, d'admirer de sublimes voitures à plusieurs millions, et de suivre les courses avec ses copains, il se tenait devant une piscine vide en tee-shirt, short en Lycra et chaussures de cyclisme, à fixer de bon matin une grenouille morte flottant dans une flaque.

Il y avait déjà eu beaucoup de changements dans leur vie, à la suite de l'acquisition de cette maison, mais un peu plus d'une semaine après le déménagement, il adorait le défi et ne le regrettait pas un seul instant.

— Le petit déjeuner est sur la table, mon chéri ! cria Caro.

— OK, je prends une douche rapide et j'arrive !

Il avait parcouru vingt kilomètres à vélo sur des petites routes de campagne, et se sentait galvanisé, quoiqu'un peu plus fatigué qu'il l'aurait anticipé. Peut-être parce qu'il n'avait pas encore eu une minute à lui ce week-end. La veille, il avait consacré plusieurs heures à aider Caro à déplacer les meubles, déballer leur plus belle vaisselle, accrocher des tableaux, et examiner des échantillons de tissus et de papiers peints, avant de traverser le Sussex pour se rendre au circuit automobile de Goodwood.

Mais ce fut une visite de courte durée, principalement dans le but de voir son client, Charles Cholmondley, et de photographier son stand pour le faire figurer sur son site. Il avait pris le temps de passer sur les autres stands afin de distribuer sa carte de visite. Il allait devoir trouver de nombreux clients pour financer les travaux. Le salaire de Caro couvrirait les mensualités des deux prêts contractés, mais il lui faudrait gagner beaucoup d'argent pour restaurer la maison. Ce n'est qu'après y avoir vécu une semaine qu'il s'était rendu compte de l'ampleur des problèmes. Elle était dans un état encore plus déplorable qu'ils ne l'avaient imaginé, et la piscine n'était qu'un détail. Mais, en dépit de tout, il adorait vivre ici.

La piscine était entourée d'une protection en bois qui s'était effondrée, et les carreaux s'étaient décollés. Le pool house, non loin de là, était tellement délabré qu'il pouvait enfoncer ses doigts dans certaines parties du mur.

Un employé d'une société spécialisée était venu l'inspecter et avait confirmé son diagnostic. La plupart des carreaux qui tenaient encore en place menaçaient de se détacher et les murs étaient sévèrement fissurés. Les systèmes de chauffage et de filtrage, archaïques, n'avaient pas servi depuis des décennies. Tout ou presque devait être remplacé. Les fêtes autour de la piscine, ce n'était pas pour demain. En ce moment, il avait du mal à envisager ne serait-ce que le changement du rétroviseur cassé de la Range Rover.

Il se retourna et observa l'arrière de la maison. Ce côté, plus austère, était très différent de l'élégante façade georgienne. Il y avait une vieille étable en partie convertie en garages, des dépendances et deux remises. La première abritait la tondeuse, la débroussailleuse, la tronçonneuse et d'autres équipements de jardin qu'ils avaient dû acheter, et la seconde des rouleaux de grillage rouillé et du bois de chauffage qui semblait en grande partie infesté de vers.

Il regarda les différentes ouvertures et essaya de se remémorer les pièces correspondantes. Au rez-de-chaussée, c'était assez simple avec les fenêtres de la cuisine et celles du cellier, la porte menant à l'atrium et les deux fenêtres à guillotine de la salle à manger. À l'étage, avec les différents niveaux, c'était une autre histoire.

Vingt minutes plus tard, douché et vêtu d'un jean et d'un tee-shirt propre, il avala un bol de céréales et de fruits, jeta un coup d'œil aux journaux du dimanche, puis aida Caro à mettre la table. Une amie à elle devait passer voir la maison ce matin, puis ses beaux-parents venaient déjeuner.

— Essaie de réveiller Jade, lui demanda-t-elle. J'ai déjà tenté deux fois.

Malgré le fait qu'il l'avait conduite à Brighton la veille pour qu'elle puisse rester jusqu'à 22 heures avec Phoebe, elle s'était mise en rogne dans la voiture, sur le chemin du retour, parce qu'elle allait devoir déjeuner avec ceux qu'elle appelait « les vieux », au lieu de retourner à Brighton et de passer le dimanche avec son copain Ruari et deux de ses meilleures amies, Olivia et Lara.

Ollie entra dans sa chambre, ouvrit les rideaux et retira la couette. Bombay dormait en boule contre elle.

— Papa ! protesta-t-elle.

— Ta mère a besoin d'un coup de main. Debout !

Le chat lui jeta un regard méfiant. Toujours allongée, en pyjama, Jade dévisagea son père de ses grands yeux bleus.

— Tu étais sérieux quand tu m'as dit qu'on allait adopter un chien ? Un labradoodle ?

— Absolument, ma chérie. Je pense que ce serait une très bonne idée !

— Olivia va avoir un schnauzer la semaine prochaine. Et devine ce que j'ai trouvé : un éleveur, à Cowfold, qui attend une portée de labradoodles pour dans un mois ! s'exclama-t-elle.

— OK, on ira les voir quand ils seront nés.

Jade se réjouit.

— Génial ! Promis ?

— Promis ! Mais c'est toi qui t'occuperas de lui, on est d'accord ?

— Bien sûr ! Et on pourra avoir un alpaga aussi ?

— On va commencer par un chien, il y a assez d'alpagas comme ça dans le champ !

— Ça marche.

Ollie monta dans son bureau pour une dernière révision du site de Charles Cholmondley – il s'était engagé, la veille, à lui envoyer une version test corrigée d'ici le milieu de la semaine.

Alors qu'il travaillait à son ordinateur, des odeurs très agréables de rosbif commencèrent à parvenir à ses narines. Deux heures plus tard, à 12 h 30, il entendit une voiture approcher et regarda par la fenêtre. Ses beaux-parents garaient leur Volvo bordeaux à côté de sa Range Rover et de la Golf de Caro. Quelques instants après, on sonna à la porte.

En général, il attendait que Caro l'appelle, mais aujourd'hui, il était en mission. Il se déconnecta, descendit les marches quatre à quatre et arriva juste à temps pour accueillir le gentil couple d'excentriques et les inviter dans le salon.

Son beau-père, Dennis, arborait un costume trois-pièces en tweed, comme à son habitude. Seule concession à la vague de chaleur, le dernier bouton de sa chemise en flanelle était défait et sa traditionnelle cravate avait laissé la place à un foulard motif cachemire. Sa belle-mère, Pamela, portait un chemisier blanc en dentelle, une espèce de jupe fleurie et des Crocs roses.

— Donc elle est toujours debout ! plaisanta Dennis en regardant autour de lui. Et vous avez décidé de l'acheter, c'est ça ?

— Ils l'ont achetée, Dennis. On les a aidés à déménager la semaine dernière, lui rappela sa femme.

Dennis fronça les sourcils, décontenancé.

— Si tu le dis, ma chère.

— Vous avez métamorphosé cette pièce, s'enthousiasma Pamela. Quelle différence !

— Ça prend forme, n'est-ce pas ? dit Caro.

— Gin tonic, Pamela ?

— Juste du tonic, merci.

— Un apéritif avant le repas ? proposa-t-il à son beau-père.

— Joli marbre, constata le vieil homme en observant la cheminée. Néo-classique de style Adam, je dirais. Faites attention que les vendeurs ne l'enlèvent pas, si vous décidez d'acheter. Je pense que vous pourriez la revendre à bon prix dans le quartier des antiquaires.

Puis il leva les yeux vers le plafond.

— Vilaine tache d'humidité, là-haut. Avant de faire une offre, je ferais passer un expert, si j'étais vous. Oh, oui, un xérès, volontiers. Merci, Ollie. Voulez-vous vous joindre à moi, dans le jardin, pour fumer un peu avant le déjeuner ? demanda-t-il à son beau-fils en sortant de sa poche intérieure un étui à cigares.

— En fait, on pensait déjeuner dehors, Dennis. Je fumerai volontiers un cigare plus tard.

— Il y a de l'ombre ? demanda Pamela, dubitative.

— Oui, on a acheté de grands parasols, hier.

Ollie les invita à traverser l'atrium jusqu'à la terrasse de derrière. Son beau-père alluma un cigare et lui retourna dans la cuisine préparer les apéritifs.

Quand il revint, Dennis se promenait sur la pelouse en direction du lac, en tirant sur son cigare. Pamela était assise à l'ombre de deux immenses parasols, mal à l'aise avec cette chaleur. Ollie posa son tonic sur la table et s'installa à côté d'elle, une bouteille de bière glacée à la main. Il regarda autour de lui pour vérifier que ni Caro ni Dennis ne pouvaient les entendre.

— Pamela, vendredi dernier, le jour où on a emménagé, alors qu'on se trouvait tous les deux sous le porche, vous avez vu quelque chose, n'est-ce pas ?

Elle leva son verre.

— Tchin !

Il trinqua avec le goulot de la bouteille.

— Tchin !

Elle esquissa un sourire évasif et but une gorgée.

— Qu'avez-vous vu ? insista-t-il.

— Je pensais que vous l'aviez vue aussi, répondit-elle.

Ollie remarqua du coin de l'œil que Dennis se dirigeait vers eux.

— Chéri, cria Caro depuis l'encadrement de la porte, va chercher Jade, s'il te plaît.

— Dans une minute !

— Non, maintenant, sinon le rôti sera trop cuit ! Dis-lui que si elle veut qu'on l'emmène à Brighton cet après-midi pour voir Ruari, il faut qu'elle ait la politesse de déjeuner avec nous.

Caro rentra dans la maison.

Il se tourna vers sa belle-mère.

— Tout ce que j'ai vu, c'est une ombre dans l'atrium.

— Une ombre ?

— Je pensais l'avoir imaginée. Je me suis dit que c'était peut-être un oiseau. Qu'avez-vous vu, vous ?

— Voulez-vous vraiment savoir, Ollie ?

— Oui.

— En êtes-vous sûr ?

— Oui, j'en suis sûr. Je ne voulais pas effrayer Caro le jour de notre arrivée, c'est pour ça que j'en ai fait abstraction, mais maintenant, il faut vraiment que je sache.

Elle hocha la tête, fixa le fond de son verre d'un regard perçant et joua avec une pulpe de citron en suspension parmi les minuscules bulles.

— Je pensais vraiment que vous l'aviez vue aussi, finit-elle par lâcher.

Il répondit par la négative. Dennis n'était plus qu'à quelques mètres d'eux.

— Dites-moi, je vous en prie, c'est vraiment important.

— J'ai vu une vieille dame en robe bleue. Elle est sortie du mur de gauche, a glissé à travers la pièce et a disparu dans le mur de droite, déclara-t-elle en le dévisageant, énigmatique.

Il était abasourdi.

— Allez-vous le dire à Caro ? lui demanda-t-elle.

— Vous avez beaucoup d'algues dans le lac, dit Dennis en débarquant dans la conversation. Vous devriez penser à acheter des carpes chinoises.

— Des carpes chinoises ?

— Elles sont herbivores. Ce sera peut-être la solution, suggéra-t-il avant de poser son verre vide sur la table et son cigare dans le cendrier qu'Ollie avait apporté.

— Ce n'est pas notre priorité. Il faut qu'on rénove la maison avant de commencer à dépenser de l'argent pour l'extérieur, répondit Ollie.

Puis il échangea avec sa belle-mère un signe de connivence, pour signifier qu'ils continueraient cette discussion plus tard.

Dennis regarda soudain autour de lui d'un air perdu.

— Je vous ressers ? lui proposa Ollie.

— Pardon ?

— Une goutte de xérès ?

— Ah, non, merci. Je vais attendre le repas, je prendrai un verre de vin avec le menu. Vous avez réservé quelque part ?

— On déjeune ici, lui répéta Pamela, légèrement agacée.

— Vraiment ? C'est sacrément gentil de leur part. Ils doivent être pressés de vendre !

Il regarda de nouveau autour de lui.

— Et on peut utiliser le petit coin ?

— À gauche après la porte.

— Sacrément gentil de leur part !

Quand le vieil homme eut passé la porte, Ollie se pencha vers Pamela :

— Qu'en pensez-vous ? Dois-je en parler à Caro ?

— Elle ne l'a pas vue ?

— Non. Du moins, elle ne m'en a pas parlé, dit-il en avalant une gorgée de bière.

— Et vous avez vu autre chose depuis ?

Ollie hésita.

— Non.

— Il est possible que vous ne la revoyiez plus jamais. Mais je pense que ce serait bien que vous vous renseigniez sur l'identité et la vie de cette femme.

— J'ai déjà fait quelques recherches sur Internet à propos de la maison et du village, mais je n'ai rien trouvé pour le moment. J'irais peut-être à la mairie.

— Vous feriez mieux de discuter avec les personnes âgées du coin. Certaines familles vivent certainement ici depuis des générations.

Il repensa au vieil homme croisé sur la route. Il se rendrait le lendemain au village pour essayer de le retrouver, décida-t-il.

Quelques minutes plus tard, Dennis revint.

— Elle a pas l'air commode, la gouvernante, maugréa-t-il.

— Quelle gouvernante ? demanda Ollie.

— J'imagine que c'est une employée de maison. Une dame avec une robe démodée. Je lui ai dit bonjour, mais elle m'a ignoré.

10

Dimanche 13 septembre

— C'est bientôt ton anniversaire, dit Caro pendant une pause publicitaire. Tu te fais vieux !

— Ne m'en parle pas !

— Quarante ans, mais tu t'en sors plutôt bien.

Il sourit.

— On n'a encore rien prévu, souligna-t-elle.

— Je me disais qu'on pourrait faire quelque chose de raisonnable, en attendant d'être installés. Ensuite, on organisera une grosse fête, si on en a les moyens. Allons dîner avec quelques amis. Martin et Judith ? Les Hodges ? Iain et Georgie ?

Ils étaient nus au lit, des journaux éparpillés sur la couette et au sol. *Downton Abbey*, qu'ils avaient enregistré, passait à la télévision. Caro ne ratait jamais un épisode. Ollie, lui, jetait un coup d'œil de temps en temps, tout en lisant la presse dominicale. Les fenêtres étaient grandes ouvertes. C'était une nuit douce, chaude. Presque trop pour se mettre sous une couette.

— Tu m'as semblé très distrait, aujourd'hui, dit-elle.

— Désolé, ma chérie, j'ai beaucoup de choses en tête.

Les yeux rivés au plafond, il fixait une grosse tache d'humidité marron. Toujours recouverts d'un vieux papier peint, les murs n'étaient pas prêts à être repeints avec les nouvelles couleurs que Caro et lui avaient choisies. Pour le parquet, ils avaient décidé de le faire poncer et vernir, puis de le recouvrir de tapis. Il regarda les vieux radiateurs qui, selon le plombier, pourraient être revendus à bon prix chez un antiquaire spécialisé. La cheminée en marbre était fissurée, la serrure de la porte rouillée, et les rideaux beiges, flambant neufs, ne faisaient qu'accentuer la vétusté de la pièce.

La maison était chaude pour le moment, mais dans un mois, avec les intempéries d'octobre, ce serait une autre histoire. Les températures commenceraient à chuter dans une semaine environ. Le chauffage n'était pas vraiment en état de fonctionner, mais, pour changer entièrement le système, ils devraient tout couper pendant une semaine, d'après le plombier. Ils avaient validé l'installation d'une nouvelle chaudière et le remplacement de toutes les canalisations. L'entrepreneur leur avait promis que cela serait fait avant la fin septembre. Dans le cas contraire, ils seraient bien embêtés.

— Tu veux dire, le site internet de Charles Cholmondley ? Comment on prononce son nom ?

— Chumley. Oui, en partie.

— Tu as fait du super boulot.

— Je pense que mon client est content.

— J'en suis persuadée, tu as bien bossé, surtout avec tout ce que tu as dû gérer cette semaine ! Je voulais aussi te demander : tu as pensé à mettre un mot sur le tableau d'affichage de l'épicerie du village, pour signaler qu'on cherche une femme de ménage ?

— Oui. Ron, qui tient la boutique avec sa femme Madge, m'a dit qu'il connaissait deux personnes susceptibles d'être intéressées.

— Tu appelles les gens du village par leur prénom au bout d'une semaine seulement ? fit-elle en souriant.

— Ils sont adorables. Lui c'est un ancien comptable et elle était institutrice. Leur magasin, c'est leur passion, ils gagnent à peine leur vie avec.

— C'est bien qu'il y ait des gens comme ça sur terre. Et je suis contente de savoir que tu as déjà fait connaissance. On devrait aller au pub, un jour. On demandera s'ils font à déjeuner le dimanche. Il faudra qu'on essaye de s'intégrer dans la communauté, peut-être qu'il y a des filles de l'âge de Jade, avec qui elle pourrait se lier d'amitié.

— Absolument. Et peut-être que tu pourrais participer aux ateliers confiture, plaisanta-t-il.

— Il y en a un ?

— J'ai vu une annonce au magasin.

Il s'interrompit. Il n'avait toujours pas parlé de la vieille dame à Caro. Fort heureusement, son beau-père n'avait pas mentionné sa rencontre pendant le déjeuner. À un moment ou un autre, il devrait en parler à sa femme. Avec un peu de chance, il retrouverait le vieil homme étrange et lui soutirerait d'autres informations à propos de cette apparition. Si ses deux beaux-parents l'avaient vue, si lui avait aperçu quelque chose, d'autres devaient avoir fait la même expérience. Il s'agissait sans doute de quelqu'un qui avait vécu là dans le passé. L'agent immobilier était-il au courant ?

D'un point de vue légal, était-ce quelque chose qu'il aurait dû leur révéler ?

Et s'ils avaient été au courant, auraient-ils agi différemment ? Auraient-ils acheté la maison en sachant qu'il y avait un fantôme ?

Si tant est que l'on puisse définir le mot fantôme…

Il n'était pas effrayé à l'idée de vivre dans une maison hantée, plutôt intrigué. Mais Caro n'aurait jamais accepté, si elle avait su.

Il se pencha sur le journal et découvrit le titre d'un article qui semblait avoir été écrit pour lui :

LES FANTÔMES EXISTENT-ILS ?

La coïncidence le fit sourire. Mais avant qu'il ait commencé sa lecture, Caro se mit à tracer une ligne imaginaire de son doigt vers son nombril, et en deçà, tout en s'approchant de son oreille.

— On vit ici depuis une semaine, on n'a pas encore eu de tête-à-tête et on n'a rien fait de coquin. Ça fait beaucoup trop longtemps.

— Beaucoup trop longtemps, répéta-t-il, soudain très excité.

Ils s'étaient promis, le jour de leurs fiançailles, de ne jamais devenir comme ces couples qui n'entretiennent pas la flamme. Ils avaient donc décidé de se réserver une soirée en amoureux par semaine, et ils s'y étaient tenus, sauf autour de la naissance de Jade. Ils avaient alors traversé une période très difficile – Caro avait failli mourir et était devenue stérile.

De sa main libre, elle éteignit la télévision, posa la télécommande sur son chevet et jeta les journaux par terre. Tandis qu'elle descendait sa main gauche de plus en plus bas, il grimaça de plaisir et laissa échapper un soupir quand elle referma ses doigts autour de son sexe.

Il s'éloigna d'elle quelques instants pour éteindre le plafonnier et ne laisser que la lampe de sa table de nuit allumée, puis se tourna vers elle et lui murmura :

— Je t'aime.

Elle le dévisagea d'un air énigmatique et, en guise de réponse, l'embrassa.

Quelques minutes plus tard, allongé au-dessus d'elle, en elle, Ollie eut soudain l'impression d'être observé. Déconcentré, il tourna brusquement la tête vers la porte. Elle était fermée. Il n'y avait personne.

— Qu'est-ce qu'il y a ? murmura-t-elle.

— Désolé, j'ai cru… j'ai cru entendre Jade approcher.

Il l'embrassa et la serra de toutes ses forces contre lui, joue contre joue.

— Je t'aime tellement, lui dit-il.

— Moi aussi.

Après l'amour, Ollie s'endormit en quelques minutes. Il se réveilla un peu plus tard d'un cauchemar, trempé de sueur, sans plus savoir où il était. Dans une chambre d'hôtel ? Dans leur ancienne maison, à Brighton ? La lueur verte du radio réveil éclairait légèrement la pièce. Il vit l'horloge passer de 2 h 47 à 2 h 48. Dehors, une chouette hulula.

Des fragments de son rêve lui revinrent. La vieille dame en robe bleue le pourchassant dans les couloirs de la maison, apparaissant face à lui, le forçant à faire demi-tour… Il se revit courir dans une pièce minuscule, réaliser qu'il était piégé, se retourner et voir le vieil homme à la pipe le fixer d'un air menaçant.

Il remua un peu pour essayer de se débarrasser de son rêve et tendit la main dans l'obscurité pour prendre le verre d'eau qu'il conservait près du lit. Caro dormait profondément, sur le ventre, ses bras autour de l'oreiller, comme autour d'un radeau de sauvetage. Elle dormait toujours profondément, même pendant les orages. À ce moment précis, il aurait aimé dormir comme elle, se dit-il en écoutant sa respiration régulière et le bruit des petites bulles de salive à ses lèvres.

Il but une gorgée et reposa le verre. Soudain, un courant d'air froid le saisit. Il entendit la porte s'ouvrir. Quelqu'un, ou quelque chose entrait dans leur chambre. Il retint son souffle. Une silhouette sombre avança et s'arrêta au pied de leur lit. La forme immobile le fixait. Il eut la chair de poule, ses poils se dressèrent. Était-ce un cambrioleur ? Quelle arme pouvait-il utiliser ? Le verre ? La lampe de chevet ? Son téléphone ? La torche de son téléphone. Il pouvait peut-être l'allumer…

Lentement, en faisant le moins de bruit possible, il tendit la main vers son appareil.

Puis il entendit Jade dire, du bout du lit, d'une voix paniquée :

— Il y a quelqu'un dans ma chambre !

11

Lundi 14 septembre

Comme chaque matin, le radio-réveil sonna à 6 h 20. Comme chaque matin, Ollie roula sur le côté et appuya sur un bouton afin qu'il réitère dix minutes plus tard.

Caro, qui avait bien dormi malgré un réveil au milieu de la nuit pour recoucher Jade après son cauchemar, se leva d'un seul coup, en pensant à la journée qui l'attendait au bureau. Elle embrassa Ollie sur la joue, se dirigea vers la salle de bains et alluma la vieille douche électrique.

Elle attendit que l'eau chauffe, puis entra dans la cabine de douche, heureuse de sentir le jet d'eau chaude la réveiller un peu plus chaque seconde. Elle attrapa la bouteille de shampooing, en versa une petite quantité dans la paume de sa main et se frictionna la tête.

Puis elle sentit une désagréable odeur de plastique brûlé.

L'eau s'arrêta de couler.

Elle entendit un crépitement.

Elle ouvrit les yeux, malgré le shampooing qui avait coulé, et découvrit, horrifiée, que le boîtier électrique avait pris feu.

— Ollie ! hurla-t-elle en sortant de la cabine, fixant, tel un lapin pris dans les phares, les flammes qui commençaient à mourir.

Une fumée noire, âcre, se dégageait désormais du boîtier.

— Ollie ! cria-t-elle de nouveau en courant dans la chambre, trempée, tremblante, les yeux pleins de savon.

Il dormait profondément.

— Ollie !

Il ne bougea pas.

Elle retourna dans la salle de bains et regarda la douche. La fumée était en train de se dissiper.

— Putain ! dit-elle en regardant le boîtier électrique avec méfiance.

Les derniers nuages de fumée avaient disparu.

— Putain, répéta-t-elle en se dirigeant vers le lavabo, pour se rincer les cheveux.

Elle ouvrit le robinet. À son grand soulagement, l'eau n'était pas coupée. Elle attendit que la température soit convenable et mit la tête sous le jet.

Alors qu'elle se rinçait la tête, elle eut soudain l'impression que quelqu'un lui tirait les cheveux vers la gauche. Le phénomène se reproduisit, plus violent, au point qu'elle poussa un cri.

Elle tenta de lever la tête, mais la sensation empira. C'était comme si une main invisible essayait de l'attirer vers la bonde du lavabo.

— Ollie ! hurla-t-elle en essayant désespérément de se redresser, avec la sensation qu'on lui arrachait les cheveux.

Puis elle entendit sa voix.

— Que se passe-t-il, ma chérie ?

— Aide-moi !

L'eau s'arrêta brutalement de couler.

— Tout va bien, chérie.

Elle sentit ses mains dans ses cheveux.

Soudain, la douleur cessa. Caro se releva, chancelante.

— Mon Dieu, haleta-t-elle.

— Tout va bien, ma chérie. Tes cheveux s'étaient juste pris dans la bonde.

— Je suis désolée. J'ai paniqué. J'avais vraiment l'impression que quelque chose les tirait.

— Pourquoi tu n'as pas utilisé la douche ?

12

Lundi 14 septembre

Il faisait chaud, ce matin, la vague de chaleur se poursuivait. Alors que son père la conduisait à l'école pour sa deuxième semaine de cours, Jade lui raconta le mauvais rêve qu'elle avait fait – une femme, debout au pied de son lit, qui la fixait avec une expression menaçante.

Plus jeune, Jade avait souffert de terreurs nocturnes. Elle faisait alors de terribles cauchemars accompagnés de somnambulisme. Totalement inconsciente, il lui arrivait régulièrement de se promener dans la maison en pyjama. Ils avaient trouvé une solution, qui consistait à la faire rire. En général, il suffisait de lui dire quelque chose comme : « Tire la langue, ma chérie » pour que l'expression de terreur sur son visage soit remplacée par un grand sourire. Ils pouvaient alors la remettre au lit.

Mais la nuit dernière, elle n'avait pas voulu quitter la chambre de ses parents. Ollie et Caro n'avaient réussi à la convaincre qu'en l'autorisant à dormir lumière allumée. Ollie avait eu du mal à trouver le sommeil. Il était resté éveillé jusqu'à l'aube, perturbé par des pensées entêtantes.

Profondément bouleversé.

Après avoir déposé Jade, très fatiguée, à l'école, et une fois de retour chez lui, Ollie s'empressa d'aller voir le plombier pour lui parler de la douche. Maguire lui expliqua que le système avait trente ans et que, au fil du temps, les câbles avaient été grignotés par des rongeurs. Comme beaucoup de choses dans cette maison, le boîtier aurait dû être remplacé depuis longtemps.

Ollie demanda au plombier d'en acheter un neuf aussi vite que possible, puis discuta des autres points que l'artisan avait soulevés. Ensuite, il monta dans son bureau et se mit immédiatement au boulot, voulant vérifier attentivement les modifications qu'il avait effectuées sur le site Cholmondley Classics. Plusieurs voitures à la vente le faisaient rêver. Il prit quelques secondes pour admirer une Mercedes 280SL Pagode bleu et crème de 1963, avant d'envoyer fébrilement à son client le lien vers le site définitif.

Il passa les quinze minutes suivantes à répondre aux e-mails, tweets et messages Facebook qu'il recevait chaque jour de gens qui leur souhaitaient le meilleur dans leur nouvelle maison. Il parcourut les commentaires en réaction à ses posts Instagram et fit le tri parmi la tonne de spams publicitaires. Puis il se concentra sur une autre commande, moins urgente mais tout aussi importante, d'un nouveau client qui souhaitait mettre à jour le site, actuellement très basique, de son restaurant indien dans le centre de Brighton, la Chattri House.

Il fallait tout reprendre de zéro, et le propriétaire, Anup Bhattacharya, qu'il avait rencontré la semaine précédente, avait accepté avec enthousiasme. Il s'agissait d'une chaîne de douze restaurants indiens, dans tout le pays, les enjeux étaient donc de taille. Il parcourut les notes qu'il avait prises sur son iPad pendant la réunion : l'ambiance que le client voulait pour son site, le plan, le nombre de pages, les liens vers les réseaux sociaux… Il y avait aussi un e-shop, avec les produits alimentaires manufacturés par le restaurant vendus sur l'épicerie en ligne.

À 11 heures, il descendit préparer son traditionnel café de milieu de matinée et, comme chaque fois, hésita avant d'entrer dans l'atrium. En le traversant, il remarqua que la température semblait avoir chuté l'espace d'une seconde, mais peut-être était-ce le fruit de son imagination. Il regarda autour de lui. La pièce n'était pas grande. Elle formait un carré d'environ cinq mètres de côté. À gauche, les lambris formaient trois arches, ce qui renforçait l'idée qu'il s'agissait autrefois de l'autel de la chapelle du monastère. Devant lui se trouvaient la fenêtre et la porte qui menait au jardin. À droite, après les deux colonnes en bois de style dorique, la porte qui donnait sur la cuisine.

C'était ici que sa belle-mère avait clairement vu ce qu'il ne pouvait appeler autrement qu'un fantôme. Le même que celui décrit par le vieil homme sur la route. Et, selon toute vraisemblance, celui que son beau-père avait croisé la veille. Un esprit qui était sorti du mur de gauche et avait glissé sur le sol carrelé avant de disparaître dans le mur de droite.

Soudain, il se sentit mal à l'aise, et eut, comme la nuit précédente, l'impression d'être observé. Il entra dans la cuisine, sélectionna une capsule de café fort, alluma la machine Nespresso, vérifia le niveau d'eau et attendit que les deux boutons verts clignotent. La sensation d'être regardé ne passait pas. Quelqu'un se trouvait derrière lui.

Il se retourna d'un seul coup. Personne.

Je ne vais pas me laisser abattre, songea-t-il. *Hors de question que tout cela m'affecte.*

En dessous, dans la cave, il entendait le bruit d'une perceuse. À l'étage au-dessus, celui d'un marteau tapant sur du métal. Dehors, le peintre qui s'était attelé à la fenêtre la plus détériorée écoutait la radio à fond. Une bâche de protection avait été posée dans le hall par les ouvriers. Une odeur de peinture fraîche flottait dans l'air.

Il emporta son café dans la chambre, où ça sentait encore le plastique brûlé, chercha la page du *Sunday Times* avec l'article sur les fantômes et l'emporta dans son bureau. Il s'assit dans le fauteuil ergonomique acheté sur les ordres de Caro, afin qu'il améliore sa posture et évite de passer des heures arc-bouté sur son ordinateur. Il ouvrit le journal et commença sa lecture.

Quinze minutes plus tard, il déchira la page de l'article, la plia et la plaça dans un tiroir. Plusieurs noms mentionnés étaient susceptibles de l'intéresser. Puis, luttant contre la procrastination, il se concentra sur le site du restaurant pendant deux heures.

Vers 13 h 30, il décida de faire une pause et d'aller au village, en espérant croiser le vieil homme. Il envisagea de déjeuner au pub The Crown histoire de voir quel genre de plats ils servaient, et éventuellement réserver pour dimanche midi, pour Caro, lui, Jade, son amie Phoebe, qui dormirait chez eux samedi soir, et Ruari, qui devait les rejoindre le lendemain. Après réflexion, il opta pour un déjeuner à la maison, plus agréable et beaucoup moins cher.

En passant le portail, il entendit le bruit d'un tracteur tirant une imposante machine agricole sur la route, à vive allure. Un homme aux cheveux grisonnants, avec une casquette en tweed, était assis au volant, le regard rivé devant lui. Ollie le salua d'un signe qui resta sans réponse.

Il regarda l'engin grimper la côte, toujours dans l'espoir de voir apparaître le vieil homme. Mais celui-ci ne se manifesta pas. Il remarqua, irrité, une canette de Coca vide et un papier d'emballage juste à côté de son portail. Les gens qui jetaient leurs détritus par la fenêtre de leur voiture, n'importe où, l'ulcéraient. Étaient-ils paresseux au point de ne pas chercher de poubelle ? Il se promit de les ramasser à son retour.

Il se dirigea vers le village. Arrivé au premier cottage sur la droite, signalé par un vieux panneau « Garden Cottage », il remarqua que la porte d'entrée était entrouverte et décida d'aller se présenter auprès de leurs voisins les plus proches. Le portail était tellement abîmé qu'il ne fermait plus convenablement. Il le poussa, le sentit frotter contre les briques au sol, puis le referma derrière lui et se dirigea vers la porte d'entrée.

— Il y a quelqu'un ? cria-t-il.

Il y avait eu un heurtoir dans le temps, mais il ne restait plus que les deux pattes en laiton qui le maintenaient. Aucune sonnette en vue. Il toqua et appela de nouveau d'une voix forte.

— Qui est là ? demanda une femme, d'une voix accueillante, avec un accent local distingué qui contrastait avec la modestie de l'endroit.

Un chat miaula et la femme lança :

— Horatio, il y a quelqu'un à la porte !

Quelques minutes plus tard, Ollie fut accueilli par une grande femme d'un certain âge, cheveux blancs flottant au vent, les traits fins, de grands yeux bleu clair, qui lui adressa un sourire plein de curiosité. Elle portait des tongs, une salopette tachetée d'une matière qui ressemblait à de l'argile sèche, un chemisier crème effiloché, et son visage était lui aussi moucheté de marron clair.

— Je suis désolé de vous déranger, dit-il poliment en retirant ses lunettes de soleil. Oliver Harcourt. Ma femme et moi avons emménagé il y a peu dans la maison de Cold Hill. Je voulais simplement me présenter, puisque nous sommes voisins.

— Comme c'est aimable de votre part ! Bienvenue à Cold Hill. J'espère que vous serez heureux ici. Excusez-moi pour mon accoutrement, je travaille à mon tour.

Olivier se demanda de quoi elle voulait parler, puis il comprit.

— Votre tour de potier ?

Oui, j'ai aussi un four, à l'arrière de la maison. Vous savez quoi ? Je vais vous faire, pour vous et votre femme…

— Caro.

— Je vais vous faire un vase, pour Caro et vous, en guise de cadeau de bienvenue. Je m'appelle Annie Porter.

— Êtes-vous un grand nom de la poterie ?

Elle éclata de rire.

— Doux Jésus, non ! La plupart de mes créations explosent dans le four, si vous saviez ! Rares sont celles qui survivent. Vous aimez le cordial à la fleur de sureau ?

— Je pense n'en avoir jamais bu.

— J'en ai, du fait maison, dans le frigo. Et il paraît qu'il n'est pas mauvais du tout. Venez, je vous invite à boire un verre et vous m'en direz davantage sur vous. Il paraît que vous avez une fille. C'est bien d'avoir des jeunes dans notre village. Ici, il y a trop de vieux schnocks comme moi !

Le peu qu'il vit de l'intérieur, en la suivant jusqu'au jardin de derrière, était aussi délabré que l'extérieur, quoique richement décoré. Il remarqua un tapis persan élimé et une très belle horloge de parquet. La photo d'un homme en uniforme de la Marine était accrochée au mur, à côté d'un cadre mettant en valeur plusieurs médailles. Sur la cloison d'en face, il remarqua de jolis tableaux de paysages marins dans des cadres raffinés et une photo noir et blanc d'un navire de guerre moderne. Des vases et des tasses peintes dans des couleurs gaies garnissaient les étagères de la cuisine, qu'ils traversèrent pour aller dans le jardin. Tout aussi mal entretenu que la maison, celui-ci était consacré aux légumes plutôt qu'aux fleurs, et Ollie remarqua une rangée de cloches, qui protégeaient les plantations du givre. Tout au bout se trouvait une remise qui semblait sur le point de s'effondrer. Ce devait être l'endroit où la propriétaire des lieux faisait de la poterie.

Ils s'assirent au soleil sur des chaises de jardin, autour d'une petite table métallique ronde, et il goûta le cocktail sucré, mais agréablement rafraîchissant. Annie le matraqua de questions pendant plusieurs minutes, à propos de lui, Caro et Jade, avant qu'il n'ait la possibilité de l'interroger.

— Depuis combien de temps vivez-vous ici, réussit-il enfin à lui demander.

— À Cold Hill ? Grands dieux, laissez-moi réfléchir. Trente-cinq ans environ. Nous avons acheté cette maison pour y passer notre retraite, c'était un rêve que nous avions, mon mari et moi. Mais vous savez comment ça se passe, parfois…

— Vous vous êtes séparés ?

— Oh non, dit-elle, soudain triste. Angus est mort pendant la guerre des Malouines. Son bateau a été coulé par un missile Exocet.

— Je suis navré.

Elle haussa les épaules.

— C'est la vie, n'est-ce pas ?

Elle désigna une parcelle plantée de grands tournesols.

— Ils me font toujours sourire, les tournesols !

— Je crois qu'ils plaisent à tout le monde, dit Ollie.

— Ils suivent bêtement le soleil. Ils sont bêtes, mais heureux. Et on a tous besoin de ça dans nos vies, vous ne pensez pas ?

— Peut-être…

Il sourit et but une gorgée en se demandant si ce serait bienvenu ou pas de lui poser davantage de questions sur sa vie.

— Votre cocktail est délicieux.

93

Elle exulta.

— Parfait, je vais vous en donner deux bouteilles que vous mettrez au frigo. J'en fais toujours trop ! Et j'en offre à plusieurs personnes du village. À la boutique, ils voudraient que j'en fasse une production industrielle, qu'ils pourraient stocker, mais loin de moi l'envie de faire cet effort.

— Vous devez connaître pas mal de gens ici, j'imagine ?

— Tout le monde, mon cher, je connais tout le monde. Enfin presque. Ceux qui restent longtemps, dans tous les cas. Vous êtes heureux dans votre nouvelle maison ?

Ollie réfléchit, puis dit :

— Oui, très. Enfin, ma fille Jade n'est pas ravie d'avoir quitté ses amis. Avant, nous habitions dans le centre de Brighton. De Hove, plus précisément. Y a-t-il dans le village d'autres jeunes filles de 12 ans environ ? J'aimerais beaucoup qu'elle se fasse de nouvelles amies.

— Il y a une famille avec des enfants au Vieux Presbytère, dans la maison victorienne, tout au bout du village. Vous ne les avez peut-être pas remarqués, parce qu'il y a un portail et la maison est très en retrait, comme la vôtre. Ce sont les Donaldson. Lui est un genre de grand avocat qui fait l'aller et retour avec Londres, il est froid comme le marbre, mais sa femme est très gentille. Elle vient parfois aux cours de poterie que j'organise de temps en temps. Je vous présenterai, je connais quasiment tout le monde ici.

— Merci, c'est très aimable. Un gars en tracteur est passé à toute allure, il y a quelques minutes. C'était qui ?

Elle sourit.

— Sans doute Arthur Fears. Sa famille vit de la terre depuis plusieurs générations. Ils possèdent d'ailleurs beaucoup de terrains. Lui conduit toujours trop vite, c'est un type pas commode qui pense que la route lui appartient.

— Je lui ai fait signe, mais il m'a ignoré.

— Ne vous en faites pas, moi aussi, il m'ignore. Il ne parle qu'aux locaux, et selon lui, on n'est pas un local si on n'est pas né ici !

Elle sourit.

— Les vieux paysans ont parfois de drôles d'habitudes. Mais, bon. Vous vous plaisez ici ?

— Oui. Plus ou moins.

Elle remarqua son hésitation.

— Ah bon ?

— En fait, je voulais vous parler de quelqu'un en particulier. Un vieux monsieur que j'ai croisé sur la route. Il avait une pipe et un bâton de marche. Il était très bizarre.

Elle fronça les sourcils.

— Une pipe et un bâton ? Ça ne me dit rien.

— Il m'a précisé qu'il était de la région.

Elle secoua la tête.

— Je ne vois pas. Vous pourriez me le décrire davantage ?

Ollie but une gorgée de cordial et posa son verre, avant de rassembler ses souvenirs.

— Près de 80 ans, assez sec, une barbe et des cheveux blancs. Une pipe en bruyère et un bâton noueux. Nous avons discuté. Il m'a demandé d'où je venais, je lui ai répondu Brighton, et il m'a dit quelque chose qui m'a fait sourire : il m'a confié qu'il n'y était jamais allé, et qu'il n'aimait pas les grandes villes !

— J'ai impression que c'était un vagabond. Il était un peu fou ?

— Bizarre, ça c'est sûr.

Elle secoua de nouveau la tête.

— Je ne vois pas qui ça peut bien être.

— Il est du coin, il a travaillé dans notre maison, dans le temps.

— Honnêtement, je ne vois pas. Personne ne correspond à votre description. Et pourtant, je connais tout le monde, vous pouvez me croire.

13

Lundi 14 septembre

— On me montre une maison, annonça Kingsley Parkin sans crier gare.

— Pardon ? demanda Caro à son client.

— Une maison ! On me montre une très grande maison à la campagne, non loin de Brighton.

Le bureau moderne de Caro, au centre de Brighton, possédait une fenêtre qui donnait sur la cour de la Jubilee Library. Sauf qu'elle ne prenait jamais le temps d'admirer la vue. Dès son arrivée, peu avant 8 heures, dans ce petit cabinet juridique où elle était collaboratrice junior, elle se consacrait exclusivement à la lecture, à la rédaction ou à la correction de contrats, cessions et autres documents. Le téléphone commençait à sonner à 9 heures et n'arrêtait pas jusqu'à 17 heures, heure de la fermeture du standard. Certains clients l'appelaient et lui envoyaient des e-mails plusieurs fois par jour, pour lui poser des questions sur une propriété qu'ils souhaitaient acquérir ou vendre.

Qui plus est, les rendez-vous se succédaient avec ses clients, nouveaux ou existants. Elle aimait ces moments en face à face, c'était même ce qu'elle préférait dans son travail. Elle savait aider les gens d'instinct et était douée pour repérer les passages délicats dans les contrats de vente. Mais ses journées étant chargées, elle devait faire en sorte que ses rendez-vous soient brefs et productifs. Elle n'avait pas le loisir de parler de la pluie et du beau temps.

C'est pourquoi ce nouveau client assis devant elle, agréable mais très bavard, qui hésitait à investir dans des logements étudiants bientôt vendus aux enchères, commençait à l'agacer.

Une bonne soixantaine d'années, il avait des airs d'elfe avec sa chemise vert émeraude à col montant, sa veste d'un noir chatoyant avec coutures blanches apparentes, son pantalon argenté et ses bottes en cuir verni à talon cubain. Il portait de grosses bagues, avait les cheveux d'un noir de jais, la peau vérolée et blafarde, comme s'il ne s'exposait que rarement à la lumière du jour, et il sentait le tabac froid. Dans les années 1960, il avait été le chanteur d'un groupe de rock qui avait enregistré un tube, puis il avait plus ou moins gagné sa vie en jouant dans des pubs et sur des bateaux de croisière, lui avait-il expliqué. À présent, il cherchait à sécuriser sa retraite en investissant dans l'immobilier.

— Il y a deux points sur lesquels j'aimerais attirer votre attention, dit Caro en parcourant un long e-mail de l'avocat du vendeur, un homme pas toujours conciliant, du nom de Simon Alldis.

M. Parkin prit entre deux doigts l'anse de sa tasse de café et la souleva d'un geste distingué.

— Écoutez-moi, mon enfant, déclara-t-il d'une voix rocailleuse. Quelqu'un essaie de me dire quelque chose.

— Quelqu'un ?

— Ça m'arrive sans arrêt. Les esprits ne me laissent jamais tranquille, vous voyez ce que je veux dire ? poursuivit-il en agitant les mains, comme s'il s'agissait de papillons en quête de liberté.

— Ah.

Elle fronça les sourcils. Elle ne voyait pas du tout où il voulait en venir.

— Les esprits ?

— Je suis un canal pour le monde des esprits, chère enfant. Je n'y peux rien. Ils me délivrent des messages à faire passer.

— Je vois, dit-elle en se concentrant sur le document, avec l'espoir qu'ils puissent enfin se consacrer aux choses sérieuses.

— Vous venez d'emménager dans une nouvelle maison, madame Harcourt ?

— Comment le savez-vous ? demanda-t-elle d'un ton abrupt.

Surprise et mal à l'aise, elle n'aimait pas que ses clients aient des informations sur sa vie privée, c'est pourquoi elle n'avait pas décoré son bureau et ne possédait qu'une seule photo, face à elle, de Ollie et Jade sur une plage de Rock, en Cornouailles, des raquettes de jokari à la main.

Les deux papillons se remirent à voleter au-dessus de sa tête.

— Une vieille dame est avec moi, elle est décédée l'année dernière. Les esprits me parlent, ce n'est pas comme une radio que je pourrais allumer ou éteindre.

J'entends un clic et quelqu'un m'apparaît. Ça peut être très énervant, vous comprenez ? Parfois, ils me cassent les pieds.

— Qui vous parle ?

— Eh bien, ça change tout le temps !

— Pourrait-on se concentrer, monsieur Parkin ?

Elle se pencha sur le document posé sur son bureau.

— J'ai un message pour vous.

— C'est très gentil de votre part, dit-elle d'un ton sarcastique en regardant l'heure à la Tank de Cartier qu'Ollie lui avait offerte pour leur dixième anniversaire de mariage. Dans le document que j'ai sous les yeux…

Il l'interrompit au milieu de sa phrase.

— Je peux vous poser une question très personnelle, madame Harcourt ?

— J'ai un autre client juste après vous, monsieur Parkin. Je pense qu'il est temps de discuter de votre projet.

— Je vous demande juste quelques instants d'attention, d'accord ?

— D'accord, dit-elle à contrecœur.

— Je ne recherche pas les esprits. Ce sont eux qui viennent à moi. Je ne fais que transmettre ce qu'ils me disent. Est-ce que tout cela fait sens ?

— Honnêtement ? Pas vraiment.

— On me montre une maison. Une grande demeure de style georgien avec une tour. Vous voyez de quoi je parle ?

Il avait à présent toute son attention.

— Vous avez vu les plans de l'agent immobilier ?

— Je ne fais que transmettre. Je ne suis qu'un intermédiaire.

— Et que vous disent-ils, ces esprits ?

— Il n'y en a qu'un seul. Il voudrait que je vous dise que vous rencontrerez des problèmes dans votre nouvelle maison.

— Merci, mais nous sommes au courant.

— Non, je ne pense pas.

— Je vous assure que si, répondit-elle, glaciale. Nous avons fait faire des études, nous savons dans quoi nous nous sommes engagés.

— Je ne pense pas que ce qu'on me dit puisse être révélé par une étude, mon enfant.

Sa familiarité commençait à l'agacer.

— Il y a beaucoup de choses que vous ne savez pas sur cette maison. Vous êtes en danger. Il y a de gros problèmes. On me dit que vous devriez songer à partir, tant qu'il est encore temps. Vous, votre mari Ollie et votre fille Jade.

— Comment savez-vous tout ça ? rétorqua-t-elle.

— Comme je vous l'ai expliqué, ce sont les esprits. Ils me disent tout. Mais nombreux sont ceux qui n'aiment pas les croire. Faites-vous partie de ces gens-là ?

— Je suis avocate. Je suis très terre à terre. J'ai pour habitude de fréquenter des êtres humains. Je ne crois pas aux… comment vous les appelez ? Les esprits. Les fantômes. Je suis désolée, mais je ne crois pas à tout… ça.

Elle faillit dire « toutes ces bêtises », mais se ravisa.

Kingsley Parkin secoua la tête, désapprobateur, tandis que les papillons s'envolaient de nouveau de ses rubis, émeraudes et saphirs.

— Vos sentiments sont nobles, bien sûr ! Mais vous êtes-vous déjà demandé ceci : et si les fantômes n'en

avaient rien à faire que vous croyiez en eux ou pas ?
Et s'ils croyaient en vous ?

Il sourit, révélant des dents d'une blancheur surna-
turelle.

— Vous allez très bientôt avoir besoin d'aide.
Croyez-moi, c'est ce qu'on me dit.

Elle commençait à se sentir très déstabilisée par cet
homme.

— Qui vous le dit ?

— Une vieille dame décédée au printemps dernier.
Son chat gris, qui est mort l'année précédente, est
aujourd'hui avec elle. Elle s'appelait… Ce n'est pas
clair. Marcie ? Maddie ? Marjie ?

Caro le dévisagea en silence. La sœur de sa mère,
sa tante Marjory, était morte en avril de l'année précédente. Tout le monde l'appelait Tante Marjie. Et elle
possédait un chat gris disparu quelques mois avant elle.

14

Lundi 14 septembre

Ollie quitta la vieille dame, Annie Porter, encore plus confus qu'à son arrivée. Elle devait se tromper, il n'y avait pas d'autre explication. Peut-être avait-elle des problèmes de mémoire.

Il descendit au village, plongé dans ses pensées. Le tracteur conduit par le fermier du coin, Arthur Fears, pilote de formule 1 contrarié, le frôla de nouveau à vive allure. Il passa devant l'épicerie du village et hésita à se rendre au pub. Conformément à l'architecture de la région, The Crown était un bâtiment georgien, mais son extension, avec un toit en tôle ondulée, laissait à désirer. En retrait de la route, il disposait d'une pelouse plus ou moins bien entretenue, sur laquelle étaient disséminées des tables en bois, dont deux étaient occupées.

Il s'engagea dans l'allée. Au-dessus de la porte saloon du bar était inscrit, en lettres dorées, « Licence accordée au propriétaire, Lester Beeson ».

S'il avait dû recréer l'intérieur d'un pub de campagne anglais pour un site Web, Ollie se serait inspiré de cet endroit. Une odeur âcre de bière flottait dans l'air. La pièce était meublée de tables et de chaises en bois, il y avait quelques box avec des banquettes, des places le long de la vitrine et une série de portes en enfilade desservant d'autres pièces. Des outils agricoles anciens étaient accrochés aux murs ocre, ainsi qu'une rangée de fers à cheval et un jeu de fléchettes.

Un homme grand et baraqué, la cinquantaine bien tassée, tignasse imposante, chemise crème avec les deux boutons du haut défaits, ventre proéminent, trônait derrière le bar en forme de L. Derrière lui se trouvaient des dizaines de bouteilles, la photo d'une équipe de cricket et plusieurs brocs en étain.

— Bien le bonjour, s'exclama le propriétaire des lieux chaleureusement, en levant la pinte qu'il était en train de sécher avec un torchon.

— Bonjour !

— Vous ne seriez pas monsieur Harcourt, par hasard ?

Il posa le verre.

Ollie sourit, surpris.

— Si, dit-il en lui tendant la main. Ollie Harcourt.

Le patron la lui serra vigoureusement.

— Appelez-moi Les. Nous sommes tous très heureux de vous avoir parmi nous, vous et votre famille. Un coup de jeune, ça fait toujours du bien. Qu'est-ce que je vous sers ? C'est offert par la maison.

En général, Ollie évitait de boire de l'alcool à midi, mais il ne voulait pas passer pour un malotru.

— C'est très gentil de votre part, merci. Je vais prendre une Guinness pression. Et je veux bien la carte du déjeuner, s'il vous plaît.

Un menu plastifié apparut instantanément devant lui, comme par magie. La Guinness prit plus de temps. Tandis que Lester Beeson remplissait le verre de liquide noir et de mousse crémeuse, Ollie alla droit au but.

— Connaîtriez-vous un vieil homme du village, avec une pipe en bruyère et un bâton de marche ?

— Une pipe et un bâton ? réfléchit-il. Ça ne me dit rien. Vous êtes sûr qu'il est du coin ?

Ollie hocha la tête.

— Un homme petit et sec, avec un bouc et des cheveux très blancs. Soixante-dix, peut-être 80 ans.

— Ça ne me dit vraiment rien.

— J'ai cru comprendre qu'il vivait au village. Je l'ai rencontré la semaine dernière, j'aimerais qu'on puisse continuer notre conversation.

— Moi qui pensais connaître tout le monde…

Le tenancier semblait décontenancé. Il se tourna vers un couple de personnes âgées moroses, assises dans un box près de la fenêtre, qui mangeaient en silence comme si elles n'avaient plus rien à se dire depuis des années.

— Morris ! Tu connais un vieux qui fume la pipe et qui marche avec un bâton ?

Après quelques instants, l'homme, dont les longs cheveux blancs pendaient de part et d'autre de son visage, comme si on avait posé une serpillière sur sa tête, lâcha son couteau et sa fourchette, prit sa pinte de bière et but une gorgée.

Ollie pensa d'abord qu'il n'avait pas entendu. Puis, avec un accent du Nord très prononcé, il dit soudain :

— Une pipe et un bâton…

Se léchant les lèvres, il révéla deux dents branlantes, telles deux pierres tombales.

Le propriétaire se tourna vers Ollie pour obtenir confirmation. Celui-ci hocha la tête.

— C'est ça, Morris. Et aussi une barbe et des cheveux blancs, ajouta Beeson.

Le couple échangea un regard et tous deux haussèrent les épaules.

— Morris est vieux comme Mathusalem, confia Beeson à Ollie en souriant, suffisamment fort pour que le vieil homme l'entende.

Puis il se tourna de nouveau vers lui.

— Tu habites au village depuis combien… quarante ans, Morris ?

— Quarante-deux à Noël, répondit sa femme.

Son mari acquiesça.

— Quarante-deux. Nous avons suivi notre fils et sa famille.

— Morris était ingénieur dans les chemins de fer, précisa-t-elle sans transition.

— Ah, d'accord ! fit Ollie comme si le lien était évident.

— On ne connaît personne qui ressemble à ça, dit-elle.

— Je me renseignerai, promit Beeson.

— Merci. Je vais vous laisser mes numéros de téléphone fixe et portable, au cas où vous entendriez parler de quelque chose.

— S'il vit dans la région, quelqu'un doit le connaître.

— Vieux comme qui ? cria soudain le vieillard en direction de Beeson. Je vous ai à l'œil, jeune homme ! ajouta-t-il en gloussant.

Quand Caro rentra du travail, Ollie ne lui parla pas de l'étrange vieillard à la pipe.

Caro ne lui raconta pas non plus sa conversation avec Kingsley Parkin.

15

Lundi 14 septembre

Tandis que Katy Perry chantait à tue-tête, Jade, assise à sa coiffeuse qui lui servait de bureau, faisait ses devoirs de maths en se laissant délibérément distraire par tout et n'importe quoi. Elle détestait cette matière, même si son nouveau prof la rendait plus intéressante que celui d'avant. Elle s'en était d'ailleurs vantée sur Instagram auprès de tous ses anciens amis, affirmant que c'était un gros avantage de son nouveau collège. Adieu, M. G, qui était tellement barbant, tellement... soûlant !

Finiiiiii ! avait-elle commenté sous une photo de son ancien professeur, qu'elle avait subrepticement prise en classe plusieurs mois auparavant, sur laquelle elle avait tagué tous ses anciens camarades de classe.

Elle posa son iPhone, puis regarda au loin plusieurs canards, qui, en file indienne, se dirigeaient vers l'île au milieu de l'étang.

Pas bête, songea-t-elle. *Comme ça, ils ne se feront pas dévorer par les renards pendant la nuit.* Comme si elle lisait dans ses pensées, Bombay s'étira, sauta du lit et alla laper un peu d'eau dans le bol qu'elle avait posé à côté d'elle.

— Je parie que tu attraperais bien un canard, si tu n'étais pas aussi fainéante, Bombers !

Elle descendit de sa chaise, s'agenouilla à côté de la chatte et la caressa. Bombay approcha sa tête de sa main et se mit à ronronner.

— Mais je ne suis pas d'accord. OK ? Pas de canard !

Sa chambre était beaucoup mieux rangée, maintenant qu'elle avait vidé les cartons et tout disposé sur les étagères et dans les placards. Mais elle n'était pas tout à fait heureuse. Elle se sentait trop loin de ses amis. Et Ruari ne lui envoyait pas autant de messages que d'habitude. Il y avait des personnes gentilles, dans son nouveau collège, mais elle ne s'était pas encore fait de nouveaux amis. Dans sa classe, elle avait par ailleurs remarqué deux filles particulièrement autoritaires et mal élevées.

Elle se rassit à son bureau, mais au lieu de retourner à ses devoirs, elle ouvrit l'application Videostar sur son iPad et visionna le clip qu'elle réalisait avec Phoebe, et qu'elle espérait terminer ce week-end.

Dans la vidéo inspirée d'*Uptown Funk*, elles dansaient toutes les deux en body zébré assorti. L'image était tantôt en couleur, tantôt noir et blanc, tantôt en silhouettes. Elle avait eu cette idée en regardant des vidéos sur YouTube, mais le résultat n'était pas encore à la hauteur de ses espérances.

Son téléphone sonna. Elle mit la vidéo sur pause, décrocha, et découvrit Phoebe sur FaceTime, ses cheveux blonds dans les yeux, comme d'habitude.

— Salut.

— Salut.

— Tu me manques, Jade !

— Moi aussi. J'aimerais tellement être avec vous tous.

Elle marqua un silence.

— Je viens de regarder les silhouettes, dans notre vidéo. Je pense que j'ai une idée ! On pourra avancer ce week-end. J'ai…

Phoebe fronça les sourcils.

— Tu as de la visite, dit-elle soudain.

— C'est Bombay. Elle passe son temps avec moi, comme avant.

— Non, pas ton chat, ta grand-mère.

— Ma grand-mère ?

— Derrière toi !

Jade sentit soudain un courant d'air glacial et se retourna. Il n'y avait personne. La porte était fermée. Elle frissonna et se remit face à son téléphone. Puis regarda une nouvelle fois par-dessus son épaule.

— Phoebe, ma grand-mère n'est pas là aujourd'hui.

Elle avait conscience que sa voix tremblait.

— Je l'ai vue, promis juré, Jade. La même vieille dame que la dernière fois. Dimanche, c'était ?

— Décris-la.

— Cette fois, je l'ai mieux vuc, elle était tout près, à vingt centimètres de toi. Habillée tout en bleu, avec un visage flippant.

— Ouais, c'est ça…

— Non, je te jure !

Jade prit le téléphone, avança jusqu'à la porte, attendit, et l'ouvrit brutalement : juste un couloir vide, des portes fermées, dont celle de la chambre de ses parents, les marches qui menaient au bureau de son père, tout au bout dans la tour, et l'escalier qui descendait vers l'entrée.

— C'est une blague, Phoebe ? Tu essaies de me faire flipper, c'est ça ?

— Promis, je te mens pas !

— Qui est-ce qui a eu l'idée ? Toi ? Liv ? Lara ? Ruari ? C'est une caméra cachée ?

— Non, je te jure que c'est vrai, Jade !

— Ouais, c'est ça.

16

Mardi 15 septembre

— Eh ! cria Ollie, immensément soulagé de revoir le vieil homme.

Celui-ci se tenait au bout de l'allée, au niveau du portail, pipe à la bouche, et le fixait, les yeux plissés à cause du soleil éclatant.

Ollie se mit à courir sur les derniers mètres, terrifié à l'idée que l'homme puisse disparaître subitement.

— Je vous ai cherché partout, et ce n'était pas simple !

— J'imagine, répondit le vieillard.

Il était exactement comme la semaine précédente, les yeux humides, muni de sa pipe et de son bâton de marche.

— Je ne vous ai pas demandé votre nom, l'interrogea Ollie.

— Je préfère rester discret, répondit le vieillard avec une expression qui ressemblait à de la sagesse.

Ollie lui tendit la main. Cette fois, le vieil homme la serra faiblement, de ses doigts noueux et moites.

— Je voulais vous revoir, monsieur Harcourt. Il y a des choses que vous devez savoir à propos de cette maison.

— C'est pour ça aussi que je vous ai cherché. Je désirais en savoir plus. Je peux vous inviter à boire un thé, un café ou un verre d'eau ?

L'homme secoua vigoureusement la tête, comme paniqué.

— Non, merci, je ne bois rien.

— Rien ?

— Je ne m'approcherai pas de cette maison, merci bien.

Ollie vit ses yeux se remplir d'une immense tristesse.

— La vérité, c'est que je ne sais pas quoi vous dire. Vous l'avez vue ou pas encore ?

— La Lady ?

— Vous l'avez vue ?

Ollie eut soudain l'idée de prendre une photo de son interlocuteur. Avec un cliché, quelqu'un pourrait l'identifier.

Le vieil homme ne l'autoriserait certainement pas à le faire. Tout en parlant, il jeta un coup d'œil à son iPhone et le passa en mode photo de son pouce droit. Au moment où le vieil homme apparaissait dans le cadre, un peu flou, son téléphone sonna. C'était Caro.

Quelle chance !

Il leva le téléphone et appuya sur le bouton rouge pour refuser l'appel, mais fit semblant de répondre.

— Allô, ma chérie ? Je discute avec un monsieur dans l'allée. Je te rappelle !

Tandis qu'il parlait, il tourna le viseur et, tout en tenant le téléphone, prit une photo nette de l'homme, avant de remettre l'appareil dans sa poche.

— Désolé, c'était ma femme.

— Alors, vous l'avez vue ou pas ? insista son interlocuteur.

— Je pense que ma belle-mère et mon beau-père l'ont vue.

Soudain, agrippant son bâton de son poing serré, il regarda autour de lui, apeuré.

— Il faut que j'y aille.

— Attendez ! Vous pourriez m'en dire plus sur la Lady ? Est-ce que je dois être inquiet ? J'ai lu un long article sur les fantômes dans le *Sunday Times*. Il y est question d'empreintes dans l'atmosphère, d'énergie qu'ils laissent derrière eux, de la possibilité qu'ils soient piégés dans une faille spatio-temporelle. Il y a des tonnes d'informations sur le Web, et toutes sortes de théories, dont une selon laquelle certains n'auraient pas compris que leur corps était mort ni réussi à passer de l'autre côté. Des revenants, comme on dit parfois. D'autres voudraient finir leur mission. Faut-il avoir peur d'eux ? Les fantômes peuvent-ils nous faire du mal ?

— Et le père de Hamlet ? répliqua le vieil homme.

— C'était une pièce de théâtre, juste une histoire, répondit Ollie, surpris que cet homme cite Shakespeare.

Soudain, le vieil homme tourna les talons, comme la première fois.

— Je dois y aller, conclut-il en s'éloignant.

Ollie s'empressa de le rejoindre.

— Je vous en prie, dites-m'en plus sur cette Lady.

— Demandez qu'on vous raconte l'histoire de la pelleteuse.

— Vous m'en avez parlé la dernière fois. Quelle pelleteuse ?

— La pelleteuse mécanique.

— Que voulez-vous dire ?

— Personne ne quitte votre maison. Ils restent tous.

— Comment ça ?

L'étranger accéléra le pas, battant le pavé de sa canne, les yeux rivés devant lui en silence, le visage livide de colère, comme s'il en voulait à Ollie d'être à ses côtés.

Ollie s'arrêta et le regarda s'éloigner, déboussolé. Il se retourna pour remonter vers leur maison, mais au lieu d'une longue allée, il vit soudain la façade de leur ancienne demeure, de style victorien, sur Carlisle Road, à Hove. Il se dirigea lentement vers la porte d'entrée, comme s'il n'y avait rien de plus naturel. Quand il arriva sous le porche, la porte s'ouvrit, et Caro lui sourit joyeusement.

— Mon chéri, nous avons de la visite !

C'était le vieil homme. Il apparut dans l'embrasure, très à l'aise, comme s'il vivait là. Il leva sa pipe.

— Monsieur Harcourt, ravi de vous voir, bienvenue à la maison !

Une sonnerie régulière se déclencha. Son réveil. Il avait rêvé – ou fait un cauchemar.

Caro sauta immédiatement du lit.

— Je dois être au bureau très tôt, ce matin. J'ai une vente et je dois ensuite aller voir un client à l'hospice des Martlets.

Quand il entendit sa femme entrer dans la salle de bains, Ollie s'assit, perturbé par son étrange rêve. Le réveil sonna de nouveau à 6 h 30. Mon Dieu, tout cela lui avait semblé tellement réel…

Il attrapa son téléphone pour lire les informations sur *Sky News*, comme tous les jours, et constata que la batterie était presque vide, alors qu'elle était chargée la veille au soir. Puis il remarqua que l'application appareil-photo était ouverte.

Il se demanda s'il n'était pas toujours en train de rêver. Par curiosité, il consulta les photos et repéra une nouvelle image, en bas à gauche de l'écran.

Là, il était sûr d'être réveillé. Il sauta du lit et courut vers la salle de bains, le cœur battant. Caro sortit de la douche, une serviette autour du corps, et une autre, en turban, autour de la tête.

— Regarde ! fit-il en lui montrant l'écran. Assure-moi que je ne rêve pas !

Elle observa la photo quelques instants, puis, d'une voix douce et condescendante, qu'elle adoptait parfois quand elle devait rester polie à propos de quelque chose dont elle n'avait rien à faire, elle dit :

— Il a l'air gentil, ce monsieur, mais pourquoi as-tu fait une photo de lui ?

17

Mardi 15 septembre

La vague de chaleur était terminée et le ciel gris se montrait menaçant. Une bruine légère tombait, chassée par les essuie-glaces toutes les trente secondes environ. Il jeta un coup d'œil à sa fille, avec fierté et une profonde affection. Quand elle portait son uniforme scolaire élégant, avec les cheveux tirés en arrière en queue-de-cheval, il devinait la magnifique jeune femme qu'elle deviendrait dans quelques années. Il se demanda quel genre de petit ami elle aurait, et quelles sortes de problèmes cela lui attirerait. Sa romance candide avec Ruari l'amusait. Mais l'innocence ne durait jamais longtemps. Avec Caro, ils s'efforçaient de préserver son enfance aussi longtemps que possible, et Jade était raisonnable. Ils lui parlaient en toute honnêteté et l'encourageaient à faire de même. Et il essayait de ne jamais esquiver les questions délicates.

— Papa, tu crois aux fantômes ? lui demanda-t-elle de but en blanc, le tirant de ses pensées tourmentées, alors qu'ils patientaient dans une longue queue à un feu tricolore installé pour des travaux. Il consulta l'horloge du tableau de bord. Il avait peur qu'elle ne soit en retard.

— Pourquoi ?

Elle haussa les épaules.

— Il y a quelque chose dont tu veux me parler ?

Il lui passa la main dans les cheveux. Elle le repoussa.

— Papa ! protesta-t-elle.

Le feu passa au vert et la circulation reprit très lentement.

Ollie embraya le mode « Drive » de la Range Rover automatique et avança de quelques mètres.

— Pourquoi est-ce que tu me demandes si je crois aux fantômes ? Tu y crois, toi ?

Elle regarda son téléphone, puis droit devant elle à travers le pare-brise, en jouant avec l'anse de son sac.

— Phoebe m'a fait une mauvaise blague, hier soir, et elle m'a vraiment fait flipper.

— Comment ça ?

— J'étais sur FaceTime avec elle, elle faisait juste l'imbécile.

— Qu'est-ce qu'elle faisait ?

— Elle m'a dit que mamie était derrière moi.

— Mamie ?

— Elle n'était pas chez nous hier soir, pas vrai ?

Il réfléchit quelques instants avant de répondre. Il repensa au premier dimanche, quand Jade lui avait demandé si sa grand-mère était montée lui dire au revoir.

— Non, elle n'était pas là.

— Phoebe dit qu'elle a vu une vieille dame en bleu, l'air méchant.

— Ta grand-mère ne porte pas souvent du bleu, si ?
Jade secoua la tête.

— Tu as déjà vu un fantôme ? lui demanda-t-elle.

— Non.

— Tu aurais peur, si tu en voyais un ?

— Je ne sais pas trop, répondit-il honnêtement.

— Est-ce que les fantômes peuvent nous faire du mal ?

— Je pense que ce sont les vivants qui peuvent nous faire du mal, ma chérie. Pas les fantômes. Si tant est qu'ils existent.

— J'imagine que Phoebe voulait juste me faire peur.

— Je crois aussi. Elle vient dormir à la maison samedi, non ?
Jade acquiesça.

— Tu veux qu'on lui fiche la trouille ? Je pourrais me mettre un drap sur la tête et sortir d'un placard, qu'est-ce que tu en dis ?

Un immense sourire se dessina sur le visage de sa fille.

— Génial ! Tu ferais ça, Papa ? Je filmerai et je le mettrai dans notre vidéo !

— Super ! Tu as hâte de fêter ton anniversaire ? C'est dans pas longtemps. Tu vas inviter des amis de Saint-Paul ?

— Je me suis fait embêter hier. Tout le monde voulait devenir ami avec moi, sauf un groupe de quatre garçons, mais ils ne sont pas très sympas, de toute façon.

— Je ne vois pas pourquoi ça te contrarie que les autres veuillent devenir tes amis. C'est même plutôt agréable, non ?

— C'était très gênant. Je veux *mes* amis.

— Tu les as toujours. Mais ce serait bien que tu t'en fasses de nouveaux dans cette école. Il n'y a pas quelqu'un que tu aimes en particulier ?

Elle réfléchit.

— Il y a une fille qui s'appelle Niamh, mais je ne sais pas trop encore.

Elle garda le silence quelques instants, puis demanda, inquiète :

— Je sais que la fête ce sera seulement samedi, mais je recevrai mes cadeaux jeudi, pas vrai ?

— Évidemment ! Ceux de la famille, tout du moins. Tu en auras peut-être d'autres de la part de tes amis samedi. En gros, tu vas avoir deux anniversaires.

— Génial ! Et peut-être que l'année prochaine on pourra organiser une fête autour de la piscine, non ? Ce serait trop cool !

Il sourit.

— Peut-être.

Il replongea dans ses pensées et se remémora le rêve étrange et dérangeant qu'il avait fait.

Demandez qu'on vous raconte l'histoire de la pelleteuse. Personne ne quitte votre maison.

Alors qu'il revenait de l'école, Ollie reçut un coup de téléphone de Cholmondley, qui était entièrement satisfait du site et lui demandait de le mettre en ligne dès que possible. Ollie lui confirma qu'il le téléchargerait sur son serveur et que le site serait opérationnel dans l'heure.

Puis il repensa de nouveau à son cauchemar, aux paroles du vieil homme, à la photo qui s'était téléchargée sur son téléphone dans la nuit. Et à la question que sa fille lui avait posée dans la voiture. Coïncidences ?

Il souhaitait que ce soit le cas, mais il ne pouvait pas le croire. Une question le taraudait : était-il en train de devenir fou ?

Les gens disent que déménager est l'un des événements les plus stressants de la vie. Était-ce le stress de l'engagement financier et la pression de devoir réussir dans sa nouvelle activité ? Avait-il oublié qu'il avait pris une photo du vieil homme lorsqu'il l'avait rencontré, la semaine précédente ? Ou s'était-il passé quelque chose d'étrange dans le Cloud ? Depuis qu'il synchronisait son iPhone, son iPad et son ordinateur sur le Cloud, il avait remarqué quelques bugs. S'agissait-il de cela ?

Ce devait être l'explication.

Il réalisa soudain qu'il disposait d'un moyen pour en avoir le cœur net.

18

Mardi 15 septembre

De retour chez lui, peu après 9 heures, Ollie fut
déçu de ne voir aucune camionnette garée devant la
maison. Cela voulait dire qu'aucun corps de métier
n'était arrivé. Il monta dans son bureau et consacra l'heure suivante à préparer le lancement du site
de Cholmondley. Il fit toutes les vérifications et, à
11 heures, après avoir échangé quelques e-mails avec
son client et réglé les derniers détails, le site était en
ligne – et Cholmondley aux anges.

Il appela alors son informaticien, Chris Webb, pour
qui les Mac, et Apple en général, n'avaient aucun
secret, afin de discuter de cette photo qui était apparue
dans son iPhone en pleine nuit. Il la lui envoya pendant
qu'ils étaient en ligne.

— Peut-être que tu es somnambule, suggéra Webb.

— Mais la photo a été prise de jour !

— Bizarre… Je suis en train de regarder tes albums
sur le Cloud et je remarque que toutes les photos sont

datées et géolocalisées, sauf celle-là. Comme si elle venait de nulle part, mec !

— C'est tout à fait ça.

— Tu veux mon avis ?

— Dis-moi.

— Je pense que tu as pris cette photo accidentellement quand tu as discuté avec lui.

— Possible, mais je suis sûr de ne pas avoir sorti mon téléphone à ce moment-là.

Sauf dans mon rêve, faillit-il ajouter.

— Je trouve l'application Photo parfois imprévisible. Je n'ai jamais entendu parler d'un cas comme ça, mais je ne suis pas non plus surpris.

Ollie l'entendit déglutir. Son interlocuteur avait certainement une tasse à portée de main.

— Tu te souviens, quand on faisait développer les films argentiques et qu'on les déposait dans un magasin ?

— Ça nous rajeunit pas !

— Ça, c'est sûr. Eh bien, à deux occasions, j'ai trouvé parmi mes tirages des clichés qui n'étaient pas de moi : un bébé et une photo de vacances.

— Tu penses que c'est ce qui s'est passé ici ? Chris, la coïncidence serait complètement dingue ! J'ai croisé ce monsieur la semaine dernière, on a discuté, et ce matin, je me retrouve avec une photo de lui dans mon téléphone ! On parle de quoi ? Une chance sur un milliard ? Tu crois que quelqu'un d'autre aurait pris cette photo et qu'elle serait apparue dans mon Cloud ?

— Ça arrive, les coïncidences.

— Je sais, mais là…

Il plongea dans ses pensées.

— Je suis désolé, Ollie, mais je n'ai pas de meilleure explication. Si ce n'est pas ça, je sèche. Je vais poser la question à un gars que je connais chez Apple, et essayer de savoir si ça arrive souvent.

— Merci, Chris.

Ollie raccrocha et observa longuement la photo du vieil homme. Le fond était indistinct. Il zooma sur le visage, comme il l'avait déjà fait plusieurs fois, pour vérifier s'il ne se trompait pas, mais c'était bien le même visage, la même pipe en bruyère, le bâton de marche, la houppette démodée et les mêmes yeux embués. Chris Webb avait très souvent raison, et son explication, si tirée par les cheveux soit-elle, semblait la seule possible.

Vêtu d'un jean et d'un sweat-shirt, il descendit et enfila les nouvelles bottes de pluie, cadeau de Caro, un peu en avance, pour son anniversaire. Elle savait qu'il ne comptait rien faire d'exceptionnel pour l'occasion, juste un dîner avec quelques amis. Il projetait une grosse fête quand ils auraient financièrement un peu de marge, une fois la maison rénovée.

Les ouvriers arrivèrent et s'excusèrent platement. Ils avaient été retenus chez le fournisseur qui devait leur donner le matériau d'isolation promis. Ollie était frustré de constater l'absence de l'électricien et du plombier.

Il enfonça une casquette de base-ball sur sa tête et sortit sous le léger crachin. Il marcha plus vite que d'habitude, d'un pas décidé. Il ignora les alpagas, qui, d'une démarche comique, trottaient vers lui avec curiosité.

Il observa les deux créatures fantastiques effrayantes qui trônaient sur les piliers du portail et s'arrêta en voyant une camionnette rouge de la poste mettre son clignotant et venir dans sa direction. Le conducteur s'arrêta à son niveau pour le saluer.

— Monsieur Harcourt ? lui demanda-t-il en brandissant plusieurs enveloppes retenues par un élastique. Je vous les donne ou vous voulez que je les glisse dans votre boîte aux lettres ?

— Ça ne vous dérange pas de les déposer chez moi ?

— Pas du tout ! Votre déménagement s'est bien passé ?

— Plutôt, oui ! Dites-moi, à quelle heure est-ce que vous collectez le courrier, là-bas ? s'enquit Ollie en désignant une petite boîte aux lettres rouge, à moitié cachée par la haie, de l'autre côté de la route.

— On passe une fois par jour, vers 16 h 30 en semaine et midi le samedi. Si vous avez des plis à envoyer plus tard, je vous conseille d'aller jusqu'à la poste de Hassocks.

Il le remercia et le facteur grimpa la côte. Puis Ollie regarda à droite et à gauche, déçu de ne voir personne. L'humidité intensifiait les odeurs de feuilles et d'herbe, qu'il savoura en se mettant en route vers le village.

Quelques minutes plus tard, il poussait le portail du Garden Cottage et s'engageait dans l'allée. Comme la fois précédente, la porte d'entrée était entrouverte. Il appela la propriétaire.

Annie Porter apparut en salopette sale, les mains pleines d'argile. Elle semblait ravie de le revoir.

— Ollie ! Entrez, je vous en prie ! Vous revenez pour mon cordial, n'est-ce pas ? Certains l'appellent le crack de Cold Hill. On devient vite accro !

Ollie éclata de rire.

Elle lui proposa de s'asseoir à la petite table en pin de la cuisine. Elle se rinça les mains, prépara du café et ouvrit une boîte de sablés faits maison, qu'elle disposa sur une assiette.

Quand elle eut terminé de faire le café, elle s'installa face à lui.

— Je suis contente que vous soyez venu. Comme ça, je n'aurai pas à me déplacer. J'ai une bouteille de cordial et de la marmelade de gingembre pour vous.

— Merci beaucoup !

— Comme je vous le disais, je suis ravie d'accueillir de nouvelles personnes dans notre village.

Elle laissa Ollie ajouter quelques gouttes de lait dans son café, puis se servit.

— Au fait, je suis toujours intriguée par l'homme dont vous m'avez parlé. Je ne vois vraiment pas qui ça pourrait être.

Ollie en profita pour sortir son téléphone de sa poche, afficher la photo du vieil homme et la lui montrer.

— Voici de qui il s'agit.

Elle jeta un coup d'œil et fronça les sourcils.

— C'est lui ?

— Oui.

— C'est l'homme que vous avez croisé sur la route la semaine dernière ?

— Oui. Vous le reconnaissez, maintenant ?

Elle dévisagea Ollie et prit son iPhone pour regarder la photo de plus près.

— Vous l'avez vu la semaine dernière ? Cet homme ?

— Oui. Je dirais… mardi dernier.

Elle secoua la tête.

— Mardi dernier, c'est impossible.

— J'ai discuté avec lui. Comme j'ai dû vous le dire hier, il travaillait autrefois dans notre maison.

Elle observa de nouveau la photo.

— Où est-ce que vous l'avez prise, Ollie ?

— Vous le reconnaissez ? répliqua-t-il en ignorant délibérément sa question.

— Oui. Absolument.

— Qui est-ce ? Comment s'appelle-t-il ?

— Je suis désolée, mais je trouve ça très étrange. Vous êtes sûr de l'avoir vu la semaine dernière ?

Il confirma.

— Ce n'est pas possible. Il doit avoir un sosie.

— Pourquoi, Annie ? demanda-t-il, l'estomac noué.

Était-il en train de rêver ?

— Eh bien, c'est Harry Walters, j'en mettrais ma main à couper. Mais il est impossible que vous l'ayez vu la semaine dernière.

Elle lui jeta un regard glacial.

— Vous me mettez très mal à l'aise, ajouta-t-elle.

Ollie leva les bras.

— Je suis désolé, je ne…

— Qu'essayez-vous de démontrer, au juste ? dit-elle froidement.

— Démontrer ?

— À quel jeu jouez-vous ?

Elle observa de nouveau l'image. Ollie but une gorgée de café. Il était bon, mais le changement soudain d'attitude de son interlocutrice le perturbait tant qu'il ne l'apprécia pas.

— Je ne comprends pas où vous voulez en venir, finit-elle par dire.

— J'essaie juste de savoir qui est ce monsieur, pour le retrouver et continuer notre conversation.

Elle prit un air amusé.

— Vous n'avez pourtant pas l'air d'un illuminé.

Il sourit.

— C'est toujours bon à savoir.

— Mais vous essayez de me faire croire que vous avez bavardé avec Harry Walters la semaine dernière et pris sa photo…

Ollie haussa les épaules.

— Eh bien…

— Et vous voudriez que je vous dise où le trouver ?

— Oui, il faut vraiment que je lui parle.

Elle le regarda droit dans les yeux. Des yeux clairs, gris-bleu, très beaux et foncièrement honnêtes.

— Donc, la semaine dernière, Harry Walters vous aurait déclaré qu'il avait travaillé dans la maison de Cold Hill…

— Oui.

— Qu'a-t-il dit exactement ?

— Que les propriétaires, Sir Henry et Lady Rothberg, lui avaient demandé de s'occuper de leur demeure en leur absence. J'ai tapé leurs noms dans Google, mais je n'ai pas trouvé grand-chose. Apparemment, lui était banquier et ils sont tous les deux morts en 1980.

— Oui, quelques mois après notre arrivée.

Elle étudia la photo une nouvelle fois.

— C'est vraiment troublant, fit-elle en levant les yeux. Et vous ne m'avez pas dit où vous l'aviez prise…

Il hésita, ne voulant pas s'engager sur la voie du mensonge.

— Eh bien…

— C'est effectivement Harry, mais il est mort.

— Mort ?

— Il y a quelques années de cela. Je me souviens vaguement de la date, parce que c'est l'époque où un marchand de biens venait d'acquérir votre maison et de nombreuses rumeurs ont circulé dans le village. Certains ont laissé entendre qu'ils allaient la démolir et la remplacer par une tour d'immeuble. Bref, ils ont entrepris de nombreux travaux de rénovation, et Harry a proposé ses services comme jardinier. Sa femme venait de disparaître, il était content de se rendre utile. Et il était bon jardinier. Il nous avait un peu aidés à notre arrivée. Il m'a d'ailleurs appris beaucoup de choses sur les légumes. Pauvre Harry, soupira-t-elle, mélancolique.

Son chat entra et miaula.

— Qu'est-ce que tu veux, Horatio ?

Le chat s'éloigna, dédaigneux.

— Il est mort sur votre propriété, d'ailleurs. Il y a malheureusement eu plusieurs tragédies chez vous, au fil des années.

Ollie sentit son malaise grandir.

— Qu'est-il arrivé à Harry Walters ?

— On m'a dit qu'il travaillait au bord du lac, quand ça s'est passé. Il arrachait les roseaux avec une sorte de pelle. Il avait beaucoup plu, les semaines précédentes, et la rive s'est affaissée sous le poids de l'engin.

La pelle s'est renversée et l'a cloué au sol. Il s'est noyé dans quelques centimètres d'eau.

— Une pelle... Vous voulez dire, une pelleteuse ?

— C'est ça : une pelle mécanique.

19

Mardi 15 septembre

JOHN – JOHNNY – RICHARD O'HARE
4 NOVEMBRE 1943 – 26 OCTOBRE 1983

ROWENA SUSAN CHRISTINE O'HARE
8 AOÛT 1954 – 26 OCTOBRE 1983

FELIX JOHN SIMON O'HARE
23 JUILLET 1975 – 26 OCTOBRE 1983

DAISY ROWENA HARRIET O'HARE
10 MARS 1977 – 26 OCTOBRE 1983

DISPARUS TRAGIQUEMENT,
RÉUNIS AU CIEL

Ollie se trouvait dans le cimetière, à l'arrière de l'église normande. De l'autre côté du mur, des moutons paissaient sur la colline. Il s'arrêta devant une grande pierre tombale aux angles sculptés. Il s'agissait d'un mausolée familial beaucoup plus majestueux que les sépultures environnantes. Certaines étaient d'ailleurs tellement abîmées que les inscriptions avaient presque entièrement disparu, effacées par les intempéries ou masquées par le lichen et la mousse. D'autres étaient particulièrement penchées.

Il parcourut les noms des O'Hare. Une famille entière décimée. Il se demanda s'ils avaient tous péri dans un accident de voiture. Il sentit son cœur se serrer. Pour une raison ou une autre, le nom lui disait quelque chose, mais il ne se rappelait pas quoi. Il prit une photo de la tombe, puis parcourut le cimetière jusqu'à trouver ce qu'il cherchait.

HARRY PERCIVAL WALTERS
25 Mai 1928 – 19 Octobre 2008

La stèle, sobre, était beaucoup plus moderne que les autres. À quelques rangées de là, une dame d'un certain âge, foulard sur la tête, déposait des fleurs sur une sépulture légèrement surélevée, car très récente. Ollie s'agenouilla pour la prendre en photo, quand il fut surpris par une voix distinguée derrière lui.

— C'est quelqu'un de votre famille ?

Il se retourna pour découvrir un homme proche de la cinquantaine, grand, mince, un peu dégingandé, qui portait un pull irlandais, un jean bleu, des bottines noires et un col romain à peine visible. Il avait les cheveux blonds, un début de calvitie, un visage agréable, insouciant et légèrement blasé, qui évoquaient, pour Ollie, une version jeune de l'acteur Alan Rickman.

— Non, simplement quelqu'un qui m'intéresse.

Il tendit la main.

— Olivier Harcourt, nous venons de nous installer dans le village.

— Ah, oui, à la maison de Cold Hill ? Je suis Roland Fortinbrass, le pasteur.

Il lui serra la main avec poigne.

— Vous avez un nom très shakespearien, dit Ollie en repensant à l'allusion à Shakespeare qu'avait faite Harry Walters dans son rêve.

— Oui, un personnage secondaire, et son nom ne comportait qu'un seul « s ». J'en ai deux. Mais il y a des avantages, concéda-t-il en souriant. Les gens se souviennent bien de moi. Bref. Êtes-vous bien installés ? J'avais prévu de vous rendre visite pour me présenter et vous encourager à participer à certaines de nos activités.

La bruine devint plus forte, mais le pasteur y semblait indifférent.

— Eh bien, avec ma femme, Caro, nous nous disions justement que nous voulions nous impliquer dans la vie du village.

— Parfait ! Et vous avez une fille, c'est ça ?

— Jade. Elle va avoir 13 ans.

— Peut-être voudrait-elle participer à nos animations pour les jeunes ? Elle chante ?

Jade préférerait se pendre plutôt que de rejoindre l'église locale, songea Ollie.

— Je vais lui en toucher un mot.

— Nous recherchons des choristes. Est-ce que vous ou votre femme seriez intéressés ?

— Je crains que ce ne soit pas notre point fort.

— Dommage, mais si vous avez envie de faire des activités, nous avons un large choix à proposer. Quand est-ce que je pourrais passer chez vous ?

— Caro travaille toute la semaine. Elle est avocate. Samedi, peut-être ?

Il se tourna un instant vers la tombe.

— J'aimerais en fait vous…

Il marqua une pause.

— Oui ?

— Non, rien.

Il s'attarda de nouveau sur la sépulture.

— Vous connaissiez cet homme, Harry Walters ?

— Moi non, mais mon prédécesseur, sans doute. Il s'appelle Bob Manthorpe. Il a pris sa retraite, mais j'ai son contact. Puis-je vous demander pourquoi vous vous intéressez à lui ?

Le pasteur jeta un coup d'œil à sa montre.

— Écoutez, je suis libre pendant une demi-heure environ. Un couple doit me rendre visite à 13 heures, pour leur projet de mariage. Je peux vous proposer un thé ou un café à l'intérieur ?

— Volontiers, si ça ne vous dérange pas.

— Au contraire. Je suis au service de la communauté. Mon épouse est sortie, mais elle rentrera peut-être à temps pour vous rencontrer.

Le presbytère était une petite maison moderne meublée de façon spartiate. Ollie s'assit sur un canapé, une tasse de café brûlant à la main, et le pasteur prit place dans un fauteuil face à lui, jambes croisées. Des exemplaires du magazine de la paroisse s'étalaient sur une table en bois toute simple, à côté d'une assiette de biscuits au gingembre. Un crucifix accroché au mur était le point central de la décoration, à côté d'une photo couleur encadrée d'une Bentley sportive verte, 3,5 litres, des années 1930. La proximité des deux était pour le moins inattendue. Plusieurs cartes d'anniversaire étaient posées sur le manteau d'une cheminée inutilisée.

Fortinbrass remarqua l'intérêt de Ollie pour la voiture.

— Elle appartenait à mon grand-père. Il était fan de course automobile. Dommage qu'on ne l'ait plus.

— J'ai un client qui en vend une 160 000 livres. Si ses résultats sportifs étaient décents, elle pourrait valoir le double.

— Il a participé aux 24 heures du Mans, mais il n'a jamais terminé ! Dans quel secteur travaillez-vous ? Le Web, c'est bien ça ?

Ollie sourit.

— Avec Caro, nous sommes de vrais citadins. Quand nous avons décidé de déménager, quelqu'un m'a dit que, dans un village, tout se savait en deux minutes.

— Oh, nous aussi, nous sommes des citadins pure souche ! Ma première église était à Brixton, puis j'ai œuvré à Croydon. C'est la première fois que je suis à la campagne. J'adore, mais vous avez raison, l'ambiance peut être très provinciale. J'ai d'ailleurs sans doute choqué plusieurs personnes du cru en introduisant de la guitare dans certains de mes offices. Mais il faut bien faire quelque chose. Quand je suis arrivé, en 2010, nous n'avions que sept personnes à la communion des fidèles et vingt-trois aux matines. Je suis fier de pouvoir dire que ce nombre a augmenté. Mais au fait, pourquoi vous intéressez-vous à la tombe de Harry Walters ?

— Que savez-vous sur notre maison, pasteur ?

— Appelez-moi Roland. Pasteur, c'est vieux jeu, trop officiel.

— D'accord, appelez-moi Ollie.

— Ravi de vous rencontrer, Ollie.

— Pareil pour moi.

— Donc, votre maison… Je ne sais pas grand-chose, à vrai dire. Je sais qu'elle est à l'abandon depuis longtemps. Qu'il lui faut un projet de grande envergure, de la passion… et de l'argent.

— J'ai discuté avec une voisine, Annie Porter.

— Je suis content que vous l'ayez rencontrée. Elle est vraiment adorable. C'est aussi un sacré personnage. Son défunt mari est un héros de la guerre des Malouines.

— C'est ce que j'ai cru comprendre. Je l'ai trouvée très gentille.

— Une femme charmante !

— Elle m'a dit que notre maison avait été témoin d'un certain nombre de tragédies, au fil du temps. C'est pour ça que je cherche des informations sur Harry Walters. Il a été tué sur notre terrain.

— Ah bon ?

— Il s'est noyé dans le lac. Écrasé par la pelleteuse qu'il conduisait, qui s'est renversée sur lui.

Le pasteur sembla sincèrement choqué.

— Mais c'est atroce. J'espère que cela ne vous a pas découragé ?

Ollie réfléchit. C'était peut-être le moment de demander à son interlocuteur s'il croyait aux fantômes, mais il ne voulait pas passer pour un barjo lors d'une première rencontre.

— Pas du tout. Le passé est…

Il marqua un temps d'arrêt.

— ... une terre étrangère ? suggéra Fortinbrass.

Ollie but une gorgée de café et sourit.

— C'est ce que j'espère.

20

Mardi 15 septembre

— Vous l'avez trouvé, le gars que vous cherchiez ? demanda Lester Beeson à Ollie en posant devant lui, sur le comptoir, un Coca Light. Vous m'avez dit glaçons et citron ?

Aujourd'hui, le patron du pub était distrait parce qu'une dizaine de randonneurs bruyants, entre deux âges, s'était installés dans son bar avec leurs K-ways détrempés, leurs anoraks aux couleurs vives et leurs chaussures de marche boueuses. Deux d'entre eux ruisselaient au-dessus d'une carte mouillée étalée sur une table.

— Des glaçons et du citron, volontiers. Merci. Eh oui, je l'ai retrouvé.

— Bien.

— Où sont les toilettes, s'il vous plaît ? demanda une femme au patron.

Beeson lui indiqua le fond de la salle.

Ollie commanda une salade de crevettes et emporta sa boisson dans une alcôve, aussi loin que possible des randonneurs. Il sortit son téléphone de sa poche, ouvrit l'application Photo et regarda celles qu'il avait prises une heure plus tôt, au cimetière. Harry Percival Walters était né en mai 1928 et mort en octobre 2008. À 80 ans, donc. Il balaya ses photos pour revoir celle du vieil homme.

Elle n'était plus là.

Intrigué, il vérifia dans tous ses albums. Les photos les plus récentes, prises pour documenter les étapes de la rénovation, étaient toutes présentes. En général, quand il les synchronisait avec son ordinateur portable ou son iPad, sur le Cloud, il n'effaçait pas celles de son téléphone, pour pouvoir les consulter n'importe quand.

Mais celle-ci, impossible de remettre la main dessus.

Tandis qu'il attendait son plat, il appela son informaticien. À en croire le bruit de fond, Chris Webb devait être au volant, ou dans un endroit avec une mauvaise réception.

— Je suis en train de rentrer chez moi, dit Webb. Je peux te rappeler quand j'arrive ?

— Pas de problème.

Une demi-heure plus tard, alors qu'il montait l'allée de sa maison, tête baissée pour se protéger de la pluie battante, il fut soulagé de découvrir une rangée de camionnettes garées devant chez lui, ainsi qu'une benne.

À l'intérieur, des ouvriers s'activaient au rez-de-chaussée et dans la cave. Il revenait dans la cuisine quand son téléphone lui signala l'arrivée d'un message. Cholmondley voulait qu'il ajoute quelque chose à son site. Alors qu'il le lisait, le plombier, Michael Maguire, se dégagea de l'évier qu'il réparait et regarda autour de lui.

— Ah, Lord Harcourt ! Comment allez-vous ?

— Ça va. Et de votre côté ?

Ollie leva son téléphone pour prendre une photo des canalisations sous l'évier et les ajouter au dossier « rénovation ».

— Je ne sais pas qui a fait la plomberie, mais ils ont travaillé comme des sagouins, déclara l'Irlandais.

Le téléphone de Ollie sonna. C'était Chris Webb.

— Je suis rentré, que puis-je faire pour toi ?

Ollie fit signe au plombier qu'ils reprendraient leur conversation plus tard et se dirigea vers l'escalier pour aller dans sa chambre, tout en regardant autour de lui d'un air inquiet. Il lui tardait de retirer ses habits mouillés.

— C'est bon, Chris. La photo que je t'ai envoyée ce matin a disparu de mon iPhone et j'aurais voulu que tu me la renvoies, mais je suis rentré chez moi et je vais la trouver sur mon ordinateur. Merci.

— Pas de souci !

Ollie se changea dans leur chambre, choisit un jean dans l'imposante armoire victorienne en acajou qui avait fait le déménagement, enfila un tee-shirt propre et un pull léger, puis monta dans son bureau en repensant à l'article qu'il avait lu sur les fantômes. Apparemment, c'était avant tout une question d'énergie. Selon l'une des théories proposées, l'énergie des défunts pouvait rester sur place après leur mort. Était-il possible que celle d'une vieille dame décédée ici soit toujours présente ? Était-ce le phénomène dont sa belle-mère avait été témoin le jour de leur emménagement ? Est-ce que cela pouvait expliquer les sphères de lumière qu'il avait vues dans l'atrium ?

Pourquoi Jade lui avait-elle posé une question sur les fantômes ce matin ? Avait-elle fait un cauchemar, dimanche soir, ou s'agissait-il d'autre chose ?

Quelque chose se passait dans cette maison, mais quoi ? Il fallait qu'il trouve une explication valable, avant que Caro s'en rende compte et panique.

Pour acheter ici, ils s'étaient endettés plus que de raison. Revendre n'était pas envisageable. Il allait devoir régler le problème, quel qu'il soit. Selon sa philosophie, il y avait toujours une solution. Tout allait bien se passer. Il s'assit à son bureau et tenta de se connecter, mais ses mains tremblaient tellement qu'il lui fallut trois essais pour y parvenir.

Il ouvrit immédiatement l'application Photos et chercha méticuleusement.

Toutes les photos des travaux étaient là, dont celle qu'il venait de prendre dans la cuisine, celle de la tombe de Harry Walters aussi, mais aucune trace du cliché du vieil homme.

Il fit la même recherche dans son iPad, pour un même résultat.

Était-il en train de devenir fou ?

Caro avait commenté la photo ce matin et Chris Webb l'avait reçue, ils en avaient parlé.

Il appela son informaticien.

— Chris, je suis désolé, mais il faudrait que tu me renvoies cette photo, je ne la trouve plus.

— J'ai un souci, moi aussi. Ça doit être un bug dans l'iCloud, comme je te disais. Moi non plus, je ne l'ai plus.

21

Mercredi 16 septembre

Il arrivait que Caro le pousse gentiment ou lui touche le visage pour lui signaler qu'il ronflait. Mais cette nuit, Ollie était incapable de dormir. Et il n'arrêtait pas de regarder l'heure à son radio-réveil : minuit, 00 : 30, 00 : 50, 01 : 24, 02 : 05... À présent, c'était elle qui ronflait, couchée sur le ventre, les bras autour de son oreiller.

Il pensait à la photo de Harry Walters. Et à la famille O'Hare, dont le nom lui semblait familier. Il entendit une chouette ululer dans l'obscurité. Et un animal hurler à la mort. Un lapin attaqué par un renard, peut-être ? La loi de la nature.

Puis il entendit un autre bruit. De l'eau coulait quelque part. Il fronça les sourcils. Avait-il laissé un robinet ouvert dans la salle de bains ? Il se glissa hors du lit, nu, en évitant de faire grincer le parquet pour ne pas réveiller Caro, et traversa la chambre pour rejoindre la salle de bains adjacente. Le bruit devenait de plus en plus fort. La porte était entrouverte. Il entra, referma derrière lui et alluma la lumière. Les robinets de la double vasque en étaient la cause.

Il s'avança et les ferma. Mais le vacarme continua. Il se tourna vers la baignoire. Les robinets étaient eux aussi ouverts. Puis il s'aperçut que de l'eau coulait aussi dans la douche. Il l'arrêta et resta quelques instants immobile. Il était absolument impossible qu'il ait oublié de tout fermer.

— Papa ! Maman !

C'était Jade. Il attrapa son peignoir suspendu à la porte de la salle de bains, traversa la chambre plongée dans l'obscurité et entendit Caro bouger.

— Qu'est-ce qui se passe ? murmura-t-elle.

— Rien, ma chérie.

Il sortit dans le couloir, ferma la porte de la chambre et chercha l'interrupteur.

— Papa ! Maman !

Il courut jusqu'à la chambre de leur fille. Celle-ci avait allumé une lumière et se tenait en short et tee-shirt dans l'encadrement de la porte de sa salle de bains. Il entendit de l'eau couler.

Elle se tourna vers lui, terrorisée.

— Papa, regarde !

Il avança vers elle et s'arrêta net. Son immense baignoire débordait et les deux robinets continuaient à cracher de l'eau.

Il marcha dans les flaques pour aller les arrêter. Mais de l'eau coulait toujours de la douche. Il interrompit également l'inondation.

— Je suis sûre de les avoir fermés avant de me coucher, Papa ! J'ai pris un bain, et ensuite je me suis brossé les dents.

Il lui passa la main dans les cheveux.

— Je sais, ma puce.

Puis il attrapa les serviettes étendues et les jeta par terre pour éponger.

— Je t'en apporterai des propres.

— Je suis sûre de les avoir fermés, répéta-t-elle.

À genoux, Ollie essayait de limiter les dégâts, afin que l'eau ne s'infiltre pas dans le plafond de la pièce du dessous.

Il hocha la tête.

— Le plombier est passé aujourd'hui. Il a dû laisser une valve ouverte ou quelque chose comme ça.

Son ton était assez persuasif pour rassurer sa fille, mais lui-même n'était pas convaincu. D'autant plus qu'il entendait de l'eau couler au loin. Le cœur battant, il embrassa Jade, lui souhaita bonne nuit, éteignit la lumière et descendit à toute allure dans la cuisine. Tous les robinets étaient ouverts à fond. Il les ferma et se rendit dans le cellier, où celui de l'évier crachait lui aussi de l'eau. Après les avoir éteints, il se rendit compte que de l'eau coulait dehors.

La confusion la plus totale régnait dans son esprit. Il tourna la grosse clé ancienne de la porte qui donnait sur le jardin et fut accueilli par une bouffée d'air frais et humide. Le ciel était parfaitement dégagé. Un croissant de lune brillait au-dessus de Cold Hill. La voûte céleste, d'un noir velouté, scintillait d'une multitude de diamants.

L'ambiance était irréelle. Et de l'eau coulait toujours, de plus en plus fort. Il saisit une lampe torche au bord de l'égouttoir, l'alluma et éclaira le jardin. Au loin, un animal – un renard ou un blaireau, peut-être – s'enfuit.

Puis il découvrit d'où venait le bruit. Un robinet extérieur était grand ouvert.

Il le ferma, et en rentrant dans la maison, entendit de nouveau de l'eau couler.

Il verrouilla la porte et se précipita dans l'atrium, puis dans les toilettes du bas, où les deux robinets étaient ouverts.

Je vais le tuer, ce plombier ! songea-t-il en les coupant.

Mais de l'eau s'écoulait toujours, ailleurs.

Il monta dans l'une des chambres d'amis qui disposait d'un lavabo. Là aussi, l'eau coulait abondamment. Puis il se rendit dans la chambre jaune, qui disposait d'une salle de bains. Là aussi se déversaient des trombes d'eau.

Malgré la fatigue, il essaya de faire le point sur la situation. Cet idiot de plombier avait dû ouvrir tous les robinets pour faire un test, et il était reparti en oubliant de les fermer.

C'était la seule explication plausible.

Il fit le tour de la maison pour vérifier que chaque robinet était bien fermé. Puis, avant de retourner se coucher, il se souvint qu'il y avait une dernière salle de bains, sous les toits, à côté d'une minuscule chambre avec un vieux lit en fer forgé, qui était la mieux conservée de la maison. Comme si le marchand de biens, qui s'était lancé dans des rénovations avant de faire faillite, avait commencé par le dernier étage. La salle de bains était moderne, elle comportait une douche électrique et un WC broyeur.

Le lavabo était sec, tout comme la douche, ce qui le soulagea. Les combles disposaient d'un système de canalisation différent, d'après ce qu'on lui avait expliqué.

Il redescendit et se glissa dans le lit. Caro ne bougea pas d'un iota. Elle avait sans doute dormi tout du long. Il éteignit la torche et la posa doucement sur le sol.

Il entendit soudain de l'eau couler. Et le bruit cessa.

22

Mercredi 16 septembre

Ploc.

Une goutte d'eau atterrit sur le front de Ollie. Il se réveilla en sursaut et regarda l'heure. 03 : 03.

Ploc.

Une autre goutte tomba au même endroit. Il leva la main pour toucher son front. Mouillé.

Ploc.

— Merde ! s'exclama-t-il.

Une troisième tomba sur sa joue. Il chercha la torche qu'il avait posée à côté du lit.

— Qu'est-ce qui se passe ? murmura Caro.

— Je pense qu'on a une fuite.

Il trouva la lampe, mais avant d'avoir eu le temps de l'allumer, une détonation retentit au-dessus de leurs têtes et un déluge d'eau froide, de plâtre et de poussière s'abattit sur eux.

— Bordel ! hurla-t-il en sautant du lit. Merde, merde, merde !

Il alluma la lampe.

— C'est quoi ce putain de… fit Caro en se redressant brusquement.

Dans le faisceau de lumière, couverte de poussière blanche, elle ressemblait à un fantôme.

— Bordel de merde ! dit-elle en s'extirpant des draps.

Ollie éclaira le plafond. À travers un grand trou au centre, l'eau coulait en cascade.

Il attrapa son téléphone sur son chevet, chercha le numéro du plombier et le composa. Après plusieurs sonneries, persuadé qu'il allait tomber sur une boîte vocale, il entendit soudain une voix étonnamment enjouée, avec un accent irlandais :

— Bien le bonjour, Lord Harcourt ! Tout va bien chez vous ?

23

Mercredi 16 septembre

Plombiers, maçons et électriciens… À midi, quasiment toutes les pièces de la maison étaient occupées
par des ouvriers. L'eau s'était infiltrée dans le sol de
la chambre, qui se trouvait juste au-dessus de la cuisine, ce qui avait provoqué un court-circuit dans cette
pièce et l'atrium. Caro était partie au bureau pour une
réunion qu'elle ne pouvait annuler, en lui promettant
d'essayer de rentrer le plus tôt possible afin de l'aider.

Ollie avait épongé le sol de leur chambre au mieux
et, avec l'aide d'ouvriers, l'avait recouvert de bâches.
Bryan Barker lui avait expliqué que ce serait compliqué
de réparer une partie seulement de l'ancien plafond,
composé de plâtre et de lattis – un mélange de mortier
et de crin –, sans risquer de l'endommager davantage.
Ce serait plus rapide, et plus raisonnable, de tout casser
et de poser des plaques de plâtre. Ollie avait accepté
son conseil et lui avait donné le feu vert. Avec un peu
de chance, le plafond serait réparé pour la fin de la
semaine. D'ici là, elle n'était pas habitable.

La seule pièce dans laquelle on pouvait dormir était la minuscule chambre dans les combles, avec le lit en fer forgé. Il décida que Caro et lui camperaient là-haut quelques jours. La fatigue commençait à le rendre irritable. La maison résonnait d'une cacophonie de radios, de coups de marteau, de bruits de perceuse et de scie électrique. Il étouffait, avec le besoin vital de s'enfermer dans son bureau pour se concentrer sur son travail.

Cholmondley lui avait déjà laissé deux messages ce matin, très impatient que les remarques qu'il lui avait transmises la veille soient prises en compte. Anup Bhattacharya, de la Chattri House, lui avait envoyé une idée pour son site et voulait en discuter d'urgence aujourd'hui.

Les yeux rougis par le manque de sommeil, tenaillé par le besoin d'un café, il se souvint que les deux expressos de la matinée avaient épuisé le petit réservoir de la machine, et le plombier avait limité la consommation d'eau. Se souvenant de la petite réserve d'eau minérale dans le réfrigérateur, il fonça dans la cuisine. C'était une extravagance, songea-t-il en sortant une bouteille d'Évian pour se préparer un grand expresso. À ce moment-là, une ombre s'abattit sur lui.

Il se retourna brusquement.

— Désolé de vous avoir fait sursauter, Lord Harcourt !

C'était Michael Maguire, en combinaison de travail. Il était à l'œuvre depuis 4 heures du matin. Il était sale et épuisé.

Ollie sourit et se souvint d'une citation : « Tout est bruit pour qui a peur. » Effectivement, il était dans un tel état de nervosité qu'un rien le faisait sursauter.

— J'allais me faire un café avec ça, vous en voulez un ? lui proposa-t-il en levant la bouteille.

— On est en train d'installer la colonne. Vous aurez de l'eau en fin d'après-midi. Volontiers, pour le café. J'ai une bonne et une mauvaise nouvelle, je commence par laquelle ?

— Ce que je veux d'abord, c'est un café, répliqua Ollie.

Quelques minutes plus tard, ils étaient assis à la table de la cuisine et, tandis que Maguire finissait un appel avec un fournisseur auquel il passait commande, Ollie en profita pour vérifier ses e-mails sur son téléphone. Le plombier raccrocha et leva la tête.

— Il y a une bonne nouvelle ? fit Ollie.

Maguire se pencha vers lui et l'observa quelques instants.

— La bonne nouvelle, c'est que j'ai réussi à commander tous les matériaux dont nous avons besoin. Je vais en recevoir une grande partie cet après-midi, et le reste demain matin.

Puis il baissa les yeux, abattu.

— Et la mauvaise ?

— Je vais faire de mon mieux, mais la facture sera élevée. Peut-être que l'assurance vous remboursera une partie, mais je ne sais pas combien.

— Avec un peu de chance, le plafond de la chambre, dit Ollie. Et les rénovations électriques dans la cuisine. Bon. Quelles sont vos conclusions ? Pourquoi est-ce que tous les robinets se sont ouverts cette nuit ?

— Je n'ai pas encore tous les éléments pour vous répondre, mais déjà vous saviez que la plomberie était dans un état déplorable. Tous les joints en caoutchouc étaient détériorés. Et d'après les déjections que j'ai pu voir dans le grenier et les trous dans les murs, la maison est infestée de vermine – de souris en particulier. Elles ont d'ailleurs grignoté toutes les canalisations modernes, celles en plastique que les promoteurs avaient installées avant de mettre la clé sous la porte. Les poches d'air dans le système sont à l'origine de bruits et de vibrations qui contribuent à abîmer les protections, parfois jusqu'à ce qu'elles craquent.

Maguire but une gorgée de café et reprit :

— Vous avez ici toutes sortes de canalisations : certaines en plomb, d'autres en cuivre, et un troisième type en acier à faible teneur en carbone. Quand elles vieillissent, celles qui sont en cuivre peuvent exploser. Celles en plomb se perforent et l'eau se met alors à suinter. Celles en acier rouillent de l'intérieur, à cause de l'oxygène présent dans l'eau. Celle-ci ne peut plus passer, comme dans une artère bouchée, et la pression augmente. Les tuyaux se mettent à vibrer, vous avez un effet d'expansion et de contraction dans ceux qui n'ont pas connu d'eau chaude depuis des années. Et toute cette flotte bloquée doit bien aller quelque part.

Il regarda Ollie d'un air triste.

— Ce principe d'expansion et de contraction tend à avoir l'un des deux effets suivants : soit les joints lâchent brutalement, soit les bouchons dans les canalisations sautent, ce qui donne une énorme pression. Les robinets, avec leurs rondelles usées, ne peuvent pas la supporter. Le problème est exacerbé, car toute l'installation est interdépendante. Vous avez un réservoir en zinc dans les combles, juste au-dessus de votre chambre. Quand une cuve comme celle-ci vieillit, elle cloque, et, si la pression devient trop importante, les parois explosent.

— Vous pensez que c'est ce qui s'est passé, Mike ?

Ollie but une gorgée de café. Il était bon. Les arômes lui firent momentanément oublier l'odeur d'humidité qui avait envahi toute la maison.

— Je ne peux pas en être certain, Ollie.

Le plombier se mordit les lèvres et balança la tête de droite à gauche.

— Mais si vous additionnez tout, la vétusté, une isolation inexistante pendant de nombreux hivers, la vermine, l'absence totale de maintenance régulière et une cuve qui aurait dû être remplacée il y a cinquante ans, vous avez tous les ingrédients pour ce genre de désastre.

Il semblait désabusé.

— Selon moi, c'est criminel de laisser une maison aussi belle se dégrader à ce point. D'un côté, vous avez de la chance que toutes les rondelles des robinets aient lâché. Autrement, ce sont les joints des canalisations qui auraient cédé, inondant toute la maison.

Ollie l'écoutait attentivement. Il but une gorgée de café et réfléchit.

— Ce que vous me dites fait sens, mais si les rondelles étaient fichues, comment ça se fait que, quand j'ai refermé les robinets, l'eau se soit arrêtée ? Ils ne se sont pas ouverts tout seuls, quand même ?

— C'est possible, avec suffisamment de vibration dans les tuyaux. Il arrive que les boulons des roues d'une voiture se détachent à force de vibrations.

153

Ollie reçut un message sur son téléphone. De la part de Cholmondley, mais il ne le lut pas. Il se tourna vers le plombier.

— Quasiment tous les robinets de la maison, et même celui de l'extérieur ?

— Comme je vous l'ai dit, je ne peux pas être catégorique. Et il y a bien sûr une autre possibilité.

— Laquelle ?

— Un acte de malveillance. Du vandalisme, peut-être ?

— Je ne vois pas pourquoi quelqu'un s'introduirait dans une maison à 3 heures du matin pour ouvrir les grandes eaux. Ça me semble absurde.

— Simple supposition. Votre fille et ses amis auraient-ils pu vous jouer ce genre de tour ?

— Ce genre de tour ?

Il leva les mains au ciel.

— Vous savez, les gosses, aujourd'hui... Les miens font bêtise sur bêtise.

— On a de la chance avec Jade, elle est plutôt raisonnable, mais elle...

Il s'interrompit. Un souvenir lui revint. Plus jeune, Jade avait eu des crises de somnambulisme. Pouvait-elle avoir fait cela dans son sommeil ? Pourquoi ?

Il se rappela un incident. À 7 ans environ, elle s'était rendue dans leur abri de jardin, avait sorti plusieurs outils et les avait posés sur la pelouse. Le matin, elle ne se souvenait de rien. À la même époque, elle avait vidé entièrement le réfrigérateur et le congélateur, et empilé soigneusement leur contenu sur le sol de la cuisine, sans en garder le moindre souvenir.

— Plus jeune, ma fille a eu des problèmes de som-nambulisme. Je me demande si... Pourrait-elle avoir fait ça ?

Il retomba dans un long silence désespéré.

— Simple supposition.

— C'est tout ce que je peux faire, moi aussi... Des suppositions, renchérit Michael Maguire.

24

Mercredi 16 septembre

Ollie retourna dans son bureau. L'explication du plombier pouvait s'appliquer à quelques robinets, mais pas à tous, bon sang. Il aurait aimé être rassuré, mais il n'arrivait pas à le croire.

Il n'avait pas raconté cet épisode à Caro. Jusqu'à ce que le plafond s'effondre, elle n'avait pas pris conscience de la situation. Combien de robinets avait-il dû fermer ? Il commença le décompte dans sa tête. La salle de bains dans les combles : deux pour le lavabo et un mitigeur dans la douche. Trois. Mais ceux-là ne s'étaient pas ouverts. Au premier étage, leur salle de bains, celle de Jade, celle de la chambre jaune, la salle de bains des quatre autres pièces et le lavabo de la chambre bleue.

En bas, les deux toilettes avec lavabos à côté du couloir, l'évier de la cuisine, celui du cellier et le robinet extérieur.

Il prit note en veillant, malgré la fatigue, à n'en oublier aucun. Et l'évier de l'ancienne cuisine des domestiques, dans la cave, se rappela-t-il soudain. Plus il réfléchissait, moins il était convaincu par l'explication du plombier. Tous les joints ne pouvaient pas avoir craqué en même temps. Impossible.

Était-ce Jade ?

C'était à envisager, même si cette hypothèse le mettait mal à l'aise.

Il repensa à certains épisodes précédents, s'assit à son bureau et tapa « somnambulisme » dans Google. Comme il l'avait imaginé, des centaines d'entrées se présentèrent. Il essaya d'autres mots-clés pour limiter les paramètres de recherche. Puis il passa en revue quelques sites et sélectionna ceux qui l'intéressaient. Le troisième semblait le plus pertinent. Il l'ajouta à ses favoris et lut plusieurs fois la page, en s'attardant sur la liste des symptômes recensés.

Peu ou pas de souvenirs de l'épisode. C'était le cas avec Jade. Elle ne se souvenait jamais de rien.

Difficulté à réveiller le somnambule pendant l'épisode. Vrai aussi pour Jade.

Hurlements quand le somnambulisme est associé à des terreurs nocturnes. Jade avait crié la nuit dernière. Il était allé dans sa chambre, avait fermé les robinets de la baignoire, qui débordait, et débranché tout ce qui devait l'être. Il avait lu de la terreur dans ses yeux, et en y repensant, il se rappela son visage, quand elle était plus petite, Elle avait eu cette même expression affolée après un de ses épisodes de somnambulisme à 7 ans.

Dans la voiture, en route pour l'école ce matin, elle n'avait rien exprimé, mais elle envoyait des photos spectaculaires du trou dans le plafond de la chambre de ses parents à tous ses amis, via Instagram. Il ne savait pas ce qu'elle en disait, mais il aperçut des rangées de visages mécontents, entre autres émoticônes.

Soudain, un souvenir s'imposa à lui. À l'époque, ils avaient accompagné Jade chez une pédopsychiatre. Celle-ci avait mis ses terreurs nocturnes et ses épisodes de somnambulisme sur le compte de son appréhension à aller dans une nouvelle école, et avait prédit que tout rentrerait dans l'ordre une fois que Jade se serait adaptée et fait de nouveaux amis. La psychiatre avait eu raison. C'était exactement ce qui s'était passé.

Jade venait de changer d'école. Le même schéma se répétait-il ? C'était plausible. Il reçut alors un e-mail de Chris Webb, qu'il s'empressa d'ouvrir.

Aucun résultat sur le vieillard à la pipe, désolé. Je suis allé sur un forum pour avoir des informations. Il semblerait qu'en général les photos soient déclassées, mais elles ne disparaissent jamais complètement. Pas comme ton gars. Je ne sais pas quoi te dire. Tu es sûr que c'était pas un fantôme ? ☺

25

Mercredi 16 septembre

— Papa, je peux inviter Charlie, en plus de Niamh, à mon anniversaire ? La fête est maintenue, pas vrai ?

Passant une série de feux tricolores après avoir récupéré sa fille à l'école, Ollie lui serra gentiment le bras.

— Bien sûr que la fête aura lieu, ma chérie.

Puis il lui jeta un regard interrogatif.

— Qui c'est, Charlie ?

— Ma copine, répondit-elle, laconique. Elle est gentille.

— Une nouvelle copine ?

Elle hocha la tête et tapa quelque chose avec dextérité sur son téléphone. Elle semblait beaucoup plus heureuse que d'habitude cet après-midi. En fait, c'était la première fois, depuis dix jours qu'elle avait commencé l'école, qu'elle semblait être de nouveau elle-même. Il ressentit une bouffée de bonheur.

— Elle est à l'école avec toi ?

— Oui.

— Super. Bien sûr que tu peux l'inviter. Et aussi tous ceux que tu aimes bien, dans ton collège.

— Je pense à deux autres filles, mais je ne suis pas encore sûre, déclara-t-elle avec le plus grand sérieux.

— On a le temps, un peu plus d'une semaine.

Elle se focalisa de nouveau sur son téléphone sans lui prêter davantage attention. Puis, après quelques instants, elle dit :

— La maman de Charlie travaille pour un vétérinaire.

— OK.

— Elle connaît un éleveur de labradoodles. Et tu ne devineras jamais : ils attendent une portée pour la semaine prochaine. On pourra aller les voir ? Dis oui ! Je pourrais avoir un chiot comme cadeau d'anniversaire ?

— Je pensais que tu voulais un nouvel iPad.

— Oui, mais maintenant, je préférerais un chiot. Et tu as promis qu'on pourrait en avoir un.

— Tu penses que Bombay et Sapphire pourraient s'entendre avec un chiot ?

— J'ai fait des recherches sur le sujet, Papa. Je sais exactement ce qu'il faut faire et ne pas faire.

Ollie sourit. Il en était convaincu. À 8 ans, Jade s'était merveilleusement bien occupée de deux gerbilles, au point que leur cage était toujours d'une propreté irréprochable. Elle les avait même entraînées à faire un parcours d'obstacles qu'elle avait installé dans sa chambre. Avec sa meilleure amie Phoebe, elles avaient même créé une compétition à laquelle elles les avaient officiellement invités.

Elle leur avait aussi appris à descendre les marches. À ses parents admiratifs, elle avait expliqué sans ciller, comme elle le faisait parfois, que c'était en cas d'incendie, afin qu'elles puissent s'échapper. Ni lui ni Caro n'avaient souligné le fait que, pour descendre l'escalier, il aurait déjà fallu qu'elles sachent sortir de leur cage…

— OK. Avec ta mère, on va s'organiser pour aller les voir. Tu ne m'as pas dit qu'il y avait un autre éleveur qui attendait aussi une portée ?

— Si, mais dans super longtemps.

— Je pensais que c'était dans un mois environ…

— Exactement. Dans super longtemps.

Cholmondley ne donnait plus signe de vie. Ollie se demanda si ce n'était pas délibéré, son client voulant lui faire payer le fait qu'il n'avait pas répondu à ses coups de fil de la matinée.

Il mit son téléphone sur haut-parleur avant de le poser sur son bureau et entreprit de vérifier ses e-mails. Le premier était de Bruce Kaplan, un ami américain, professeur en informatique à l'université de Brighton, avec qui il jouait régulièrement au tennis. Ils s'étaient rencontrés durant leurs études d'informatique à l'université de Reading. Kaplan avait suivi un cursus de chercheur, tandis qu'Ollie avait choisi de travailler dans le privé. Ils avaient à peu près le même niveau au tennis et Ollie appréciait la compagnie de cet homme extrêmement intelligent au point de vue souvent décalé sur le monde.

Tu as déballé ta raquette ? On se voit ce vendredi à Falmer ?

Depuis dix ans environ, ils se retrouvaient chaque semaine au centre sportif de Falmer, sur le campus de l'université du Sussex.

Je vais te mettre la pâtée.

Dans tes rêves ! lui répondit Ollie.

Son ami lui envoya un autre e-mail dans la foulée :

Au fait, penche-toi sur les recherches concernant la dégénérescence maculaire du Dr Nick Vaughan, dans le Queensland, en Nouvelle-Zélande. Ça pourrait intéresser ta mère. B.

Ollie le remercia. Sa mère s'était récemment vu diagnostiquer un début de dégénérescence maculaire, mais ni elle ni son père ne suivaient les conseils qu'il pourrait leur donner. Ils étaient beaucoup trop conservateurs. Selon eux, leur médecin avait toujours raison et l'opinion des autres leur importait peu.

Ils ne s'intéressaient pas non plus à sa nouvelle maison, et ça le rendait triste. Il aurait adoré la leur montrer, pour qu'ils se rendent compte de sa réussite sociale, mais ils ne viendraient sans doute jamais. Il leur avait suggéré une visite juste avant le déménagement, mais son père lui avait répondu sans ménagement : « Trop loin. Ta mère ne peut plus vraiment se déplacer, avec ses problèmes de vue. »

Elle n'avait pas non plus voyagé quand sa vue était encore parfaite. Aucun des deux d'ailleurs, alors qu'ils pouvaient se le permettre. Son père avait bien gagné sa vie dans le génie civil, tandis que sa mère était institutrice en primaire.

Mais, chaque été de son enfance, pour les tradition-nelles vacances en famille, Ollie, son frère Bill et sa sœur Janis avaient parcouru les quarante kilomètres qui les séparaient de Scarborough, sur la côte du Yorkshire, où leurs parents louaient une petite maison. Celle-ci était beaucoup moins chère que de nombreuses loca-tions en ville, et son père se vantait chaque année de son sens inné des affaires. « On n'a pas vue sur la mer, certes, mais qui en a besoin quand on a des jambes pour aller la voir, la mer ? »

Autant leurs parents avaient été sédentaires, autant les enfants avaient voyagé. Janis, mariée avec quatre enfants, vivait à Christchurch, en Nouvelle-Zélande, et Bill s'était installé à Los Angeles avec son petit ami, où il travaillait en tant que set designer. Cela faisait bien deux ans qu'il n'avait pas vu son frère et sa sœur. Une importante différence d'âge les séparait. Il ne se sentait pas proche d'eux. C'était en grande partie parce qu'il avait toujours eu une relation froide et distante avec ses parents qu'il essayait de maintenir un contact étroit avec Jade.

Peu convaincu, il envoya toutefois à ses parents un lien vers le site du Dr Nick Vaughan. Mission accom-plie. Et il eut une révélation.

O'Hare.

— Allô ? Allô ?

Une voix mécanique le sortit brutalement de ses pensées. Elle venait du combiné posé sur son bureau.

Il l'attrapa.

— Charles ?

— Écoutez, monsieur Harcourt, je n'aime pas être snobé.

— Je suis désolé, nous avons été inondés dans la nuit, c'est le chaos total.

— Avec tout le respect que je vous dois, ce n'est pas mon problème. Vous auriez pu demander à un collaborateur de m'appeler.

Auriez-vous préféré parler à Bombay ou à Sapphire ? faillit répondre Ollie.

Mais il opta pour une alternative plus polie.

— Vous êtes un client tellement important, monsieur Cholmondley, que je n'aurais jamais envisagé de confier votre projet à un collaborateur junior.

Quelques minutes plus tard, après avoir remis Cholmondley à sa place, Ollie raccrocha et se dirigea vers une pile de cartons qu'il n'avait pas encore ouverts et qui contenaient des dossiers. Il passa en revue les étiquettes, trouva ce qu'il cherchait et déchira le scotch avec un coupe-papier. Il fouilla un peu, puis sortit le dossier qui l'intéressait et le posa sur son bureau.

Par la fenêtre, il vit la Golf de Caro monter l'allée. En général, il descendait l'accueillir, mais il avait trop hâte de lire ce document, pour vérifier.

Avec un peu d'espoir, il se trompait.

Avec un peu d'espoir...

Sur le carton, Caro avait écrit à la main « Historique Cold Hill ». Une légère odeur de moisi se dégagea quand il l'ouvrit. Il trouva des actes notariés, avec une calligraphie ancienne sur la première page, un sceau à la cire rouge en bas à droite, et des cordons verts pour contenir le tout. Il remarqua que leur maison était passée entre de nombreuses mains avant que les promoteurs immobiliers en fasse l'acquisition en 2006. De multiples projets, accompagnés de plans d'architectes, avaient été soumis au fil des ans. L'un d'eux proposait la démolition et la construction d'un petit hôtel. Un autre suggérait de conserver la maison existante et d'en construire dix supplémentaires, sur le terrain. Un troisième projet demandait un accord pour une transformation en maison de retraite.

Il tourna plusieurs pages et s'arrêta, affligé.

Il avait sous les yeux les noms qu'il redoutait de trouver.

John Richard O'Hare.

Rowena Susan Christine O'Hare.

Ils avaient signé l'achat de la maison de Cold Hill, en indivision, le 25 octobre 1983. Il saisit son téléphone, ouvrit l'application Photos et chercha celles qu'il avait prises au cimetière. Il trouva la pierre tombale de la famille O'Hare, et zooma avec son pouce et son index pour déchiffrer la date de leur mort.

Le 26 octobre 1983. Un jour après avoir acheté cette maison.

Envahi par un sentiment profondément désagréable, il descendit retrouver Caro.

26

Mercredi 16 septembre

Dix minutes plus tard, Ollie aidait Caro, qui ne s'était pas changée depuis son retour du bureau, à monter draps, couettes, oreillers et serviettes dans la minuscule pièce sous les combles. Ils allaient dormir là deux nuits au moins, jusqu'à ce que leur chambre soit de nouveau habitable.

— On va se tenir chaud, mon amour ! s'exclama Caro en entrant dans la petite chambre.

— Ça, c'est sûr !

Directement sous les toits, la pièce était mansardée, avec une petite fenêtre donnant sur le jardin à l'arrière. Un lit double en fer forgé prenait quasiment toute la place. Il collait presque au mur de droite, laissant juste assez de place pour ouvrir la porte, et l'espace à gauche était de moins d'un mètre avec le mur de placards intégrés sur toute la longueur.

— Ça me rappelle ce petit hôtel, en France, où on a dormi en descendant dans le Sud, tu te souviens ? lui demanda-t-elle.

Avant de poser les couvertures sur le vieux matelas, elle remarqua, dégoûtée, à quel point celui-ci était
taché.

— Près de Limoges, non ? Le lit qui grinçait quand
on faisait l'amour ?

Elle éclata de rire.

— Mon Dieu, oui ! Et il était tellement bancal que
j'étais persuadée qu'il allait s'effondrer !

— Et la patronne, une petite dame coincée, qui nous
a demandé un supplément parce qu'on avait pris un
bain…

— Et quand je suis sortie dans le couloir au milieu
de la nuit pour aller aux toilettes, et que je suis rentrée
dans la chambre de quelqu'un d'autre !

Elle sourit en secouant la tête.

— Mon Dieu, ce matelas a besoin d'être aéré. Je vais
monter un chauffage soufflant et le laisser tourner deux
bonnes heures. Retournons-le pour voir si c'est mieux
de l'autre côté, dit-elle en se pinçant le nez.

Ollie posa les draps sur le sol et ils retournèrent
le matelas. Le plafond était si bas qu'ils heurtèrent
l'ampoule qui pendait à un simple cordon.

Sur l'autre face, il y avait une grosse tache marron
au milieu.

— Beurk ! s'exclama Caro.

Ils le retournèrent de nouveau.

— Quand on aura mis un drap-housse propre et la
couette, ça ira, ma chérie.

— J'espère que personne n'est mort dans ce lit.

*Les derniers propriétaires sont morts avant même
d'avoir eu la chance de dormir ici*, faillit-il répondre.

— J'imagine que c'étaient les domestiques qui vivaient ici, se contenta-t-il de dire.

— La question, c'est comment ont-ils réussi à faire entrer un lit de cette taille dans cette pièce ? s'étonna-t-elle.

— J'imagine qu'il a été assemblé sur place. À moins que la maison n'ait été bâtie autour !

Une fois fait, agrémenté d'oreillers bien gonflés, le lit parut plus accueillant. Ollie enlaça Caro.

— Tu veux l'essayer ?

— Je dois prévenir Jade que l'on va dîner. De quoi tu aurais envie ce soir ?

Il l'embrassa dans le cou.

— De toi.

Elle se tourna face à lui.

— C'était la bonne réponse !

Tandis qu'ils descendaient, Caro dit :

— La soirée est tellement belle, allons jusqu'au lac pour regarder les canards. J'ai discuté avec un des associés du cabinet qui vit à la campagne et qui a des canards. Selon lui, la meilleure façon de les encourager à rester c'est de les nourrir une fois par jour au moins. Il laisse une vieille baratte en métal près de la rive, avec de la nourriture dedans. Il m'a donné le nom du truc, ça s'achète sur Internet. Si on leur jette de la nourriture tous les jours, on aura toute une colonie.

— Une baratte ?

— Ça évite que les rats se servent. Apparemment, ça s'achète en ligne.

— Super, je regarderai demain.

— Je vais me changer et enfiler un jean.

168

Ollie débrancha son radio-réveil, l'emporta sous les combles et le reprogramma.

Dix minutes plus tard, chaussés de bottes en caoutchouc, Ollie et Caro se dirigeaient main dans la main vers le lac. Une foulque fonça vers le petit îlot central en hochant la tête de façon régulière, comme un jouet. Deux colverts les considérèrent avec méfiance et s'éloignèrent eux aussi vers l'autre bout du lac.

Ils en firent le tour, derrière de hauts roseaux, et s'arrêtèrent pour regarder, par-dessus la palissade, l'enclos abandonné ainsi que les collines environnantes.

— Ce paddock serait parfait pour le poney de Jade, mais il faudrait que l'on construise une étable, dit Caro.

— En ce moment, elle s'intéresse plutôt aux chiens. Elle voudrait un labradoodle. Elle n'a pas parlé de poney depuis qu'on est arrivés, précisa Ollie.

— Elle m'a demandé de lui réserver un cours pour samedi. Apparemment, il y a un bon centre d'équitation à Clayton. Je vais voir si je peux lui trouver une place. J'espère qu'elle va reprendre. Elle n'a pas pratiqué depuis des mois. Quand j'étais jeune, j'adorais les poneys, jusqu'à ce que je commence à m'intéresser aux garçons. À ce moment-là, j'ai complètement décroché. Tu crois que c'est ce qui se passe avec elle ?

— Je ne pense pas qu'elle soit véritablement la petite amie de Ruari. Retrouver un garçon dans l'après-midi pour boire un milk-shake avec lui, c'est plutôt « faire comme si on sortait ensemble », dit Ollie.

— J'espère. Je n'ai pas envie qu'elle perde son innocence trop tôt. Elle est tellement joyeuse.

— Et sortir avec un garçon, ça rend malheureux ? rebondit-il avec un sourire énigmatique.

— Mon Dieu, je me souviens à quel point les garçons me paralysaient…

Ollie acquiesça.

— Pareil pour moi avec les filles.

Des hirondelles passèrent au-dessus de leurs têtes, en direction du sud et du soleil. Ollie ressentit de l'envie pour leur existence si simple.

Caro observa la maison.

— C'est fou comme la façade arrière peut être différente de celle de l'avant.

Il hocha la tête. Autant la façade avant était élégante, avec ses fenêtres bien proportionnées, autant l'arrière formait un mélange de styles disgracieux. Il eut d'ailleurs l'impression que c'était pire que la dernière fois qu'il l'avait regardée. Les murs étaient en partie en briques rouges, en partie couverts d'un crépi gris ; les fenêtres, de tailles différentes, semblaient avoir été disposées au hasard ; le garage et les autres dépendances étaient tantôt en briques, tantôt en parpaings, et même en bois.

— Je n'ai toujours pas réussi à comprendre comment cette maison s'organise, avoua Caro. Tout à gauche, ces deux fenêtres, c'est le cellier, et ça c'est la porte du cellier, dit-elle en les désignant. Ensuite, on a les deux fenêtres de la cuisine et la porte qui mène à l'atrium, puis les fenêtres de la salle à manger à droite.

— C'est ça.

— Au premier étage, de gauche à droite, on a la chambre de Jade, puis les deux chambres d'amis, et la nôtre, on est d'accord ?

Ollie acquiesça.

Puis elle montra du doigt les lucarnes.

— Celle-là, c'est où on dort cette nùit, je ne me trompe pas ?

Ollie fit un rapide calcul.

— Non, c'est ça.

— Et les trois à gauche ?

— On y accède par l'escalier du côté de la chambre de Jade. Je pense que ça fait partie des anciens quartiers des domestiques. Je vérifierai.

— C'est quand même incroyable de vivre dans une maison où on n'arrive même pas à se souvenir de toutes les pièces !

Il sourit.

— Imagine à quel point elle sera belle quand on aura fini de tout rénover, dans quelques années !

— Oui, répondit-elle d'une voix hésitante.

— Tu as des doutes ?

Elle haussa les épaules.

— Non, c'est juste que… c'est un travail de titan. J'espère qu'on ne s'est pas engagés dans un défi impossible à relever.

— Bien sûr que non ! Dans deux ans, on rira de nos doutes.

— J'espère que tu as raison, mon chéri.

— C'est sûr. Fais-moi confiance.

Elle lui jeta un regard étrange et grimaça.

— Quoi ?

— Rien.

— Dis-moi.

— Rien. Tu as raison. C'est pas comme si on avait le choix, de toute façon.

— On pourrait déménager.

— Avec l'emprunt qu'on a sur le dos ? Les vendeurs ont baissé le prix à trois reprises, parce que personne n'était assez fou pour acheter cette maison. Je ne pense pas qu'on trouverait facilement un repreneur. Du moins, pas avant d'avoir fait de gros travaux. Donc on n'a pas le choix. On est coincés et il faut qu'on se remonte les manches.

Elle le regarda de nouveau de façon étrange.

— Mais tu l'aimes, cette propriété, pas vrai ?

— Repose-moi la question dans cinq ans.

27

Mercredi 16 septembre

Caro avait préparé un dîner simple : des pommes de terre en robe des champs au thon. Elle avait mis au point une recette personnelle de rillettes, avec des câpres et des oignons de printemps, qu'Ollie aimait particulièrement. Et il considérait ce plat comme bon pour la santé.

La règle, à laquelle Caro adhérait totalement, était d'éteindre la télévision pendant les repas. Ils faisaient tous les deux des efforts pour que Jade adopte cette bonne habitude. Cela leur permettait de discuter.

— Alors, dis-nous-en un peu plus sur ta nouvelle amie, Charlie.

— Tu as une nouvelle amie, ma chérie ? lui demanda sa mère.

Jade hocha la tête, pensive, tout en mélangeant le thon et la pomme de terre.

— Je ne sais pas si elle deviendra l'une de mes meilleures amies, mais elle est gentille.

— Elle est nouvelle, elle aussi ?

— Oui. Les autres se connaissent depuis qu'ils ont 11 ans, et ils forment des sortes de clans.

— Tu veux l'inviter à ton anniversaire ?

— Oui, j'ai bien envie. Et il y a une autre fille à laquelle je pense, qui s'appelle Holly.

Ollie et Caro échangèrent un regard complice. C'était bon signe que leur fille se fasse de nouvelles amies.

Ensuite, Jade monta dans sa chambre, et Ollie et Caro s'installèrent devant la télévision avec un verre de vin blanc pour regarder ensemble un épisode de *Breaking Bad*, du coffret qu'il lui avait offert à Noël. Ils n'en étaient qu'à la moitié de la deuxième saison, ce qui faisait dire à Caro en plaisantant qu'ils seraient toujours en train de regarder cette série quand viendrait la retraite.

À la fin de l'épisode, Caro se leva en bâillant et fit le tour de la maison pour vérifier que tout était bien fermé, comme lorsqu'ils habitaient en ville. Elle ne pouvait pas s'endormir avant d'avoir inspecté portes et fenêtres. Puis elle fit son second tour habituel. Ollie la laissait faire. Il savait pertinemment que, sinon, elle se lèverait au milieu de la nuit en panique et descendrait tout passer en revue.

Il l'accompagna pour être sûr que les ouvriers n'avaient pas laissé d'appareil électrique branché, afin d'éviter tout risque d'incendie. La situation ne semblait pas s'améliorer pour le moment. L'état des pièces dans lesquelles les artisans travaillaient, encore au stade de la démolition, empirait.

— Je t'aime, dit Ollie en passant le bras autour de la taille de Caro, tandis qu'ils arrivaient en haut des marches, devant leur chambre.

— Moi aussi, fit-elle en se retournant vers lui pour l'embrasser.

Pris d'une soudaine passion, ils échangèrent un long baiser. Puis il remonta son tee-shirt et glissa les doigts à l'arrière de son jean.

— Est-ce que je t'ai déjà dit que tu avais les plus belles fesses du monde ? lui murmura-t-il.

— Non, monsieur Harcourt, je ne pense pas que vous me l'ayez déjà dit, fit-elle en s'affairant sur sa fermeture Éclair.

Il glissa ses mains vers l'avant et descendit lentement vers ses cuisses. Elle ouvrit sa ceinture puis le bouton de son pantalon, qu'elle baissa brutalement, avant de faire subir le même sort à son caleçon. Elle s'agenouilla devant lui et le prit dans ses mains froides.

Il en eut le souffle coupé et fut parcouru de délicieux frissons. Il l'aida à se relever, descendit la fermeture de son jean et le baissa à son tour, avant de lui retirer ses sous-vêtements en dentelle. Ils titubèrent, enlacés, jusqu'à la chambre, en esquissant quelques pas de danse maladroits, pantalons aux chevilles, et il la bascula sur le lit.

Allongé sur elle dans la pièce obscure, éclairée par la faible ampoule jaune accrochée au-dessus de la cage d'escalier, il sourit.

— J'aime bien ce lit, en fait.

— Il est pas mal, hein ? fit-elle, ravie.

Dix minutes plus tard, après s'être lavé les dents, mais sans avoir pris le temps de ranger leurs habits, ils s'endormirent l'un contre l'autre.

— Je t'aime, baby, murmura Ollie.

Elle lui susurra la même chose, heureuse.

Un peu plus tard, Ollie se réveilla d'un cauchemar, complètement désorienté. Son corps entier battait la chamade. Où se trouvait-il ? Il eut la sensation d'une terrible menace. Puis l'impression que le lit bougeait. Qu'il oscillait très légèrement. Une très forte pression le collait contre le matelas. Et l'air était lourd, oppressant, étouffant.

Il balança la tête de gauche à droite, paniqué, comme asphyxié. Un sentiment de terreur l'envahit. Il avait du mal à respirer. Aussi bien par la bouche que par le nez. Comme si l'air s'était transformé en suie.

Et soudain, tout rentra dans l'ordre. Il put respirer normalement. À côté de lui, il perçut le souffle régulier de Caro. Le cœur battant, il roula sur le côté et nota l'heure au radio-réveil qu'il avait posé par terre avant de s'endormir.

00 : 00.

Les chiffres verts clignotaient. C'était le signe d'une coupure de courant.

Puis il vit quelque chose bouger. Quelqu'un se trouvait dans la chambre.

Jade ?

Une ombre se déplaçait à côté de lui. *Merde !* Quelqu'un se tenait au-dessus du lit, et regardait vers le bas.

Il fut parcouru de frissons. Était-ce un cambrioleur ?

L'ombre bougea d'un millimètre.

Caro dormait.

Il serra les poings, tandis que son cœur semblait près de jaillir de sa poitrine. Puis la voix d'un petit garçon s'éleva, enthousiaste, claire comme du cristal.

— On est bientôt arrivés ?

La voix sembla provenir du bout du lit. Puis il en entendit une autre, celle d'une petite fille, tout aussi aiguë.

— Il y a des gens morts, ici, Maman ?

Ollie écoutait, paralysé par la peur. Ça devait être un rêve. Puis retentirent un hurlement de douleur et des cris. Un homme terrifié hurla :

— Mon Dieu !

Et soudain, Ollie sentit une odeur de cigare. Pas quelques notes de tabac au loin, mais les relents âcres de quelqu'un qui fumait dans la maison. Dans cette chambre.

La silhouette à côté du lit bougea de nouveau, suffisamment pour qu'Ollie soit certain qu'il s'agissait bien d'une personne, et non pas de l'ombre d'un meuble.

Puis il distingua une petite lueur rougeoyante, juste au-dessus de lui. C'était l'homme au cigare. « Qui êtes-vous ? Qui êtes-vous ? Que voulez-vous ? » Ollie essaya de crier, mais les mots restèrent coincés dans sa gorge.

Un air glacial le fit trembler. Mon Dieu ! C'est alors que le lit se mit à tanguer.

— Ollie ? Ollie ?

C'était la voix de Caro, douce et inquiète.

— Ollie, mon chéri, tu fais un cauchemar. Tu es en train de crier. Doucement, chéri, tu vas réveiller Jade.

Il ouvrit les yeux, désorienté, fébrile, et sentit le souffle chaud de Caro sur son visage. Les draps étaient mouillés par sa transpiration.

— Je suis désolé, haleta-t-il. Je suis désolé, chérie. J'ai fait un horrible… un horrible…

— Rendors-toi, dit-elle en lui caressant tendrement la joue.

Il resta quelques moments immobile, à respirer profondément, les yeux ouverts par peur de retomber dans son rêve. Il avait le corps lourd, comme si une masse l'écrasait contre le matelas.

Puis il se sentit dériver. Il était sur un radeau, sur l'océan, avec Caro, le ciel était bleu et le soleil rayonnant.

— Il y a tellement de fenêtres…

— Tellement…

— Trop pour qu'on puisse les compter, disait-elle en désignant le ciel.

Puis le radeau se mit à tanguer. Et de plus en plus, au fur et à mesure que le ciel s'assombrissait et que la houle montait, jusqu'à ce qu'ils luttent pour ne pas tomber.

Bip, bip, bip.

C'était l'alarme. Il ouvrit les yeux, encore tout ensommeillé. La chambre baignait dans une douce lumière matinale. Mais quelque chose clochait. Où se trouvait-il ? Cela lui revint. Dans les combles. Mais il ressentait toujours quelque chose qui le dérangeait.

Bip, bip bip.

Il se rappela soudain qu'il y avait eu une coupure de courant dans la nuit, mais il n'en était pas persuadé. Son radio-réveil avait-il été réinitialisé ? Merde, quelle heure était-il ? En tendant le bras pour s'accorder dix minutes de sommeil supplémentaires, il heurta le mur. Déboussolé, il se rendit compte qu'il était face à la paroi. Les motifs en cercles concentriques du vieux papier peint taché se trouvaient à quelques centimètres de ses yeux.

Où pouvait bien se trouver son radio-réveil ?

Toujours très ensommeillé, il se rappela la silhouette, dans son rêve.

Le fumeur de cigare.

S'étaient-ils fait cambrioler dans la nuit ?

— Ollie ? fit soudain Caro d'une voix angoissée.

— Hum ?

— Qu'est-ce qui… qu'est-ce qui s'est passé ?

— Qu'est-ce qu'il y a ?

— Merde ! s'exclama-t-elle. Merde, merde, merde !

— Quoi ?

— Regarde ! cria-t-elle, terrorisée.

— Regarde quoi ?

— La fenêtre !

Il fixa le bout du lit, là où devait se trouver la fenêtre.

Sauf qu'il n'y en avait pas. Les souvenirs lui revinrent peu à peu. Ils s'étaient installés dans les combles parce que le plafond de leur chambre s'était effondré à la suite d'un dégât des eaux. La fenêtre, qui n'avait pas de rideaux, se trouvait au pied du lit dans lequel ils avaient dormi. Et à présent, ils faisaient face au mur qui les séparait du couloir, et la porte était fermée. Il fronça les sourcils.

Tout lui revint. Ils avaient fait l'amour avec passion, la veille au soir. S'étaient-ils endormis dans le mauvais sens ?

Il s'assit d'un seul coup et se cogna la tête contre les barreaux du lit en fer forgé.

— Ollie, qu'est-ce qui s'est passé ? dit Caro d'une voix tremblante.

Il prit alors conscience de la réalité avec une redou-
table clarté.

Le lit.

Le lit avait bougé pendant la nuit.

Il avait tourné de 180°.

28

Jeudi 17 septembre

Caro et Ollie se tenaient nus à côté du lit, grelottants.

— Est-ce qu'on devient fous ? demanda-t-elle.

Il souleva les quatre coins du matelas, l'un après l'autre, et observa les écrous rouillés qui maintenaient le cadre. Il essaya de les dévisser à la main, mais aucun ne se desserra.

— Ollie, c'est juste impossible. Impossible.

Il perçut la terreur dans sa voix. Il regarda le plafond, puis les murs, puis de nouveau le plafond, dans la confusion la plus totale.

— On est en train de rêver ?

— Non, ce n'est pas un rêve.

Le radio-réveil se trouvait là où il l'avait laissé la veille. Le cadran indiquait 06 : 42. D'une façon ou d'une autre, il s'était réglé tout seul. Ollie eut soudain l'impression que la pièce penchait et s'accrocha au lit pour ne pas tomber. Il fixa sa femme, ses yeux grands ouverts, son teint pâle, la peur et la confusion dans son regard, puis enfila un jean et un tee-shirt.

— Je reviens dans une seconde, fit-il en ouvrant la porte.

— Je ne reste pas seule dans cette pièce, attends-moi !

Elle enfila son jean et un sweat-shirt, et le suivit, pieds nus, dans le petit escalier en bois.

— Va vérifier que Jade est bien réveillée, ma chérie, lui dit-il lorsqu'ils arrivèrent au premier étage.

Elle hocha la tête et se dirigea, comme en transe, vers la chambre de leur fille.

Ollie traversa l'atrium puis la cuisine pour se rendre dans le cellier, où se trouvait sa boîte à outils. Il remonta ensuite sous les toits, sortit une clé anglaise, souleva un coin du matelas et tenta de dévisser à nouveau un boulon rouillé. L'écrou ne bougea pas d'un iota.

Il mit toute sa force dans la clé. Dans un léger crissement, l'écrou se desserra d'un millimètre.

— C'est une plaisanterie ? lui demanda Caro, de retour dans la chambre.

— Pas du tout, lui répliqua Ollie en s'affairant sur les quatre coins, l'un après l'autre.

— Un lit ne peut pas tourner, Ollie. Dis-moi ce qui se passe. Est-ce que tu me fais une blague de mauvais goût ? Dis-le-moi maintenant, parce que je ne trouve pas ça drôle du tout.

Il leva les yeux vers elle.

— Pourquoi est-ce que je ferais ça ? Bon, OK, je me suis levé au milieu de la nuit, j'ai dévissé le lit sans te réveiller et je l'ai assemblé dans l'autre direction. C'est vraiment ce que tu penses, Caro ?

— Tu as une meilleure explication ?

— Il doit y en avoir une.

182

Il regarda le plafond, les murs, puis le lit, et fit un rapide calcul mental.

Des larmes se mirent à couler sur les joues de Caro. Il se releva et la serra fort dans ses bras.

— Soyons rationnels.

— Je n'arrête pas de l'être, Ollie, dit-elle en sanglotant. Et je pense que cette putain de maison est maudite.

— Je ne crois pas aux malédictions.

— Ah bon ? Tu ferais bien de commencer.

Il l'enlaça de nouveau.

— Viens, on va se doucher, prendre le petit déjeuner et réfléchir calmement.

— Je suis sûre que c'est cette femme ! lâcha-t-elle.

— Quelle femme ?

Après plusieurs secondes de pause, elle retrouva un semblant de calme et déclara :

— Je pense qu'on a un fantôme.

— Un fantôme ?

— Je ne voulais pas t'en parler, pour que tu ne me prennes pas pour une folle, mais j'ai vu quelque chose.

— Qu'est-ce que tu as vu ?

— Le lendemain de notre déménagement, le matin, tu étais déjà descendu, je me suis assise à la coiffeuse pour me maquiller et j'ai vu une femme, une vieille dame qui me fixait avec un air pincé. Elle était juste derrière moi. Quand je me suis retournée, il n'y avait personne. Je me suis dit que j'avais rêvé. Puis je l'ai revue quelques jours plus tard. Et encore une fois dimanche. Elle a traversé l'atrium en glissant.

— Tu peux la décrire ?

Caro lui dressa un portrait et Ollie réalisa que c'était exactement la même description que celle que sa belle-mère lui avait faite.

— Moi aussi je l'ai vue, ma chérie. Je ne t'en ai pas parlé parce que je ne voulais pas t'effrayer.

— Génial ! On a trouvé la maison de nos rêves et elle est hantée.

— J'ai lu un article dans le journal qui disait que parfois, quand on emménage dans une vieille maison, on réactive quelque chose. La mémoire d'un ancien habitant. Mais tout rentre dans l'ordre après quelque temps.

— Un lit qui tourne au milieu de la nuit, je n'appelle pas ça « rentrer dans l'ordre ».

— Il doit y avoir une explication rationnelle à ce qui s'est passé cette nuit, j'en suis persuadé.

— Eh bien, dis-moi, je suis tout ouïe.

Vingt minutes plus tard, douché et rasé, Ollie descendit, ramassa le courrier au pied de la porte d'entrée, puis se rendit dans la cuisine. Par habitude, il alluma la radio et commença à dresser la table du petit déjeuner en essayant de réfléchir avec logique. Il devait y avoir une explication à ce qui s'était produit pendant la nuit. Ils ne pouvaient pas avoir rêvé. Le lit avait-il toujours été dans ce sens ? Avant de s'endormir, ils s'étaient fait la réflexion que, quand ils se réveilleraient, ils auraient vue sur le lac.

Étaient-ils en train de devenir fous, aussi bien Caro que lui ?

Il repensa aux voix étranges entendues dans la nuit. Les avait-il imaginées ? Bombay entra et miaula. Quelques secondes plus tard, Sapphire fit son apparition.

— Vous avez faim ? C'est l'heure du petit déjeuner ?

Il les servit en croquettes, remplit leur gamelle d'eau, se dirigea vers un placard, sortit le paquet de Cheerios de Jade et le posa sur la table, avec un bol et du lait. Comme il avait besoin d'un café, et que Jade n'était pas encore descendue, il alluma la machine Nespresso, choisit une capsule de Ristretto, plaça une tasse et attendit que les lumières vertes arrêtent de clignoter pour sélectionner un expresso allongé. Tandis que la machine chauffait, il épluchait des fruits pour Caro et lui.

— Papa ! s'exclama Jade d'une voix lourde de reproche.

— Bonjour, ma chérie !

Elle se tenait à l'entrée de la cuisine, dans son uniforme scolaire, le visage pâle.

— Je voulais le faire, c'est mon job. Pourquoi tu n'as pas attendu ?

— Il va me falloir au moins deux cafés, ce matin. Tu me prépareras le prochain.

— Peu importe.

Boudeuse, elle s'assit à la table et attrapa le paquet de céréales.

— Tu as bien dormi, lui demanda Ollie en épluchant une mandarine.

— À vrai dire, non.

— Ah bon ?

— Tu ne le diras pas à maman, OK ? C'est super secret, fit-elle, approchant un index de sa bouche.

Ollie fit le même geste.

— Super secret. Qu'est-ce que je ne dois pas dire à maman ?

— Je crois que j'ai vu un fantôme.

29

Jeudi 17 septembre

Assise côté passager dans la Range Rover, Jade n'avait plus rien dit depuis qu'elle avait révélé son secret à son père et semblait déterminée à garder le silence.

Plongé dans ses pensées tourmentées, Ollie gardait aussi le silence. Puis il décida de reprendre leur conversation.

— Pose ton téléphone, tu as eu assez de temps d'écran pour un trajet en voiture.

Elle le dévisagea, contrariée.

— Tu m'as dit que tu avais vu un fantôme. Peux-tu me le décrire ?

— Une petite fille au bout de mon lit.

— Est-ce qu'elle t'a effrayée ?

— Un peu.

— À quoi est-ce qu'elle ressemblait ?

— Pareil que la dernière fois.

— Tu l'avais déjà vue ? lui demanda-t-il, surpris.

Elle hocha la tête.

— Combien de fois ?

— Je ne sais pas. Plusieurs fois.

— Et pourquoi est-ce que tu ne nous as rien dit, à maman ou à moi ?

Elle haussa les épaules.

— Je ne voulais pas faire flipper maman. Tu sais à quel point elle peut être stressée…

Il sourit.

— Et pourquoi est-ce que tu ne m'en as pas parlé à moi ?

— J'ai essayé, l'autre jour, mais tu n'étais pas vraiment réceptif.

— Tu as toute mon attention maintenant. Raconte-moi.

— Il y a autre chose, Papa. Tu te souviens, quand j'étais sur FaceTime avec Phoebe, et qu'elle avait aperçu cette vieille dame derrière moi ?

Il s'arrêta à un feu de signalisation, préoccupé.

— Oui. Le premier dimanche, tu m'as demandé si mamie était montée dans ta chambre.

Elle acquiesça.

— Eh bien, ta grand-mère était déjà partie. Phoebe a vu quelque chose dans ta chambre ?

— Oui.

— Et qu'est-ce que tu penses de tout ça, toi ?

— Je trouve ça plutôt cool !

Ollie sourit.

— Vraiment ?

Elle hocha la tête vigoureusement, les yeux brillants d'excitation.

— Je trouve ça cool qu'on ait un fantôme ! En revanche, je n'aime pas trop cette petite fille qui vient dans ma chambre. Je ne pense pas qu'elle soit gentille.

— Pourquoi ?

— Ce qu'elle dit n'est pas gentil.

— Qu'est-ce qu'elle dit ?

Soudain, la femme dans la voiture qui les précédait, une petite Toyota, jeta un gobelet par la fenêtre et Ollie enragea. Pourquoi est-ce que les gens se comportaient comme ça ? Il regarda sa fille avec une profonde affection. C'était une bonne personne. Jamais elle ne jetterait de choses ainsi sur la chaussée, ni ne ferait de mal à un animal. Elle n'avait pas une once de méchanceté en elle. Son seul défaut, c'était peut-être de faire trop facilement confiance.

— Chaque fois qu'elle apparaît, elle me dit de ne pas m'inquiéter, que je vais la rejoindre bientôt, qu'on va tous la rejoindre : toi, maman et moi.

— La rejoindre où ?

— De l'autre côté.

— Elle te dit ça ?

Jade confirma.

— Elle dit qu'on est déjà morts.

— Et qu'est-ce que tu lui réponds ?

— Qu'elle dit n'importe quoi. C'est vrai, quoi !

Elle esquissa un sourire rassuré.

— Elle raconte vraiment n'importe quoi, lui confirma-t-il, plus enjoué lui aussi.

— Les morts ne peuvent pas nous faire de mal, pas vrai, Papa ? C'est ce que tu m'as promis, hein ?

— Absolument, confirma-t-il en prenant le ton le plus convaincant possible.

Quelques minutes plus tard, il la regarda se diriger vers l'école, avec son petit sac à dos multicolore et sa guitare dans un étui bordeaux, pressée de rejoindre un groupe de gamines, peut-être ses nouvelles amies.

Il resta plusieurs minutes après qu'elle eut terminé de discuter à bâtons rompus avec deux des filles. Elle devait avoir marqué des points auprès de ses copines, étant la seule à avoir vu un fantôme.

Il se mit en route en espérant que certains ouvriers seraient présents aujourd'hui. Que s'était-il vraiment passé pendant la nuit ? Il s'aperçut qu'il était nerveux. Qu'il avait peur de se retrouver seul dans cette maison.

30

Jeudi 17 septembre

Avec les événements de la matinée, Caro arriva tard à son cabinet. Un client patientait déjà à la réception, et les Benson, une famille avec deux enfants en bas âge qui devait déménager aujourd'hui, se trouvaient dans une situation inconfortable. Le notaire de la partie adverse, celui de l'acquéreur de leur maison de Peacehaven, venait de laisser un message indiquant que son client avait rencontré un problème de financement et que le virement ne serait pas effectué aujourd'hui. Ce qui signifiait que la transaction serait annulée.

Merde, songea-t-elle. Il lui faudrait annoncer la mauvaise nouvelle aux Benson, qui devaient signer pour leur propre acquisition dans la foulée. Mme Benson était une personne calme, mais avec son mari Ron, qui avait mauvais caractère et du mal à gérer ses accès de colère, elle savait d'avance qu'elle aurait droit à une scène.

Elle monta dans son bureau et demanda à sa secrétaire de lui accorder cinq minutes avant d'envoyer la personne qui attendait à l'accueil, et de ne lui passer aucun appel. Elle s'assit, chercha le numéro de téléphone de son nouveau client excentrique, le médium Kingsley Parkin, et le composa. Après six sonneries, elle tomba sur la boîte vocale et entendit son message, déclamé d'une voix empruntée.

« Vous êtes bien sur le répondeur de Kingsley Parkin. Pour des raisons indépendantes de ma volonté, je ne peux décrocher actuellement. Je plaisante ! Veuillez laisser un message et votre numéro si je ne vous connais pas, et ma secrétaire rappellera la vôtre ! »

Caro regarda son agenda, qui débordait de rendez-vous. Elle avait reçu une flopée d'e-mails et savait qu'une pile de lettres ne tarderait pas à lui être apportée. Elle appela sa secrétaire et lui expliqua que si Kingsley Parkin cherchait à la contacter pendant qu'elle était occupée, il fallait lui dire qu'elle voulait le voir de toute urgence, et si possible déjeuner avec lui aujourd'hui dans le quartier. Dans tous les cas, qu'il précise à quel moment elle pouvait le rappeler. Et s'il était disponible pour déjeuner, il faudrait annuler celui qu'elle avait prévu avec sa meilleure amie, Helen Hodge.

La chance était de son côté. Peu après 10 h 30, alors que son troisième rendez-vous de la journée, une gentille veuve qui s'apprêtait à acquérir une petite maison, s'installait en face d'elle, sa secrétaire lui indiqua que Kingsley Parkin la rejoindrait pour déjeuner au LoveFit café, où ils pourraient discuter tranquillement.

Parfait, lui confirma-t-elle. Même si elle n'y était jamais allée, elle savait où se trouvait le LoveFit – à cinq minutes à pied de son cabinet.

Caro arriva avec presque un quart d'heure de retard en s'excusant vivement. Vêtu d'un pantalon rouge, d'une chemise couleur cerise dont le col lui montait jusqu'aux oreilles, d'une veste blanche et de bottes à talon cubain, Kingsley Parkin se leva d'un canapé en cuir marron, près de l'entrée. Il était encore plus petit que dans son souvenir.

— Ne vous inquiétez pas pour la ponctualité, mon enfant. Comme disait un ami irlandais : « Quand Dieu a créé le temps, il en a fait tout plein. »

Elle sourit et accepta, un peu gênée, qu'il lui fasse la bise. Elle préférait garder ses distances dans ses relations professionnelles, mais là, c'était différent. Comme la fois précédente, il sentait le tabac froid.

— J'aime bien cet endroit, dit-elle en regardant les images de surf, et le mur orange où étaient accrochées quatre planches de surf rayées, comme s'il s'agissait d'œuvres d'art, avec un palmier au milieu. Vous surfez ?

— Seulement sur Internet. Le sport, ce n'est pas ma tasse de thé.

— Merci beaucoup d'avoir accepté de me voir aussi vite.

— Je suis content que vous m'ayez appelé. Je me faisais du souci pour vous.

— Ah bon ?

— J'ai choisi cette table à l'écart, et j'ai demandé qu'ils n'installent personne à côté de nous, afin que l'on soit tranquilles. Je pense savoir de quoi vous voulez parler.

Ils s'assirent dans l'angle et passèrent commande. En attendant qu'ils soient servis, Caro évoqua de nouvelles propriétés susceptibles de l'intéresser, puis ils échangèrent quelques platitudes d'usage.

La salade au poulet et le café qu'elle avait commandés arrivèrent. Le vieux rocker avait choisi un milk-shake protéiné, un verre d'eau avec des glaçons, et un sandwich pita falafel.

Parkin attendit que leur serveur barbu se soit éloigné pour lui dire :

— J'ai essayé de vous mettre en garde lundi, ma chère.

Il prit le sandwich entre ses mains, mais des morceaux du falafel tombèrent. Il le reposa dans son assiette et s'empara de sa fourchette et de son couteau

Caro regarda sa salade gargantuesque. Elle n'avait pas faim.

— Je n'ai jamais… je n'ai jamais cru au paranormal… aux esprits… à l'occulte. Ma mère, oui, mais elle est un petit peu… comment dire… excentrique.

— Et maintenant, quelque chose a changé en vous, n'est-ce pas ? Et c'est pour cela que vous vouliez me voir de toute urgence…

Tandis qu'il mâchait, un petit bout de salade se coinça entre ses dents parfaitement blanches. Ses cheveux noirs et sa dentition étincelante ne faisaient qu'accentuer les rides de son visage.

L'espace d'un instant, Kingsley Parkin lui fit penser à un de ces crânes qu'elle avait vus à l'aéroport de Cancún, quelques années auparavant, quand ils y étaient allés en vacances. Parfois, les crânes de la fête des morts avaient des perruques et les dents blanches.

Elle hésitait à se confier à lui.

— Nous venons tout juste d'emménager, il y a moins de deux semaines, et il se passe des choses étranges dans notre maison.

Il hocha la tête en la regardant droit dans les yeux.

— Je sais.

— Comment ?

— Comme je vous l'ai dit, c'est votre tante Marjie qui m'en a parlé. Vous avez senti son parfum dans votre chambre, n'est-ce pas ?

Caro rougit.

— Oui. Comment…

Elle ne termina pas sa phrase.

— Et vous avez trouvé sur votre lit un foulard en soie qu'elle vous avait offert, pas vrai ?

Elle le dévisagea, abasourdie.

— Elle essaie de vous signifier qu'elle n'est pas loin et qu'elle veut vous aider.

Il ferma les yeux.

— Elle dit que votre mari, votre fille et vous-même êtes en danger. Elle est très agitée. Elle veut que vous partiez. Tous. Elle me répète que vous devez tous quitter la maison. Et le plus vite possible.

Il serra les poings et les posa contre son front, très concentré.

— Je ne vous entends pas très bien, ma chère, qu'est-ce que vous venez de me dire ? Il y a beaucoup d'interférences. Vous pouvez répéter ?

Caro ne le quittait pas des yeux. Il hocha la tête plusieurs fois, puis rouvrit les paupières, lui jeta un regard inquiet et posa ses mains noueuses sur la table.

— Elle précise que si vous ne voulez pas y rester pour toujours, votre seule chance est de partir maintenant.

— On ne peut pas partir, lâcha Caro. On a investi tout ce qu'on avait dans cette maison. C'est notre… notre avenir.

Il se concentra et se mit à cogner ses poings contre ses oreilles.

— Il y a quelque chose dans cette maison, quelqu'un ou quelque chose, ce n'est pas très clair, quelqu'un, me dit-elle, qui ne laisse pas les gens partir.

Il y eut un bruit de verre cassé, qui les fit sursauter tous les deux. Caro s'immobilisa, sous le choc. Puis elle entendit un bruit d'eau.

Parkin se leva d'un bond, poussa un cri, puis secoua sa serviette, très agité. Les clients se tournèrent vers eux et le serveur barbu accourut, un torchon à la main.

Le verre du médium avait implosé. Des glaçons et des tessons couvraient la petite table en bois. De l'eau coulait par terre.

Quelques minutes plus tard, tout rentra dans l'ordre et le garçon leur apporta un nouveau verre. Caro ne pouvait pas détacher son regard du médium, qui reprit :

— Vous voyez ? lui dit-il les yeux brillants, d'un air entendu.

— Quoi donc ?

— Allons, madame Harcourt. Voyons, Caro. Je peux vous appeler ainsi ?

— Bien sûr, fit-elle d'une voix dénuée d'émotion.

— C'était un signe de votre tante. Elle n'aime pas votre attitude.

— Mais non ! C'était un défaut dans le verre. Il s'était sans doute fissuré au lave-vaisselle et a explosé au contact des glaçons, lâcha-t-elle sans conviction.

— C'est comme ça que vous voulez expliquer ce qui se passe dans votre maison ? Vous voulez rester dans le déni ?

— Qu'est-ce que vous savez d'autre ?

Il la fixa intensément.

— Vous l'avez vue, n'est-ce pas ?

— Une femme derrière moi dans le miroir, oui. Ollie, mon mari, l'a vue aussi.

— Vous pouvez la décrire ?

— Pas très précisément. C'était une vieille femme. 70 ou 80 ans. Une sorte d'ombre translucide.

Il secoua la tête.

— Ça doit être la femme dont votre tante me parle. Il faut vraiment que vous partiez.

Caro frissonna. Les événements de la nuit, la femme dans le miroir et ce que le médium lui disait, tout allait contre ses convictions. Contre ce qu'elle croyait. Mais elle savait qu'il avait raison, qu'elle ne pouvait pas rester dans le déni.

— Comme je vous l'ai dit lundi, je ne crois pas aux… je n'ai jamais cru aux… esprits. Jusqu'à présent, j'ai toujours pensé que c'étaient des bêtises.

— Et maintenant ?

— Maintenant, je n'en suis plus aussi sûre. Tout cela paraît bizarre, non ?

— Il y a une très mauvaise énergie dans votre maison.

— Il doit y avoir un moyen de se débarrasser d'une mauvaise énergie. Merde alors, vous me faites peur, là !

Il ferma les yeux et pressa de nouveau ses poings contre son front.

— Elle me montre un lit. Quelque chose ne va vraiment pas avec ce lit. Ça ne vous évoque rien ?

Caro le dévisagea.

— Vous pouvez nous aider ?

— C'est ce que j'essaie de faire en vous répétant qu'il faut vraiment que vous quittiez cette maison.

— Et moi je vous répète que nous avons investi jusqu'à notre dernier centime dedans. Il doit bien y avoir une façon de se débarrasser de cette force néfaste, non ? Il n'y a pas des gens qui chassent les fantômes, les… poltergeists ? Des spécialistes qui désenvoûtent les maisons hantées ?

— Vous voulez dire : des exorcistes ?

— Oui. Vous en connaissez ?

— Ça ne marche pas à tous les coups. Vous avez vu *L'Exorciste* ?

— Oui, il y a longtemps. J'ai eu peur, mais j'ai trouvé ça complètement ridicule.

— Selon moi, Caro, le plus ridicule serait d'ignorer ce qui se passe.

Caro entendit son téléphone vibrer, elle venait de recevoir un message. Elle le sortit de son sac pour le visionner.

Le message disait :

JAMAIS VOUS NE QUITTEREZ MA MAISON

Puis il s'effaça.

31

Jeudi 17 septembre

Ollie avait eu une matinée chargée, à répondre d'abord aux ultimes demandes de Cholmondley concernant son site, puis à discuter longuement par Skype avec Anup Bhattacharya. Il avait été content de recevoir trois demandes de devis, suite à son passage sur les stands du festival Goodwood Revival, le week-end précédent. D'un côté, il était soulagé que son travail l'accapare, mais de l'autre, il avait besoin de temps pour réfléchir.

Grâce au ciel bleu et au soleil, la maison semblait plus accueillante et plus normale qu'au petit matin. Il avait appelé Caro deux fois pour prendre de ses nouvelles, mais était tombé sur son répondeur. Il avait aussi tenté de joindre le révérend Bob Manthorpe, l'ancien pasteur de Cold Hill, et lui avait laissé un message sur sa boîte vocale. À présent, à 13 h 45, après un entretien interminable avec son nouveau client, il descendit, affamé, se préparer quelque chose à manger.

La maison était une vraie ruche, ce qu'il trouvait rassurant. En entrant dans la cuisine, il découvrit Bryan Barker, le patron de l'entreprise en bâtiment, en pleine discussion avec Chris, son chef de chantier. Bryan Barker, chemise de bûcheron, jean et grosses chaussures, était un homme énergique et affable, avec une épaisse chevelure poivre et sel et une allure juvénile qui faisaient qu'on ne lui donnait pas ses 67 ans.

— Ah, Ollie, j'allais monter vous voir. Chris est préoccupé par l'état de la cave. Deux murs porteurs sont en très mauvais état.

Il fit signe à son chef de chantier, un homme d'une trentaine d'années, mince, calme et posé, de continuer.

— Il va falloir faire appel à un ingénieur structure, monsieur Harcourt. Je pense qu'on va avoir besoin d'étais de toute urgence. Venez, je vais vous montrer.

Ollie suivit les deux hommes dans l'escalier en briques qui menait au sous-sol. Bryan Barker désigna un grand espace qui conduisait à la cuisine désaffectée. De toute évidence, il y avait eu un mur ici, à un moment donné.

— C'est ça qui nous inquiète, dit le chef de chantier, pointant l'index vers le haut.

— Il semblerait que l'entreprise qui a fait des travaux avant de mettre la clé sous la porte, si j'ai bien compris, ait abattu un mur pour ouvrir cet espace. Le problème, c'est qu'il s'agissait d'un mur porteur. Et je n'aime pas du tout ça, ajouta-t-il en montrant du doigt plusieurs larges fissures au plafond. On vient tout juste de les découvrir, en retirant le plâtre. Je ne veux pas vous affoler, rien n'est sûr, mais je pense qu'elles se sont élargies ces derniers jours.

— Si une fissure cède, intervint Barker, il pourrait y avoir un effet domino sur tous les étages supérieurs. La maison pourrait littéralement s'effondrer, cette partie du moins. Je pense qu'un ingénieur structure est indispensable, et très rapidement.

— Combien va-t-il coûter ? demanda Ollie, conscient qu'une telle intervention ne serait pas donnée.

— Je pense qu'on peut en faire venir un qui se déplacera gratuitement, puis tout dépendra de ce qu'il aura à faire. Mais, selon moi, vous n'avez pas le choix.

— Pourquoi est-ce que le géomètre n'en a pas parlé dans son rapport ?

— C'est dans le rapport, répliqua l'entrepreneur.

Le chef de chantier confirma d'un signe de la tête.

— Merde ! Et ça m'a échappé ?

Encore une mise en garde qu'Ollie avait ignorée, ou du moins mal interprétée. La maison présentait tellement de défauts qu'il avait eu du mal à terminer le compte rendu chaque fois qu'il l'avait lu et relu. Avec Caro, ils avaient souligné en rouge une copie, et réalisé que cette acquisition était un pari sur l'avenir. Du quitte ou double. Ils en étaient conscients et ils avaient pris le risque, en imaginant faire les travaux petit à petit, une pièce après l'autre. Mais Ollie n'avait jamais imaginé, et Caro non plus, que la maison pouvait être sur le point de s'écrouler.

— Et l'assurance ne peut rien faire pour nous ? demanda Ollie.

— À mon avis, il n'y a pas la moindre chance, dit Barker.

Son bras droit opina du chef.

— OK, vous avez mon feu vert, lâcha Ollie.

Puis il eut une hésitation.

— Bryan, quand vous aurez un instant, vous pourrez venir voir quelque chose à l'étage ?

— Bien sûr. Vous voulez me montrer maintenant ?

Alors qu'ils montaient vers la chambre dans les combles, Barker lui demanda soudain :

— C'était de la famille à vous ou à Caro, les gens qui sont passés tout à l'heure ?

Ollie s'arrêta et se retourna.

— Des gens ? Qui ça ?

— Le couple avec deux enfants.

Ollie fronça les sourcils.

— Un couple avec deux enfants ? Je n'ai pas eu de visite ce matin.

— Il y a une heure environ. Le père fumait un gros cigare. Je me suis dit que vous deviez bien vous connaître, pour qu'il se permette de le faire dans votre maison !

Un cigare. Ollie repensa à l'odeur qu'il avait sentie au milieu de la nuit, avant que le lit pivote. Barker avait donc vu quelque chose, lui aussi. Mais Ollie ne voulait pas l'effrayer, et surtout qu'il fasse peur à ses ouvriers. Par ailleurs, il savait que Bryan Barker n'était pas du genre à se laisser berner.

— Ah, oui, le frère de Caro est passé la voir avec sa famille, et ils ont fait le tour de la propriété, affabula-t-il.

Puis il reprit son ascension et entra dans la pièce en premier. Le radio-réveil se trouvait toujours au même endroit, sur le sol. Caro avait défait le lit, ce qui signifiait qu'ils ne dormiraient pas dans cette pièce cette nuit, même s'ils n'avaient pas de solution de remplacement.

Les lits qu'ils avaient à Carlisle Road étaient démontés et stockés dans la bibliothèque. Ils allaient sans doute devoir se contenter d'un des canapés. Barker avait mis une équipe entière sur la réparation du plafond de la chambre et il leur avait promis qu'ils pourraient la récupérer le lendemain, dans l'après-midi.

— Je n'étais pas encore monté jusqu'ici. C'est une très jolie chambre. Elle me rappelle un petit hôtel en France, dans lequel on était descendus, avec ma femme Jasmin, il y a quelques années !

— C'est marrant, fit Ollie en souriant, mais peu rassuré d'être de nouveau dans cette pièce, malgré la lumière du jour. Avec Caro, on s'est dit la même chose. Elle nous fait penser à celle d'un hôtel près de Limoges.

— Le lit est magnifique. Vous pourriez en retirer pas mal, si vous décidiez de le vendre.

Bryan Barker fronça les sourcils.

— Mais c'est bizarre, moi je l'aurais mis dans l'autre sens : face à la fenêtre, plutôt que face à la porte.

— Figurez-vous que c'est ce dont je voulais vous parler. Est-ce que ce serait compliqué de le retourner sans le démonter ?

— À 180° ?

— Oui.

Barker observa le lit, les murs et le plafond. Puis il sortit de sa poche arrière un mètre de chantier et mesura la longueur, la largeur et la hauteur du cadre. Ensuite il fit la même chose pour connaître les dimensions de la pièce. Quand il eut terminé, après quelques calculs et cinq secondes de réflexion, il secoua la tête.

— Impossible, Ollie. Pas sans le démonter.

— Vous en êtes sûr ?

— Absolument certain.

— Et est-ce que ce serait facile de le faire ?

Barker souleva un coin du matelas et observa l'écrou.

— J'ai l'impression qu'ils n'ont pas été dévissés depuis des années.

Il fit le tour du lit pour vérifier chaque angle.

— Bon, il se démonte entièrement. Le plus simple serait de tout dévisser et d'intervertir la tête de lit et le bout, dans la mesure où ils ne sont pas soudés au cadre.

— Et si on voulait le retourner en entier ?

L'entrepreneur lui jeta un regard étonné.

— Avec un peu d'effort, on pourrait retirer les pieds, mais il resterait la question du cadre.

Il réfléchit et sembla encore plus intrigué.

— En enlevant les quatre pieds, on pourrait faire tourner le cadre, mais... il mesure un peu plus de deux mètres de long et la pièce un peu moins de deux mètres de large.

Il ouvrit l'une des portes de l'armoire, regarda à l'intérieur, puis recula.

— Il faudrait ôter les portes de l'armoire et enlever toutes les étagères. Le seul moyen serait de retirer les pieds, de sortir le cadre de la chambre, de le descendre pour le retourner, et de le remonter. Mais pourquoi voulez-vous vous compliquer la vie ?

— Il n'est donc pas possible que deux personnes tournent le lit, dans cette pièce, sans utiliser d'outils ?

— Totalement impossible. Si ce n'est pas trop personnel, je peux vous demander pourquoi vous me posez cette question ?

Ollie sourit.

— Je n'ai pas vraiment le compas dans l'œil. On a fait un pari, avec Caro, hier soir...

— Et vous avez parié que c'était possible ?

Il acquiesça.

— J'espère que vous n'avez pas misé trop d'argent, car ça m'arrangerait que mes factures soient réglées !

Ollie observa la pièce, circonspect, en se demandant ce qui avait bien pu se passer la nuit précédente.

Puis il tapa sur l'épaule de l'entrepreneur.

— Ne vous en faites pas, je n'ai pas fait tapis.

— Me voilà rassuré.

32

Jeudi 17 septembre

Vingt minutes plus tard, après avoir avalé un sand-wich au jambon et une barre chocolatée trouvée dans le frigo, Ollie remonta dans la tour en se demandant où Caro et lui allaient dormir cette nuit.

Les autres chambres étaient dans un piètre état, avec leur parquet pourri, leur papier peint décollé, l'humidité et de grosses taches de moisissure. Les immenses canapés rouges du séjour, achetés quelques années auparavant, particulièrement agréables pour regarder la télévision, semblaient être la meilleure option.

Il repensa à la nuit précédente. Il cherchait toujours une explication à ce qui s'était passé. Et qui Bryan Barker avait-il croisé aujourd'hui ? La famille O'Hare ? Ils étaient quatre, selon leur stèle. Deux adultes et deux enfants.

Au moment où il entrait dans son bureau, son portable sonna. Il ne reconnut pas le numéro qui s'affichait à l'écran.

— Oliver Harcourt ? dit-il d'un ton interrogateur.

La voix qui lui répondit était âgée mais profonde, comme celle de quelqu'un qui avait l'habitude de parler en public.

— C'est Bob Manthorpe. Vous avez essayé de me joindre ?

Ollie se souvint qu'il s'agissait de l'ancien pasteur de Cold Hill.

— Révérend Manthorpe, oui, merci beaucoup de me rappeler.

— De rien. Que puis-je faire pour vous ?

— Eh bien, le fait est que…

Ollie slaloma entre les piles de dossiers et s'assit à son bureau.

— Ma femme et moi, nous venons de nous installer dans une maison qui s'appelle Cold Hill. Si j'ai bien compris, vous étiez le pasteur du village, il y a quelques années de cela…

Il y eut un silence tellement long qu'Ollie se demanda s'ils n'avaient pas été coupés ou si le vieil homme n'avait pas raccroché. Puis il entendit sa voix :

— La maison de Cold Hill ?

— Oui.

— Il y a eu des travaux de rénovation, dans le temps. C'est une superbe maison… Parfait… J'espère que vous y serez très heureux.

Ollie remarqua la gêne dans sa voix.

— Merci, nous l'espérons aussi. Je voulais vous poser quelques questions sur la période où vous officiiez dans le village.

— Oh, vous savez, cela fait un moment que je suis à la retraite. Et ma mémoire n'est plus ce qu'elle était.

— Pourrait-on se rencontrer, même brièvement ? C'est très important.

— Eh bien… dit-il d'un ton hésitant. Je suis libre tout l'après-midi. Vous voulez passer chez moi ?

— Où habitez-vous ?

— Vous connaissez Beddingham ?

— Oui, juste à côté de Lewes.

— Je vis dans une petite maison après le rond-point, en bas de Ranscombe Hill, là où l'A26 croise l'A27.

Ollie fit un rapide calcul. Il en aurait pour vingt ou trente minutes de voiture. Il regarda l'heure à sa montre. 14 h 20. En général, il récupérait Jade à 15 h 30, mais aujourd'hui, elle répétait avec l'orchestre de l'école et il avait prévu d'aller la chercher à 17 h 30.

— Je peux être chez vous vers 15 heures.

— Je mettrai de l'eau à chauffer pour le thé, dit Manthorpe, avant de lui donner quelques indications supplémentaires sur le trajet.

Ollie descendit prévenir Bryan et Chris qu'il s'absentait. Puis il grimpa dans sa voiture et se mit en route. En descendant vers le village, il se surprit à chercher du regard Harry Walters, tout en sachant que c'était ridicule.

Un peu plus tard, il arriva au niveau de l'A23 en direction de Brighton, tourna à gauche au rond-point en bas de Mill Hill, et s'engagea à vive allure sur l'A27, tout en passant en revue les questions qu'il voulait poser à l'ancien pasteur.

Il laissa sur sa gauche l'immense campus de l'université du Sussex, derrière une rangée d'arbres, puis regarda tristement le majestueux stade de football Amex, à sa droite. Il y était abonné depuis son ouverture, mais à la suite de l'acquisition de la maison, il avait dû réduire ses dépenses et faire une croix sur cette saison. Avec un peu de chance, il pourrait bientôt se réabonner. Les dimanches après-midi avec ses copains lui manquaient déjà.

Au rond-point suivant, il prit la rocade de Lewes. Quelques minutes plus tard, il parvint sur une double voie offrant de magnifiques vues sur la campagne du Sussex, les paysages vallonnés des Downs du Sud et la colline du Firle Beacon, au loin. La plupart des champs ayant été moissonnés, il ne restait plus que du chaume et de gros ballots de paille. En temps normal, il adorait traverser cette région, mais aujourd'hui il était trop préoccupé pour l'apprécier.

Au rond-point en bas de la colline, suivant les instructions du révérend Manthorpe, il tourna à droite sur une petite route, puis à gauche et s'arrêta derrière un vieux break, devant une maison victorienne modeste. Une petite caravane rouillée posée sur des briques, que le pasteur avait mentionnée dans ses explications, se trouvait dans l'allée.

Il sonna, soudain nerveux, car il ne savait pas comment il allait être accueilli, le vieil homme l'ayant invité à contrecœur.

À l'intérieur, un chien aboya.

Quelques instants plus tard, la porte s'ouvrit et Ollie découvrit un homme élancé, en jean, pantoufles usées, cardigan gris, cheveux blancs dont une mèche lui tombait sur le visage, une pipe allumée à la main. Ollie se dit qu'il avait dû être très bel homme. Le pasteur se tenait penché pour retenir par le collier un Jack Russell surexcité.

— Du calme, Jasper ! fit-il d'une voix autoritaire.

Puis il leva la tête vers Ollie et lui sourit.

— Monsieur Harcourt ? Entrez !

Il recula dans le minuscule vestibule qui sentait le tabac et le chien sauta sur les jambes de Ollie en agitant la queue.

— Jasper, assis !

— Pas de souci, j'aime bien les chiens. Il sent peut-être l'odeur de nos chats.

— C'est une vraie tornade, j'essaie encore de le faire obéir ! dit Manthorpe en fermant la porte. Entrez, je vous en prie. Assis, Jasper !

Il invita Ollie dans un salon exigu, vieillot mais confortable, avec plusieurs bûches empilées à côté de la cheminée, un canapé et deux fauteuils en cuir autour d'un coffre en bois qui faisait office de table basse. Un grand cendrier en verre bien rempli était posé à côté d'un exemplaire du *Daily Telegraph* et du magazine d'une paroisse locale.

— J'espère que ça ne vous dérange pas si je fume, s'excusa Manthorpe en levant sa pipe.

— Pas du tout. J'aime bien l'odeur, ça me rappelle mon grand-père !

— Thé ou café ?

— Plutôt du thé. Fort, sans sucre, avec une goutte de lait.

— Mettez-vous à l'aise, dit Manthorpe en lui indiquant le canapé.

Ollie s'assit et le chien sauta à côté de lui pour le renifler. Il caressa les poils drus de l'animal, tandis que le pasteur sortait de la pièce. Puis il regarda autour de lui et remarqua une photo posée sur la cheminée, sur laquelle Manthorpe, beaucoup plus jeune, en costume gris et col romain, tenait à son bras une jolie brune à l'apparence sérieuse. De nombreuses aquarelles encadrées de paysages de la campagne du Sussex, dont une peinture des célèbres Seven Sisters, étaient accrochées au mur.

— Ma femme était douée pour la peinture, déclara Manthorpe en revenant quelques minutes plus tard dans la pièce avec un plateau sur lequel se trouvaient deux tasses fumantes et une assiette de sablés. Servez-vous, ajouta-t-il en posant le plateau sur les journaux.

Il s'installa confortablement dans un fauteuil, sortit de sa poche une boîte d'allumettes et ralluma sa pipe. Les volutes de fumée bleue ramenèrent Ollie en enfance.

— C'est très gentil de votre part de me recevoir.

— Je vous en prie. Pour tout vous dire, c'est agréable d'avoir de la compagnie. Je me sens souvent seul depuis le décès de ma femme. Et j'ai l'impression que vous vous êtes fait un nouvel ami ! dit-il en regardant son chien.

— Il est magnifique, répondit Ollie en caressant l'animal, tout en essayant de l'empêcher de venir renifler son entrejambe.

— Donc… reprit Manthorpe en se laissant aller en arrière et en tirant fort sur sa pipe, le visage tourné vers le plafond. La maison de Cold Hill…

— C'est ça.

— Ce n'est pas une mince affaire, j'imagine.

— C'est le moins qu'on puisse dire.

— Vous devez avoir de l'argent.

— Nous ne sommes là que depuis deux semaines, et je ne sais pas si on s'en sortira un jour. C'est un véritable gouffre financier.

Manthorpe sourit.

— Vous avez déjà vu le film ?

— Quel film ?

— *Une baraque à tout casser*, avec Tom Hanks. C'est une comédie musicale très drôle.

Il hésita.

— Quoique… Peut-être qu'elle n'est pas pour vous. Vous risqueriez d'être découragés.

Il sourit.

— Bref. J'imagine que vous ne m'avez pas contacté pour souscrire un emprunt, donc que puis-je faire pour vous ? Vous avez dit que c'était urgent, ajouta-t-il en tirant fort sur sa pipe pour former un rond de fumée parfait, qui monta jusqu'au plafond avant de se dissiper dans l'atmosphère.

— Combien de temps avez-vous vécu à Cold Hill ?

— Oh, mon Dieu, presque trente ans. Je m'y suis beaucoup plu. Pour rien au monde je n'aurais voulu vivre ailleurs.

— Vous avez donc connu Annie Porter ?

Le visage de Manthorpe s'éclaira.

— Annie Porter ? Quelle femme charmante !

Il montra du doigt un grand vase légèrement irrégulier décoré d'un motif floral, posé sur une étagère à côté de photos de trois enfants et d'un golden retriever.

— Ma femme participait régulièrement aux cours de poterie d'Annie. Elle a cuit celui-ci dans son four. Annie est toujours vivante, n'est-ce pas ? Elle ne doit plus être toute jeune.

— Elle m'a l'air en grande forme.

— Vous lui transmettrez mes amitiés.

— Volontiers.

Ollie se pencha pour prendre sa tasse.

— Est-ce que vous vous souvenez d'un homme qui devait vivre à Cold Hill aussi, un certain Harry Walters ?

— Harry Walters ? répéta-t-il, soudain inquiet. Cheveux gris, fumeur de pipe, comme moi ?

— C'est ça.

— Je me souviens vaguement de lui. Un peu marginal. Très discret. Il travaillait chez vous. Le pauvre est mort de façon accidentelle, sur votre terrain.

— Exactement. Je crois qu'il s'est fait écraser par une pelle mécanique. Et la famille O'Hare, ça vous dit quelque chose ? Ils étaient quatre. Ils ont été enterrés dans le cimetière en 1983. Vous vous souvenez d'eux ?

— Oui, confirma Manthorpe après un court silence. C'était terrible. L'une des plus grandes tragédies que j'ai eue à gérer. Je venais tout juste d'arriver à Cold Hill.

— Vous pouvez m'en dire davantage sur eux ?

— Pas vraiment, je n'ai pas eu le temps de les rencontrer.

Il se pencha en arrière et tira sur sa pipe, mais celle-ci s'était éteinte. Il gratta une nouvelle allumette, tira fort et exhala un nouveau rond de fumée parfait. Ollie sentit son téléphone vibrer dans sa poche, mais l'ignora.

— Johnny O'Hare, si ma mémoire est bonne, était un ponte de l'industrie musicale. Nous avons célébré ses funérailles à l'église, et on m'a demandé de passer des chansons d'artistes avec lesquels il avait travaillé.

Glen Campbell. Diana Ross. Billy J. Kramer. Les Dave Clark Five. Les Kinks. Il était dans le management d'artistes, sous une forme ou une autre.

La voix du pasteur changea, et Ollie y détecta de la nostalgie.

— Je peux vous confirmer qu'on a eu le gratin du rock'n'roll à l'église, ce jour-là. À mon avis, ça n'était jamais arrivé avant et ça n'arrivera plus jamais. Paul McCartney, Ray Davies, Mick Jagger, Lulu... Il y avait des cordons de police tout autour du village pour empêcher les badauds d'approcher.

— Incroyable ! s'exclama Ollie.

— Oui, effectivement. Je me souviens d'autre chose. Le frère du défunt, Charlie O'Hare, était venu me voir quelques jours avant la cérémonie. Il était un peu... disons, excentrique, pour rester poli. Il m'avait confié que son frère n'avait jamais été porté sur la religion, mais il pensait que ce serait une bonne idée d'organiser une communion. Comme Johnny avait toujours été un bon vivant, il suggérait de remplacer le vin de messe et les hosties par du champagne et des blinis au caviar, et de mettre des cigares à la place des chandelles. Et il aurait voulu que tout le monde en allume un dans l'église à la mémoire de son frère. Apparemment, ce dernier était un aficionado.

Ollie sourit, pensif. Des cigares... Est-ce que cela expliquait l'odeur qu'il avait sentie dans les combles ? Et l'homme que Barker avait croisé ?

— Je l'ai envoyé paître, ça, je peux vous l'assurer !

— Ça ne m'étonne pas !

— Avec le temps, vous en voyez de toutes les couleurs. Mais j'ai oublié beaucoup d'anecdotes. Comme je vous l'ai avoué au téléphone, ma mémoire n'est plus ce qu'elle était.

— Elle me semble encore très bonne, si vous voulez mon avis. Qu'est-il arrivé à la famille O'Hare ? Il semblerait qu'ils soient tous morts le même jour. Un accident de voiture ?

— En quelque sorte, mais pas comme on l'entend habituellement.

Manthorpe ralluma sa pipe.

— Ils venaient d'arriver chez eux, ils se garaient devant l'entrée quand une partie du toit et de la façade s'est effondrée, les tuant sur le coup.

— Le jour de leur déménagement ? Et ils sont tous morts ? demanda Ollie, sous le choc.

— Oui. Cette maison a eu son lot de tragédies. Mais ne soyez pas découragés, ajouta-t-il, bienveillant. Les vieux du village disaient que la maison était maudite, ou damnée, mais la réalité, c'est qu'une demeure de cet âge a forcément connu des morts. L'histoire du genre humain n'est pas un conte de fées, n'est-ce pas ? J'ai vu beaucoup de tristesse, dans ma vie, mais aussi beaucoup de choses qui m'ont encouragé à garder la foi en Dieu et en l'humanité. S'il n'y avait pas de mal dans le monde, nous ne saurions pas apprécier le bien, pas vrai ?

— Vous n'avez peut-être pas tort, concéda Ollie en buvant une gorgée de thé.

— La lumière ne brille que dans l'obscurité, ajouta Manthorpe avec un air énigmatique. Peut-être que votre famille sera la lumière dont cette maison a besoin.

— Ce n'est pas le cas actuellement.

— Pourquoi ?

— J'ai l'impression de vivre un cauchemar.

Ollie lui raconta tout : ce que sa belle-mère avait vu dans l'atrium le premier jour ; les sphères qu'il avait aperçues ; la petite fille et la vieille dame dont Jade lui avait parlé ; l'épisode de l'inondation ; les voix qu'il avait entendues la nuit précédente ; le lit qui s'était déplacé ; l'aveu de Caro, qui avait vu la vieille dame plusieurs fois.

Quand il eut terminé, Manthorpe hocha la tête en silence, puis vida le contenu de sa pipe dans le cendrier.

— Mon Dieu ! finit-il par souffler. À mon époque, la maison était vide. Comme je vous l'ai dit, il y avait beaucoup de racontars, vous savez, des ragots de villageois.

— Quels racontars ?

— Les gens disaient qu'elle était maudite, si vous croyez en ce genre de choses. Je me souviens d'une rumeur en particulier, ajouta-t-il en sortant son tabac d'une de ses poches, pour remplir de nouveau sa pipe. Mais le problème, monsieur Harcourt...

— Vous pouvez m'appeler Ollie.

— Le problème, Ollie, c'est que, à la campagne, les gens ont trop de temps devant eux. Et ils se mettent à spéculer.

— Et quelles étaient les spéculations à propos de notre maison ?

— Que savez-vous déjà ?

— Pas grand-chose. Juste ce qui était mentionné dans le dossier de l'agent immobilier. Je sais qu'avant les O'Hare, la maison a appartenu à Sir et Lady Rothberg. Lui faisait partie d'une dynastie de banquiers, apparemment. Je crois qu'ils ont vécu là après la Seconde Guerre mondiale, jusqu'à leur mort.

— C'était quelques années avant que j'arrive, mais les gens en parlaient encore. Une terrible tragédie, mais peut-être une bénédiction finalement, après avoir vécu tant d'années sans pouvoir quitter la maison. Vous avez un lac, n'est-ce pas ?

— Oui. Celui dans lequel Harry Walters s'est noyé.

— C'était un hiver particulièrement rude, cette année-là. Mme Rothberg aimait beaucoup les animaux et il y avait quelques espèces rares de canards, qu'elle nourrissait. Il y a une île au centre, c'est bien ça ?

Ollie acquiesça.

— On l'appelle l'île aux canards.

— Lady Rothberg avait donné aux canards l'habitude de vivre sur l'île, pour qu'ils soient à l'abri des renards, en y déposant de la nourriture pour eux – du maïs, je pense. Elle traversait régulièrement le lac en barque, avec un sac de nourriture. Un jour, alors qu'il était entièrement gelé, au lieu de prendre la barque, elle s'est dit que la glace était assez épaisse pour qu'elle puisse atteindre l'île à pied. À mi-chemin, sous son poids et celui du sac, la glace a cédé et elle s'est noyée. Son mari est venu à son secours, il a réussi à la sortir, mais elle avait passé tellement de temps sous l'eau, privée d'oxygène, qu'elle a subi des dommages irréversibles au cerveau et passé le reste de sa vie alitée dans une chambre, dans un état végétatif. L'année suivante, le jour de son quarantième anniversaire, Lord Rothberg organisa une partie de chasse, et fut victime d'un terrible accident. Le fils d'un invité a malencontreusement déchargé son arme sur Lord Rothberg, qui a perdu la majeure partie de son visage. Il en est resté aveugle et paralysé.

— Quelle terrible tragédie ! Je n'en avais pas entendu parler.

Ollie réfléchit quelques instants.

— Quelqu'un est-il décédé d'une mort naturelle, à la maison de Cold Hill ?

Le pasteur sourit.

— Je suis sûr qu'on pourrait trouver de nombreux exemples. Comme je vous le disais, toutes les grandes maisons ont connu leur lot de tragédies.

— Je pense que celle-ci a hérité d'un lot plus important que les autres.

— Il faut remettre les choses dans leur contexte. Oui, un certain nombre d'accidents tragiques se sont produits. Et j'espère que cette série noire est terminée.

— Je n'en suis pas si sûr, dit Ollie. C'est pour cela que je suis venu vous voir. J'ai l'impression que la série noire continue. Que savez-vous de l'histoire de la maison avant la Seconde Guerre mondiale ?

— C'est très vague. La maison a été réquisitionnée par le gouvernement pendant la guerre, et des soldats canadiens y ont été logés. Avant, pendant la première moitié du XXe siècle, c'est un peu un mystère.

Il but une gorgée de thé.

— La famille qui y habitait était un peu bizarre, d'après les rumeurs. Un mari et sa femme. J'ai oublié leur nom. Apparemment, elle a disparu. Le mari a dit à ses amis qu'elle était partie vivre avec sa sœur en Nouvelle-Zélande, mais, selon la légende, il avait une maîtresse, et avait assassiné et enterré sa femme quelque part dans la propriété. La police a été contactée, mais l'homme est mort avant que ce mystère soit résolu.

— Comment est-il mort ?

— Je ne m'en souviens plus. Peut-être que je ne l'ai jamais su. Mais ça me rappelle quelque chose. Le premier propriétaire, le gars qui a fait construire cette maison… j'essaie de me souvenir de son nom… Bronwyn, non, Brangwyn. Sir Brangwyn quelque chose. Gallops ? Bessington ? Ah, oui, ça y est. Sir Brangwyn De Glossope. On racontait des choses sur lui.

— Quel genre de choses ?

— C'était un bon à rien. Il vivait du commerce du thé et des épices. Issu d'une famille de propriétaires terriens aisés, il avait perdu son héritage au jeu. Si je me souviens bien, il avait épousé une femme très riche, de l'aristocratie, ou du moins de la petite noblesse. C'est avec son argent à elle qu'il avait pu faire construire la maison de Cold Hill.

Il fit une pause pour rallumer sa pipe et exhala un énorme rond de fumée, qui monta vers le plafond, avant de se dissiper. L'ancien pasteur observa l'anneau comme si ses souvenirs se trouvaient à l'intérieur.

— D'après ce qui se colportait, cette femme avait un physique ingrat, et c'est un euphémisme. Selon les on-dit, elle avait des dons de voyance, comme on dirait aujourd'hui. Mais, à l'époque, elle était considérée comme une sorcière. Au village, on prétendait qu'elle avait jeté un sort sur De Glossope pour qu'il l'épouse. D'autres pensaient qu'il l'avait épousée pour son argent et qu'il avait prévu, dès le début, de se débarrasser d'elle à la première occasion. Toujours est-il que, peu après la fin des travaux, Brangwyn a fermé la maison pendant trois ans, le temps qu'il passa en Inde et en Extrême-Orient pour affaires. Il en est revenu seul, racontant aux gens que sa femme avait succombé à une maladie pendant leur voyage.

— Et vous ne croyez pas cette version ?

— On parle d'une affaire qui a eu lieu voilà plus de deux cent cinquante ans… Je n'ai pas la moindre idée de ce qui s'est passé. Mais au village, un vieux garçon, mort depuis longtemps maintenant, qui était une véritable mine d'informations, avait retrouvé des lettres, des journaux intimes et toutes sortes de documents de cette époque. Au pub, il racontait à qui voulait bien l'écouter que la femme de Brangwyn était restée dans la maison.

— Dans la maison fermée ?

— Ou enterrée quelque part sur le terrain. Je ne pense pas qu'ils avaient, à cette époque, les outils de détection d'aujourd'hui. Si c'est vrai, il serait parti pendant des années, puis aurait rouvert la maison et commencé une nouvelle vie avec une seconde épouse. Selon les ragots, l'esprit de sa première femme n'était pas emballé par ce scénario.

— Ça se comprend !

— Et elle n'aimait pas que les gens quittent sa maison, ajouta Manthorpe avec un sourire ironique.

— Ouais, c'est une demeure beaucoup trop grande pour y vivre seul, confirma Ollie en souriant.

Le pasteur sembla perdu dans ses pensées.

— Elle aurait jeté un sort sur la propriété ? le relança Ollie.

— Oui, c'est la version que j'ai entendue. Grâce à ses pouvoirs occultes.

Il sourit, comme si lui-même n'y croyait pas.

— Personne n'a essayé de retrouver son corps ?

— C'est un immense domaine, comme vous le savez, avec des hectares de terrain. Et, par ailleurs, ce n'est qu'une rumeur.

Ollie jeta un coup d'œil à sa montre. Il allait devoir bientôt partir pour aller chercher Jade.

— Merci beaucoup. Vous avez été d'une aide précieuse.

— Revenez quand vous voulez. J'ai beaucoup apprécié votre compagnie. Ne soyez pas découragé par ce qui s'est passé. Souvenez-vous : la lumière ne peut briller que dans le noir.

— Je m'en souviendrai, merci.

— Je vais vous donner un dernier conseil. Vous dire ce que vous devriez faire. Plus jeune, je l'aurais fait pour vous, mais je suis trop vieux maintenant.

Cinq minutes plus tard, alors qu'Ollie s'éloignait en voiture, l'ancien homme d'Église debout devant sa porte avec son chien lui jeta un étrange regard qui le déstabilisa.

C'était celui d'un vieil homme qui voyait quelque chose, ou quelqu'un, pour ce qu'il savait être la dernière fois.

Ollie frissonna.

Manthorpe ferma la porte, bouleversé. Il fallait qu'il passe un coup de fil important, de toute urgence. Il regarda autour de lui et se rappela qu'il avait laissé le combiné du téléphone dans son bureau, au premier étage.

La conversation qu'il venait d'avoir avec ce jeune homme confirmait ce qu'il redoutait. Les Harcourt avaient besoin d'aide, et il savait à qui s'adresser. Il s'engagea dans l'escalier étroit, les genoux tremblants, le cœur battant. À bout de souffle, il fit une pause à mi-chemin. Il allait bientôt devoir faire installer l'un de ces monte-escaliers. Ou déménager.

Alors qu'il ne lui restait plus qu'une marche à gravir, une ombre surgit et lui barra le passage.

Le vieil homme s'arrêta et la fixa. Il n'était pas effrayé, simplement furieux. Très en colère.

— Que voulez-vous ? s'exclama-t-il.

33

Jeudi 17 septembre

— M. Simpson, mon prof de musique, m'a demandé si je serais d'accord pour jouer un solo au concert de l'école à la fin du trimestre ! lança Jade avec un enthousiasme débordant, en montant dans la voiture.

— Waouh, c'est génial, ma chérie ! Qu'est-ce que tu vas jouer ?

— Je ne sais pas encore, mais j'ai quelques idées.

— Je suis très fier de toi !

Pendant tout le trajet du retour, elle lui raconta sa journée et lui expliqua à quel point elle aimait son nouveau professeur de musique. La discussion sur les fantômes, qu'ils avaient eue à l'aller, ne semblait plus d'actualité. Du moins pour le moment.

Un peu avant 18 heures, alors qu'ils remontaient l'allée et que la maison apparaissait au loin, sublime dans la lumière du soir, son optimisme revint. L'innocence heureuse et l'intérêt grandissant de Jade pour sa nouvelle école lui mettaient du baume au cœur. Et elle avait ajouté deux amies, en plus de Charlie et Niamh, à sa liste d'invités pour son anniversaire.

La Golf noire de Caro était garée devant la maison. En approchant, il vit que sa femme était assise à l'intérieur, pendue au téléphone.

Il se gara à côté d'elle et descendit. Jade attrapa sa guitare et son sac à dos, sauta et courut joyeusement vers la Golf. Quand Caro eut terminé son appel, elle émergea à son tour, attaché-case à la main. Jade la serra fort dans ses bras et lui annonça ce qu'elle avait précédemment raconté à son père. Puis ils entrèrent dans la maison et Jade disparut dans sa chambre.

— Comment s'est passée ta journée, ma chérie ?

— Sers-moi un verre, répliqua-t-elle. Un grand. Plusieurs grands verres !

Ils se dirigèrent vers la cuisine. Caro lâcha sa mallette.

— J'ai encore une bonne heure de travail, mais il faut vraiment que je boive quelque chose d'abord. Mon Dieu !

Ollie ouvrit le réfrigérateur, sortit une bouteille de vin, puis découpa la capsule.

— Tu viens juste de rentrer, ma chérie ?

— Non, je suis là depuis vingt minutes. J'attendais que tu arrives. Je suis désolée.

— Désolée ?

— Oui.

— Désolée pour quoi ?

Elle retira sa veste et l'accrocha au dossier de sa chaise.

— J'avais peur de rentrer. Trop peur de me retrouver toute seule dans cette maison.

Appuyée contre la table, elle semblait particulièrement vulnérable. Il s'approcha d'elle pour l'enlacer.

— Je comprends, ma chérie.

— Qu'est-ce que tu comprends ? Tu sais ce que ça représente d'être paniquée dans sa propre maison ? Tu n'as pas peur, toi ? Qu'est-ce qui va se passer ce soir ? Et demain ? C'est comme si quelque chose ne voulait pas de nous. Dans quoi est-ce qu'on s'est engagés ? Tu penses qu'on devrait partir ? Ollie, qu'est-ce qu'on va devenir ?

Elle hésita à lui parler du message sur son téléphone qui s'était effacé pendant qu'elle déjeunait avec Kingsley Parkin. Mais comme elle pensait avoir peut-être halluciné, elle garda le silence.

— Il faut qu'on s'occupe de trouver ce qui se passe dans cette maison. Je suis allé voir l'ancien pasteur, un vieux monsieur très gentil, Bob Manthorpe. Il m'a rapporté que plusieurs tragédies se sont produites ici, mais que c'était souvent le cas dans les vieilles maisons.

— Et dans d'autres endroits aussi les lits tournent de 180° pendant la nuit ?

— Je suis toujours convaincu qu'il doit y avoir une explication.

— Tant mieux pour toi.

Il retourna vers la bouteille de vin.

— Il n'est pas possible de le déplacer sans le démonter. Bryan Barker me l'a assuré. Les écrous et les boulons n'ont pas été touchés depuis des décennies. Ils sont tous rouillés.

— Moi aussi, je suis allée voir quelqu'un aujourd'hui.

— Qui ?

— Un nouveau client. Je ne voulais pas t'en parler, pour ne pas t'inquiéter. Il m'a rendu visite au cabinet lundi. C'est un mec bizarre, une vieille rock star du nom de Kingsley Parkin. Je crois qu'il a fait un gros tube dans les années 1960. Il se présente comme médium.

— C'était quoi, le tube ?

— Je ne m'en souviens plus. Je n'en avais jamais entendu parler. Je crois que son groupe s'appelait Johnny Lonesome and the Travellers, ou quelque chose comme ça. Bref, il a commencé à recevoir des messages concernant la maison quand il était dans mon bureau, lundi. Des messages de ma tante Marjorie. Marjie. Tu te souviens d'elle ?

— Bien sûr.

Le bouchon de vin sauta.

— Elle était adorable. Je l'aimais beaucoup.

— Elle aussi, elle t'appréciait énormément. Il connaissait son nom, Ollie. Ce n'est pas étrange, ça ?

— Qu'est-ce qu'elle lui disait, dans ses messages ?

— Qu'il fallait qu'on parte le plus vite possible.

Ollie retira les quelques fragments de liège dans le goulot de la bouteille, pensif. Si la mère de Caro, magistrate de profession, se révélait un petit peu perchée, sa tante Marjie était, elle, complètement à l'ouest. Il avait eu néanmoins une réelle affection pour elle.

— Est-ce que ta tante avait quelqu'un à proposer, pour racheter cette maison et nous rembourser intégralement ?

— Je ne plaisante pas, Ollie.

— Moi non plus.

Il servit deux verres de vin qu'il posa sur la table.

— Écoute, je ne vais pas faire comme si j'étais emballé par ce qui se passe ici. Je n'ai pas d'explication pour le lit, et pas plus pour ce que tu as vu dans le miroir. Mais ce déménagement nous a coûté une fortune. On ne peut pas fuir sous prétexte qu'un vieux rocker, ancien junkie, avec un cerveau sans doute grillé, reçoit des messages de ta tante décédée. Ce n'est pas ce que tu veux, si ?

— Selon Kingsley Parkin, si on décidait de rester, il faudrait procéder à un exorcisme. Il m'a proposé de nous aider en venant sur place.

Ollie s'était assis face à elle.

— Un exorcisme ?

C'était plus ou moins ce que Bob Manthorpe lui avait suggéré, lui aussi, dans des termes moins dramatiques. Il avait appelé ça un « rituel chrétien de délivrance ». Il connaissait une personne capable de le faire, s'ils choisissaient d'aller dans cette direction.

— Parkin m'a conseillé d'aller voir le pasteur actuel, poursuivit Caro. Apparemment, il y a un exorciste dans chaque diocèse. Les gens font appel à lui quand il se passe des choses inexplicables. Comme chez nous.

— Cloche, livre, bougie et tout le tralala ?

— Je suis prête à essayer. Si tu as une meilleure idée, dis-la-moi. Sinon, je ne mets plus les pieds ici.

— Il ne faut pas qu'on panique, ce serait ridicule !

— Ridicule comme un lit qui tourne à 180° dans la nuit ? Comme voir une apparition dans un miroir ? Je sais que ce déménagement nous met dans une situation délicate, mais là, on nage en plein cauchemar.

— L'ancien pasteur, Manthorpe, m'a dit qu'il allait appeler quelqu'un, au sein de l'Église, qui a l'habitude de gérer ces phénomènes étranges. Mais je ne crois pas que ce soit un exorciste à proprement parler.

— Pourquoi ne pas faire appel à un exorciste ?

— Si tu veux en faire venir un, je suis d'accord. Tu te sentirais mieux ?

— Pas toi ?

— Si ça peut mettre un terme à ce qui arrive ici, oui.

— OK, je m'en occupe. Je vais appeler Kingsley Parkin et lui demander quand il peut venir. Peut-être est-il disponible ce soir. On fait ça ?

Durant toute leur conversation, Ollie jetait des coups d'œil dans l'atrium, à l'affût des sphères qu'il avait vues précédemment. Il frissonnait toujours, chaque fois qu'il traversait cette pièce. Un exorciste… Il ne savait pas trop quoi en penser.

Mais il n'avait pas de meilleure solution.

Par ailleurs, il sentait que Manthorpe ne lui avait pas tout dit. Sans l'impératif de chercher Jade à l'école, il aurait pu passer plus de temps avec lui, et peut-être obtenir ainsi d'autres informations. L'ancien pasteur en savait sans doute plus qu'il ne voulait bien le dire sur l'histoire de cette maison. Il le contacterait le lendemain et essaierait de fixer un autre rendez-vous.

— Vas-y, appelle ce gars, Parkin, dit-il à Caro.

— Je vais le faire tout de suite. On continuera cette conversation plus tard. On dormira dans les canapés ce soir, mais je dois d'abord régler quelque chose d'urgent pour un client.

Caro se pencha, ouvrit son attaché-case et en sortit un épais porte-documents en plastique.

— Moi aussi, j'ai un truc pressé à faire, toujours pour Cholmondley. Tu veux que je prépare le repas, ce soir ?

— Ce serait super, merci.

— Crevettes sautées. On a un sachet de crevettes crues dans le réfrigérateur.

— Fais ce que tu veux.

Il consulta sa montre. Il était bientôt 18 h 30.

— Ça te va si on mange vers 20 heures ?

— Tout à fait.

Ollie sortit les crevettes du réfrigérateur, les mit dans un bol, et entendit Caro laisser un message sur le répondeur de Parkin. Il remplit les gamelles des chats, les appela, emporta son verre de vin dans son bureau, s'assit et alluma la radio pour prendre connaissance de l'actualité.

Un peu plus tôt dans l'après-midi, Cholmondley lui avait envoyé un e-mail qu'il avait parcouru sur son iPhone. Il s'agissait de la photo d'une Ferrari GTO de 1965 vendue aux enchères aux États-Unis pour 35 millions de dollars, deux ans plus tôt. Cholmondley venait de se voir offrir une voiture identique, d'une provenance irréprochable, selon lui, et il souhaitait que cette merveille soit mise en valeur sur son site.

Quand l'écran s'alluma, les dossiers sur le bureau avaient disparu. À la place, il put lire, en lettres capitales :

MANTHORPE EST UN VIEUX SCHNOCK.
NE L'ÉCOUTE PAS.
JAMAIS VOUS NE PARTIREZ.

Alors qu'il fixait le message, sous le choc, celui-ci s'effaça et les documents réapparurent.

C'est à ce moment-là qu'il entendit Caro hurler.

34

Jeudi 17 septembre

Affolé, Ollie descendit les marches quatre à quatre, traversa l'atrium et se précipita dans la cuisine.

Caro était debout au milieu de la pièce, les yeux écarquillés. Des éclats de verre recouvraient la table, les documents et le sol. Bouche bée, elle montrait du doigt ce qui restait d'une ampoule suspendue au plafond, juste au-dessus de la table.

— Elle a explosé, dit-elle d'une voix tremblante. Juste comme ça.

— Ça arrive parfois.

— Ah bon ? Quand ? Parce qu'à moi, ça ne m'est jamais arrivé !

— C'est sans doute à cause de l'inondation. Hier, de l'eau gouttait du plafond. Il a dû y avoir un court-circuit ou autre chose.

Il s'approcha pour observer l'ampoule.

— Elle est vieille comme Hérode. De l'eau a dû pénétrer à l'intérieur.

Elle secoua la tête.

— Non, Ollie, je ne peux pas le croire.

— Calme-toi, ma chérie, dit-il en passant un bras autour de ses épaules.

Elle tremblait.

— Tout va bien, ajouta-t-il.

— Non, tout ne va pas bien.

— Il y a sûrement une explication parfaitement rationnelle.

— J'en ai marre de tes explications parfaitement rationnelles, Ollie. On est assiégés, putain, et tu es toujours dans le déni ? hurla-t-elle.

— Chut, Jade va t'entendre. Je n'ai pas envie de la faire paniquer, dit-il en mettant l'index devant sa bouche.

— Elle est dans sa chambre, avec la musique à fond, elle ne risque pas de m'entendre.

Caro regarda les restes de l'ampoule, puis le verre sur la table et au sol.

— Je vais aller chercher une pelle, une balayette et l'aspirateur, se proposa Ollie.

— Et moi je vais rappeler Kingsley Parkin. Je veux qu'il vienne ce soir, tout de suite.

Ollie ramassa le plus de verre possible avec la balayette, aidé par Caro, qui récupérait les gros morceaux avec les doigts. Il envisagea d'appeler sa belle-mère. Mais malgré ses bonnes intentions, celle-ci risquait d'aggraver la situation. Il vida la pelle dans la poubelle, se rendit dans le cellier et revint avec l'aspirateur, qu'il brancha. Il entendit Caro laisser un second message sur le répondeur de son client, le médium. Il attendit qu'elle eût raccroché pour mettre l'appareil en marche.

Il percevait des petits cliquetis, chaque fois que des bouts minuscules étaient aspirés. Soudain, le moteur s'arrêta et la pièce fut plongée dans l'obscurité.

— Parfait. De mieux en mieux, lâcha Caro d'une voix étonnamment calme.

Ollie grimaça.

— L'électricité est complètement foutue. Ils sont en train de la refaire, mais c'est un travail de titan.

— Je ne sais même pas où se trouve le boîtier électrique, dit-elle. Montre-moi, même s'il est peu probable que j'aie un jour le courage de me retrouver seule dans cette maison.

Il l'accompagna dans le cellier et lui indiqua les deux tableaux électriques neufs que l'électricien avait installés cette semaine. Il ouvrit celui du dessous et lui signala l'interrupteur principal, qui était baissé. Il le bascula vers le haut, la lumière revint et l'aspirateur se remit en marche automatiquement.

— Ce dispositif est très sensible, c'est vraiment une bonne chose pour notre sécurité de l'avoir installé.

Elle observa les rangées de fusibles.

— Quand ils auront fini l'installation, ils mettront une étiquette sous chacun d'eux.

— Est-ce que l'explosion de l'ampoule a pu provoquer un court-circuit ? lui demanda-t-elle.

Il fut soulagé de constater qu'elle semblait adopter un point de vue plus rationnel.

— C'est possible, oui, mais il est plus probable que ce qui l'a provoquée a aussi fait sauter le courant. Je pense qu'on va finir par découvrir que l'inondation est à l'origine des deux dysfonctionnements.

— J'espère que tu as raison.

— Ils doivent refaire les circuits demain, ajouta-t-il.

Alors qu'ils retournaient dans la cuisine, elle regarda autour d'elle, inquiète.

— Je ne sais pas combien de temps je vais encore tenir.

— Je vais aller chercher mon portable et travailler à côté de toi, jusqu'à ce qu'on dîne.

— Je veux bien.

Elle consulta l'horloge murale, puis sa montre.

— Pourquoi est-ce que Kingsley Parkin ne m'a pas encore rappelée ?

— Tu lui as laissé un message il y a une demi-heure seulement. Peut-être qu'il est avec un client, ou simplement sorti.

Elle s'assit à la table et parcourut un document.

— Oui, c'est possible.

Elle décrocha son téléphone et composa le numéro de l'avocat d'un vendeur.

Un peu plus tard, installés dans le canapé du séjour, après avoir mangé leurs crevettes sautées, ils regardèrent un autre épisode de *Breaking Bad*. Caro était plus détendue. Comme si elle avait, pour le moment, mis ses soucis de côté. Elle profitait de la série – et d'une seconde bouteille de vin, déjà bien entamée.

Mais Ollie n'arrivait pas à se concentrer sur la série. Tantôt il était distrait par la moindre ombre, tantôt il se perdait dans ses pensées.

Avait-il halluciné à propos du message sur son ordinateur, qui s'était effacé en quelques secondes.

Était-il possible qu'un message apparaisse puis disparaisse sans explication, malgré les pare-feux sophistiqués que Chris Webb avait installés sur son ordinateur ?

Était-il normal que la photo d'un vieux barbu surgisse et s'efface, elle aussi ?

Il était profondément déprimé et sur les nerfs. La maison de leurs rêves, dans laquelle ils s'étaient installés à peine quinze jours plus tôt, les plongeait dans un cauchemar sans nom.

Il fallait qu'ils trouvent une solution. Bien sûr qu'ils y arriveraient. Peut-être que les choses se calmeraient une fois que la plomberie et l'électricité seraient refaites. Il fallait, d'une façon ou d'une autre, qu'il parvienne à en convaincre Caro.

Et à s'en convaincre lui.

Soudain, le téléphone de Caro sonna. Elle se pencha vers le vieux coffre en bois qui faisait office de table basse et regarda l'écran.

— C'est Parkin ! s'écria-t-elle. Mon client, le médium.

Ollie attrapa la télécommande et mit le film sur pause.

— Bonsoir, Kingsley, dit-elle, soulagée.

Ollie l'observa.

— Oh, je suis désolée. Puis-je parler à votre compagnon, Kingsley ? Je suis Caro Harcourt. Nous avons déjeuné ensemble ce midi et…

Elle s'interrompit et écouta.

Ollie vit ses traits se durcir et son visage pâlir.

— Oh, non, dit-elle. Oh, mon Dieu, non !

Elle se tourna vers Ollie et le regarda, choquée, secoua la tête, puis s'arc-bouta, tout en collant le téléphone contre son oreille.

— Oh, mon Dieu… Oh, mon Dieu. Je suis désolée. Je n'arrive pas à le croire. Je veux dire… il avait l'air en pleine forme. Je suis… je suis sous le choc. Je suis désolée. Désolée pour vous. Je ne sais pas quoi dire. Merci de m'avoir appelée. Merci de m'avoir prévenue. Oui… oui, bien sûr. Pourriez-vous… me tenir au courant de la suite, en temps voulu ? J'aimerais… Oui, merci. Toutes mes condoléances.

Elle raccrocha, et, sans lâcher son téléphone, fixa Ollie, blême.

— C'était la compagne de Kingsley Parkin. Elle m'a dit que…

Sa voix se cassa.

— Que Kingsley s'était effondré dans la rue cet après-midi, près de la Tour de l'horloge. Ça devait être juste après notre déjeuner. Il a été conduit à l'hôpital, mais ils n'ont pas réussi à le ranimer. Ce n'est pas encore certain, mais il s'agirait d'une crise cardiaque.

— Il est mort ? fit Ollie, sidéré lui aussi, conscient de chuchoter.

— Oui.

Elle chassa ses larmes d'un revers de la main.

— Merde, je n'arrive pas à le croire. Il était tellement…

Elle leva les bras, désespérée.

— Qu'est-ce qu'on va faire maintenant ?

Ollie vit qu'il était 22 h 15. Trop tard pour appeler.

— Je contacterai Bob Manthorpe à la première heure, demain matin.

— C'est tellement flippant.

— Il avait quel âge ?

— Il n'était pas si vieux que ça. Je ne sais pas. Peut-être qu'il avait fait un peu de chirurgie. Soixante-dix ans, je pense. Mais il était vraiment plein d'énergie.

— Ça arrive, dit Ollie. Ça fait un choc, mais c'est un bel âge. Ces vieux rockers des années 1960, ils ne se sont pas ménagés, avec toutes les drogues qu'ils ont prises. Ce genre de choses arrive.

— Bah voyons. Juste après que j'ai déjeuné avec lui. « Ce genre de choses arrive. » Tu n'as pas mieux ?

— Les documents à propos de la maison, ma chérie… Tu te souviens jusqu'à quand ils remontent ?

— Jusqu'au début du XVIᵉ siècle, quand il y avait une petite communauté monastique établie par un groupe de moines cisterciens. Ils sont partis en Écosse vers 1750, et c'est à ce moment-là que la maison a été construite, les ruines étant utilisées comme fondations. Pourquoi est-ce que tu veux savoir ?

— Le pasteur que j'ai vu cet après-midi m'a suggéré quelque chose. J'aimerais les relire, mais certains sont fragiles et j'ai peur de les endommager. Tu pourrais en faire des copies à ton bureau demain ?

— Oui. Si tant est que l'on soit toujours vivants demain, dit-elle en ne plaisantant qu'à moitié.

35

Vendredi 18 septembre

— Quel service, Ollie ! Tu es possédé ou quoi ?

Bruce Kaplan, son partenaire de jeu sur ce court de tennis couvert, pourtant avare de compliments, ne pouvait retenir son admiration.

Comme Ollie, il aurait 40 ans cette année. Avec ses cheveux frisés, ses lunettes rondes cerclées et son short beaucoup trop long, il avait tout du geek – qu'il était. Mais, au tennis, il se défendait comme un beau diable, se déplaçait sans répit de droite à gauche et de gauche à droite, et détestait céder le moindre point. Ils avaient à peu près le même niveau, même si Kaplan remportait la plupart des matchs, tout simplement parce qu'il était le meilleur, comme il aimait à le rappeler à son ami, la modestie n'étant pas sa plus grande qualité.

Cela lui faisait du bien d'être de retour sur le court après deux semaines d'absence. De courir et de tout donner, comme chaque fois, de dédier toute son énergie et toute sa concentration au jeu. En général, pendant cette heure et demie, il ne pensait à rien d'autre qu'à bien placer la balle, attaquer, défendre, et essayer de mettre à mal son adversaire infatigable.

Mais, au fur et à mesure de la partie, il sentit tous ses problèmes envahir son esprit malgré lui. Il n'arrêtait pas de se demander si Bob Manthorpe l'avait rappelé, après qu'il lui avait laissé un message ce matin.

Au moment de changer de côté, Ollie s'arrêta près de son sac pour boire une gorgée d'eau et regarder l'écran de son téléphone, sur silencieux. Pas de message. Il était 13 h 15 et le pasteur ne l'avait toujours pas contacté. Il espérait avoir de ses nouvelles dans l'après-midi.

Il resta suffisamment concentré pour remporter le premier set, de peu, sur un tie-break, mais il perdit le deuxième 4-6, s'effondra au troisième avec un 0-6 sans appel et leur temps de jeu expira alors qu'il perdait le quatrième 0-3.

Avant de se doucher et de se changer, ils allèrent au bar. Ollie commanda deux grandes limonades et des sandwichs. Puis ils s'installèrent à une table et commencèrent à discuter.

— Tu t'en es bien sorti au premier set, ensuite j'ai l'impression que tu as complètement lâché l'affaire, dit Kaplan. J'imagine que tu as réalisé à quel point mon jeu était supérieur au tien et que tu n'avais aucune chance, hé, hé !

Jetant un coup d'œil à son téléphone, Ollie constata que Manthorpe ne l'avait toujours pas rappelé. Il sourit, but une longue gorgée de limonade et s'essuya la bouche d'un revers de la main.

— J'ai des tas de trucs en tête en ce moment. Désolé si j'ai été si nul.

— Tu es toujours nul.

— Va te faire !

— Dis-moi ce qui te tracasse.

Kaplan était professeur au laboratoire d'intelligence artificielle à l'université de Brighton. Il avait un certain nombre de théories qu'Ollie jugeait farfelues, mais qu'il ne rejetait pas pour autant. Kaplan avait notamment écrit un livre, publié par une maison d'édition universitaire très respectée, qui posait la question suivante : « Les ordinateurs pourront-ils un jour apprécier le goût de la nourriture, rire à une plaisanterie et avoir un orgasme ? » C'était l'un de ses sujets de prédilection.

— Quel est ton point de vue sur les fantômes, Bruce ? l'interrogea-t-il de but en blanc.

— Les fantômes ? répéta le professeur.

— Tu penses qu'ils existent ?

— Bien sûr ! Pourquoi n'existeraient-ils pas ?

Ollie le fixa, stupéfait.

— Vraiment ?

— Je pense que tu trouveras pas mal de mathématiciens et de physiciens qui, comme moi, croient aux fantômes.

— Quelle est ta théorie ? Je veux dire, tu crois qu'ils sont « quoi » ?

— Ça, c'est la question à un million.

Il rit, de son petit « hé, hé ! » qu'il émettait régulièrement, comme un tic nerveux.

— Pourquoi est-ce que tu me le demandes ?

— Je pense que notre nouvelle maison est hantée.

— Il y a un court de tennis ? Je ne me souviens plus si tu me l'as dit.

— Non, mais il y aurait largement la place.

— Tu vas en faire construire un ?

— Peut-être. Il y a beaucoup de peut-être, en ce moment.

— Et tu penses qu'il y a un fantôme… Un esprit passif ou actif ?

— Il y a une différence ?

Ollie considérait Bruce comme supérieurement intelligent et il aimait le fait qu'il avait un point de vue original et unique sur quasiment tous les sujets.

— Bien évidemment ! Une grande différence. Qu'est-ce que tu peux me dire sur ce fantôme ?

Ollie lui parla du lit, des sphères, de l'apparition que Caro et Jade avaient vue, ainsi que des autres événements. Kaplan l'écouta sans cesser de hocher la tête. Quand il eut terminé, Ollie lui demanda :

— Qu'est-ce que tu penses de tout ça ?

Kaplan retira son bandeau et le lui montra.

— Tu sais ce qu'Einstein a dit à propos de l'énergie ?

— Non.

— Selon lui, l'énergie ne meurt pas : elle circule, se transforme, mais ne s'arrête jamais.

Pour illustrer son propos, il pressa son bandeau jusqu'à ce que des gouttes de sueur tombent sur la surface blanche de la table.

— Tu vois ces gouttelettes ? L'eau a toujours été là. Sous une forme ou une autre, dans la pisse d'Attila, dans les chutes du Niagara ou dans le fer à repasser de ma mère. Hé, hé ! Chaque molécule a toujours existé et existera toujours. Si tu les fais bouillir, elles se transforment en vapeur et vont dans l'atmosphère, puis reviennent sous forme de bruine ou de pluie, un jour, quelque part. Elles ne quittent jamais notre atmosphère. L'énergie non plus. Tu me suis ?

— Oui, dit Ollie, dubitatif.

— Donc si tu me plantes un couteau dans le cœur, là maintenant, tu me tueras, mais tu ne tueras pas mon énergie. Mon corps se décomposera, mais mon énergie ira quelque part et se perpétuera.

— Sous forme de fantôme ? demanda Ollie.

Kaplan haussa les épaules.

— J'ai des théories sur la mémoire. C'est mon sujet de recherche actuellement. Je pense que c'est une grande partie de la conscience. Nos corps ont une mémoire. Quand on répète certains mouvements, notre corps les effectue de plus en plus facilement, n'est-ce pas ? Si tu plies un morceau de papier, le pli reste. C'est la mémoire du papier. Pour les espèces humaine et animale, un grand nombre de nos comportements sont définis par la mémoire. Si une personne passe une longue période de temps dans un espace confiné, peut-être que l'énergie a une mémoire, elle aussi.

» Dans une des facultés de Cambridge, on a rapporté la présence d'une dame grise, traversant régulièrement le réfectoire. Il y a une cinquantaine d'années, le sol a été infesté de mérules et a dû être remplacé. Le nouveau plancher se trouvait trente centimètres plus haut. À partir de ce jour-là, la dame grise s'est promenée coupée au niveau des genoux. C'est ce que j'appelle un fantôme passif. C'est une forme de mémoire, dans l'énergie, qui reste après la mort. Et parfois, elle garde la forme de cette personne.

— Et qu'est-ce qu'un fantôme actif, alors ?

— Hé, hé ! Le père d'Hamlet est un exemple de fantôme intelligent. Il pouvait parler. « Ne souffre pas que la couche royale du Danemark soit un lit de luxure et d'inceste maudit. Mais de quelque façon que tu agisses, ne souille pas ton âme, ne fais rien contre ta mère. C'est l'affaire du Ciel[1]. »

Il sourit à Ollie.

— Tu vois ?

— Donc un fantôme actif est un fantôme intelligent et conscient ?

— Oui, un fantôme qui sent et qui pense.

— Donc l'étape suivante serait un fantôme capable de faire quelque chose, physiquement. Tu crois que c'est possible ?

— Tout à fait.

Ollie lui jeta un regard perplexe.

— J'imaginais que les scientifiques comme toi étaient censés être rationnels.

— Nous le sommes.

— Mais tu ne parles pas de quelque chose de rationnel, là, si ?

— Tu sais ce que je pense vraiment ? lui dit Kaplan. Nous, les êtres humains, sommes au tout début de notre évolution. Et je ne suis pas sûr que nous soyons suffisamment intelligents pour évoluer avant de nous autodétruire. Mais si nous y arrivons, il y a tout plein de trucs qui nous attendent dans l'avenir. Tout plein de niveaux d'existence auxquels nous ne savons pas encore comment y accéder. Prends l'exemple simple

---

1. *Hamlet*, Shakespeare, acte I, sc. 5, traduction d'Yves Bonnefoy.

du sifflet à ultrasons. Les chiens peuvent l'entendre, mais pas nous. Qu'est-ce qu'il y a d'autre, autour de nous, dont nous ne sommes pas conscients ?

— À quoi tu réfléchis ?

— Je ne sais pas trop, mais je veux vivre assez longtemps pour le découvrir, hé, hé ! Peut-être que les fantômes n'en sont pas du tout, et que tout ça a à voir avec notre compréhension du temps. Notre approche est linéaire, pas vrai ? On va de A à B et de B à C. On se lève le matin, on sort du lit, on boit un café, on va au boulot, etc. C'est comme ça qu'on perçoit chaque journée. Et si notre perception était fausse ? Et si la construction linéaire n'était qu'une façon, pour notre cerveau, de donner du sens à ce qui se passe ? Et si tout ce qui a été existait encore, le passé, le présent et l'avenir, et si nous étions prisonniers d'une minuscule partie de l'espace-temps ? Et si parfois, en soulevant légèrement le rideau, nous avions accès au passé, et parfois à l'avenir ?

Il haussa les épaules.

— Qui sait ?

Ollie fronça les sourcils, désarçonné par le raisonnement de son ami.

— Tu veux dire que notre fantôme n'en est pas un ? Que l'on voit quelque chose ou quelqu'un du passé, qui est toujours là ?

— Ou pourquoi pas quelqu'un du futur, hé, hé !

Ollie sourit et secoua la tête.

— Tu m'embrouilles le cerveau !

— Ne résiste pas, j'ai l'impression que tu es embarqué dans une réflexion fantastique !

— Va dire ça à Caro ! Elle a la trouille comme jamais. Et si tu veux la vérité, moi aussi.

— Personne n'aime sortir de sa zone de confort.

— On est très loin dè ça, là.

Kaplan garda le silence quelques instants.

— Ce lit qui a tourné dans un espace trop petit...

— Oui. Soit on devient fous tous les deux, Caro et moi, soit il a défié les lois de la physique.

Le professeur attrapa un demi-sandwich fromage-pickles et, affamé, mordit dedans.

— Non, il y a une explication beaucoup plus simple, dit-il en mâchant.

— Qui est ?

— Vous avez affaire à un poltergeist.

Il enfonça la seconde moitié du sandwich dans sa bouche.

— Un poltergeist ?

— Ouais. Tu sais comment ils fonctionnent ?

— Je n'en ai aucune idée.

— Cette table est solide, pas vrai ? dit-il en tapant la surface.

Ollie acquiesça.

— Cette assiette est solide aussi, n'est-ce pas ? dit Kaplan en faisant tinter la porcelaine.

— Oui.

— Faux. Les objets solides sont une illusion. Cette assiette et cette table sont composées de milliards de particules subatomiques chargées électriquement qui bougent dans tous les sens. Elles sont bombardées, comme toi et moi, par des neutrons qui les traversent. Si quelque chose venait modifier le champ magnétique l'espace d'un instant... Imaginons que toutes les particules de l'assiette se déplacent dans la même direction pendant une fraction de seconde : celle-ci décollerait de la table. La même chose pourrait arriver à la table, qui décollerait du sol.

— Comme le téléporteur de *Star Trek* ?

— Ouais, ce genre de choses, hé, hé !

— C'est ta théorie pour le lit ?

— Comme je te l'ai expliqué, Ollie, nous comprenons si peu de chose... Mon conseil, c'est d'accepter ce qui se passe.

— Facile à dire, ce n'est pas toi qui dormais dans cette chambre. Tu veux venir passer une nuit chez nous ?

— Sans façon ! fit-il dans un éclat de rire.

36

Vendredi 18 septembre

Ollie continua à discuter avec Bruce Kaplan, puis alla directement chercher Jade à 15 h 30.

Elle sortit entourée d'un groupe de jeunes filles, avec lesquelles elle conversait de façon animée. Il était heureux de voir qu'elle s'était déjà bien intégrée. Elle monta dans la voiture, l'embrassa, et fit des signes d'au revoir à ses amies.

— Papa, c'est bon si j'ai aussi invité Laura, Becky et Edie à mon anniversaire ?

— Aucun problème. Comment s'est passée ta journée ?

— Bien. On a eu anglais. Comme devoir, il faut qu'on fasse une rédaction. Je vais raconter une histoire de fantômes !

— Une histoire de fantômes ? répéta-t-il, étonné.

— Ce sera l'histoire d'une fille qui déménage dans une nouvelle maison, et, quand elle est sur FaceTime avec son amie, celle-ci lui dit qu'il y a une vieille dame étrange debout derrière elle.

— Je vois. Et qu'est-ce qu'elle fait, la vieille dame étrange, dans ton histoire ?

— Je n'ai pas encore décidé.

— C'est un fantôme gentil ou méchant ?

— Elle fait peur à tout le monde, mais on ne devrait pas être effrayé, parce qu'elle n'est pas méchante : ce n'est pas sa faute si elle est un fantôme.

Son innocence le fit sourire. Il était soulagé de voir à quel point ce qui se passait dans la maison l'affectait peu. Si seulement Caro et lui pouvaient avoir un peu de son insouciance…

— C'est ce que tu penses vraiment ?

Elle hocha la tête.

— Un fantôme, c'est juste de l'air coloré, pas vrai ?

— C'est une bonne façon de le décrire !

Il se remémora un épisode ancien. Quand Jade avait 6 ans, elle avait une amie imaginaire, Kelly, avec qui elle jouait tout le temps. À l'époque, elle leur avait dit qu'elle vivait dans son armoire. Un jour, ils lui avaient demandé à quoi elle ressemblait, et elle leur avait répondu que Kelly n'avait pas de visage.

Caro et lui s'étaient inquiétés. Caro en avait parlé à une amie pédopsychiatre, qui lui avait dit que c'était assez courant. Au lieu de se faire du souci, ils devaient s'intéresser à ce que leur racontait leur fille. Elle finirait par passer à autre chose. Ils lui avaient donc régulièrement demandé des nouvelles de Kelly. Et une fois qu'elle avait eu 8 ans, Jade avait oublié cette amie imaginaire.

— Tu te souviens de Kelly ? lui demanda-t-il.

— Kelly ?

— Ton amie imaginaire, quand tu étais petite.

— Ah oui, Kelly…

— Est-ce que la femme que Phoebe a vue ressemble à Kelly ?

Elle secoua la tête.

— Non. Qu'est-ce que tu penses de mon idée, Papa ?

— J'adorerais lire ton histoire quand tu l'auras écrite.

— Peut-être que je te la ferai lire ! dit-elle en souriant, malicieuse.

Quand ils arrivèrent chez eux, dix minutes plus tard, un gros colis Amazon adressé à Mlle Jade Harcourt se trouvait sur la table, dans le hall. L'un des ouvriers avait dû en accuser réception.

Ollie s'approcha du carton.

— J'ai l'impression que c'est un cadeau d'anniversaire. Je vais le mettre avec les autres !

Elle secoua vigoureusement la tête.

— Non, non, je sais ce que c'est ! J'ai demandé à maman de me le commander, c'est pour la fête !

Elle l'attrapa et monta à l'étage avec.

Ollie se rendit dans la cuisine. Trois électriciens étaient au travail au milieu de câbles. Il grimpa les marches pour aller dans la chambre principale. Il y avait des bâches au sol, et un peintre, sur une échelle, finissait de couvrir au rouleau le dernier segment de leur nouveau plafond. La télévision avait déjà été raccrochée au mur.

— J'ai presque fini, monsieur Harcourt !

— Vous êtes le meilleur !

Il redescendit dans la cuisine, puis se dirigea vers la cave.

Il ne trouva personne, ni Bryan, ni Chris, ni aucun ouvrier, mais plusieurs étais avaient été installés. En remontant dans le cellier, il tomba sur Barker.

— La bonne nouvelle, c'est que votre maison ne va pas s'effondrer ce week-end !

— Cool.

— Et ça, c'est la mauvaise nouvelle, dit-il en lui tendant une enveloppe. C'est la facture. J'ai payé l'ingénieur structure de ma poche. Ça m'arrangerait que vous me remboursiez la semaine prochaine.

Ollie ouvrit l'enveloppe et déchanta. La somme s'élevait à plus de 3 000 livres.

— Vous pouvez compter sur moi, fit-il en pensant au solde de son compte en banque.

Il avait prévu d'envoyer la facture à Cholmondley ce week-end. Il espérait que son client le paierait rapidement.

— Je ferai le virement ce week-end.

— Et j'aurai bientôt une autre facture pour vous. Un règlement intermédiaire pour mon entreprise. J'ai dû acheter pas mal de matériaux. Je vous la déposerai lundi.

— Pas de souci, dit Ollie, de plus en plus déprimé.

Il se prépara une tasse de thé, qu'il emporta dans son bureau. Il y trouva d'autres factures : celles de l'électricien et du plombier, l'abonnement annuel au centre sportif, un rappel de paiement de l'assurance de la Golf de Caro, un second rappel de facture impayée du garage Caffyns, pour des réparations sur la Range Rover, et d'autres papiers administratifs auxquels il ne voulait pas penser pour le moment.

Bob Manthorpe ne l'avait toujours pas rappelé. Il composa de nouveau le numéro de l'ancien pasteur, tomba une nouvelle fois sur sa boîte vocale, laissa un message, puis parcourut ses e-mails.

Il trouva un message enthousiaste du propriétaire de la chaîne de restaurants indiens, qui acceptait son devis et lui annonçait qu'il souhaitait lui confier les sites de ses douze restaurants, ainsi que sa plateforme de vente en gros. Un revendeur de voitures de collection lui demandait un devis pour un site ambitieux, après sa visite sur le festival et une recommandation de la part de Cholmondley.

Ce qui était encourageant, c'est que son nouveau business se portait bien, songea-t-il, soulagé. Il commença à rédiger la facture du revendeur automobile, en détaillant les heures de travail, mais il avait du mal à se concentrer. Il n'arrêtait pas de penser à la conversation qu'il avait eue avec Bruce Kaplan. À cette histoire d'énergie. Il en était beaucoup question aussi dans l'article du *Sunday Times*. Caro lui avait dit que son client, feu Kingsley Parkin, avait lui aussi parlé d'énergie, en particulier de mauvaise énergie.

Est-ce que tout ce qui se passait ici pouvait être réduit à une question d'énergie ? Avec une meilleure compréhension, ils trouveraient une solution, n'est-ce pas ?

De la fenêtre, il vit la voiture de Caro approcher. Il était un peu plus de 17 h 30 et il pleuvait des cordes. Il descendit l'accueillir. Elle portait son attaché-case dans une main et un sac de la librairie City Books dans l'autre. Elle l'embrassa et lui tendit le sac volumineux.

— Voici les copies de tous les actes notariés. Ma secrétaire a agrandi ceux qui n'étaient pas faciles à lire. Ils ne sont dactylographiés qu'après la Première Guerre mondiale. Avant, tout est manuscrit. Et ils sont longs et alambiqués. À l'époque, les avocats étaient payés au feuillet, donc ils préféraient écrire une vingtaine de mots plutôt que deux. Qu'est-ce que tu veux manger ce soir ?

— Toi !

— Ce sera toujours la bonne réponse ! Moi, j'ai bien envie d'un curry. Un client qui habite dans notre coin m'a parlé d'un bon restaurant qui propose des plats à emporter à Henfield et d'un autre à Hurstpierpoint. Tu veux que je regarde s'ils ont un menu en ligne ?

— Je n'ai rien entendu d'aussi prometteur de la journée !

— Il fait beau à Brighton. J'espérais faire une balade avec toi ce soir, mais regarde le temps ! C'est incroyable, cette différence de climat à quelques kilomètres près, quand on passe de l'autre côté des Downs…

— Tu veux un verre de vin ?

— Pas tout de suite, j'ai du boulot.

— OK.

Ollie monta le sac dans son bureau, sortit le tas de photocopies, retira l'élastique et posa le tout sur sa table. Il s'attela à la lecture. Comme Caro l'avait remarqué, au fur et à mesure qu'il remontait dans le temps, les actes étaient de plus en plus bavards et difficiles à déchiffrer. Certains étaient parfaitement calligraphiés, mais la plupart étaient rédigés dans une écriture quasiment illisible.

Il commença avec les plus récents. Les O'Hare avaient acheté cette maison le 25 octobre 1983 et étaient morts le 26 octobre de la même année.

Avant eux, Sir Henry et Lady Rothberg étaient devenus propriétaires le 7 mai 1947. Encore avant, il y avait eu un couple, Adam et Ruth Pelham-Rees-Carr, qui avait fait l'acquisition de la propriété le 7 juillet 1933. Encore avant, Sir Richard et Lady Antonia Cadwalliston l'avaient achetée en 1927. Et encore avant eux – de façon surprenante –, Wilfred et Hermione Cholmondley.

Il se demanda si, avec un nom aussi peu usuel, il n'y avait pas un lien de parenté avec son client. Il se renseignerait auprès de lui. Ce serait une jolie coïncidence.

Il nota leur nom et la date de leur acquisition, le 11 novembre 1911. Son téléphone sonna. Il décrocha en espérant que ce serait Bob Manthorpe. Mais c'était Caro, et elle avait une voix bizarre.

— Mon chéri, il y a deux policiers, des enquêteurs, qui sont là. Ils veulent te parler.

— Des policiers ? Des enquêteurs ? C'est à quel sujet ?

Un frisson le parcourut. Que s'était-il passé ? Quelqu'un avait-il eu un accident ? Ses parents ? Son frère ou sa sœur ?

Il descendit et découvrit un grand homme mince en costume, la trentaine, visage fermé, et une femme bien habillée elle aussi, d'un peu moins de 30 ans.

— Bonsoir, leur dit Ollie.

L'homme sortit son badge.

— Lieutenant Robinson, police judiciaire d'Eastbourne, et voici ma collègue, la lieutenant Louise Ryman. Vous êtes monsieur Oliver Harcourt ?

— Oui.

Un grand désarroi l'envahit. Il n'avait jamais été à l'aise avec la police.

— Nous sommes désolés de vous déranger dans votre soirée. Pouvons-nous vous poser quelques questions ?

— Vous ne nous dérangez pas du tout, entrez.

Il les conduisit dans la cuisine, les invita à s'asseoir à la table, et prit place en face d'eux, avec Caro, qui poussa son ordinateur et les papiers sur lesquels elle travaillait.

— Quelle est la raison de votre visite ?

— Est-il exact que vous avez été en contact avec le révérend Robert Manthorpe au numéro 2, Farm Cottages, à Beddingham, récemment ? demanda le lieutenant Robinson en sortant un carnet de notes.

— Oui, je suis allé le voir hier.

— À quelle heure et pour quelle raison, monsieur ?

— En milieu d'après-midi, avant d'aller chercher ma fille à l'école.

Le lieutenant prit note.

— Pourquoi cette question ? demanda Ollie en regardant l'enquêtrice.

Celle-ci le fixait sans la moindre émotion. Son collègue ne lui répondit pas non plus.

— Puis-je vous demander pourquoi vous êtes ici ? J'aimerais vraiment savoir de quoi il s'agit.

— Pourriez-vous simplement répondre à mes questions, monsieur ?

— Pourriez-vous répondre aux miennes ?

— Ollie, tempéra Caro pour le calmer.

— Préféreriez-vous que l'on vous arrête, monsieur Harcourt, et que l'on vous emmène au poste d'Eastbourne ou souhaitez-vous coopérer ?

Caro intervint.

— En tant qu'avocate, je sais que vous n'avez aucune raison d'arrêter mon mari et que nous avons le droit de vous demander de partir.

— Je vais vous donner une dernière occasion de répondre à ma question, monsieur Harcourt, dit le lieutenant d'une voix neutre.

— Je suis allé le voir sur les conseils de notre pasteur, le révérend Roland Fortinbrass, lâcha Ollie.

— Puis-je vous demander pourquoi ?

Ollie hésita. Il n'aimait pas le ton de l'enquêteur ni le regard hostile de sa collègue.

— Parce que nous avons des problèmes avec cette maison, et je voulais savoir s'il avait entendu parler de situations similaires à l'époque où il était le pasteur de la paroisse.

— Je vois, dit le lieutenant en notant sa réponse, avant de tourner une page dans son carnet. Quel genre de problèmes ?

— Nous pensons que cette maison est peut-être hantée.

Ollie le regarda enregistrer son explication avec une lenteur incroyable, tout en articulant les mots qu'il écrivait.

Puis le lieutenant leva les yeux vers lui.

— Quelqu'un peut-il témoigner de votre heure d'arrivée et de départ du domicile du révérend Manthorpe, monsieur Harcourt ?

— J'ai récupéré ma fille, Jade, devant le collège de Burgess Hill à 17 h 30.

Il dut de nouveau attendre que Robinson ait fini de relever.

— Pourriez-vous nous dire de quoi il s'agit ? intervint Caro. Il est arrivé quelque chose au révérend Manthorpe ?

— Oui, il lui est arrivé quelque chose, lâcha la lieutenant Louise Ryman.

37

Vendredi 18 septembre

Caro pâlit. Ses yeux se fermèrent à moitié et Ollie crut qu'elle allait s'évanouir.

Les deux enquêteurs la fixèrent, incertains.

— Il va bien ? demanda-t-elle d'un ton agressif, désespéré.

Les policiers échangèrent un regard.

— Le voisin du révérend Manthorpe a été dérangé toute la nuit par les aboiements de son chien, dit Robinson d'une voix moins hostile. Comme il savait que le pasteur promenait son chien tous les matins, et comme les jappements n'avaient pas cessé, il a appelé la police. Le révérend Manthorpe a été retrouvé mort à son domicile, et nous essayons d'identifier la dernière personne à l'avoir vu vivant.

Caro attrapa le bras de Ollie pour ne pas s'effondrer.

— Mon Dieu ! Encore un ? Je ne pense pas pouvoir tenir plus longtemps.

Les deux policiers la dévisagèrent avec curiosité.

— Ma femme est dévastée, car un de ses clients a succombé à une crise cardiaque hier.

— Le voisin du révérend Manthorpe est le président de l'association de surveillance du voisinage, dit la lieutenant Ryman d'une voix plus douce. Il a remarqué une Range Rover garée devant la maison, hier après-midi. Grâce à la plaque d'immatriculation, nous avons pu remonter jusqu'à vous, monsieur. Nous sommes allés à votre domicile de Carlisle Road, à Hove, et les occupants nous ont expliqué que vous aviez récemment déménagé. C'est bien ça ?

— Je n'ai pas encore effectué le changement d'adresse, désolé.

— Vous pourriez recevoir une amende, mais nous allons faire abstraction. Je suis sûre que vous avez commencé les démarches, n'est-ce pas ?

— Oui, je vais le faire rapidement. Merci. Pouvez-vous me dire comment il est mort ?

— Pas pour le moment, non, dit le lieutenant Robinson. Comment vous a-t-il semblé, quand vous l'avez vu ?

— Bien. Il était âgé, un peu fragile, il m'a avoué que sa mémoire lui jouait des tours, mais je l'ai, au contraire, trouvé très précis dans ses souvenirs. Je lui ai demandé de me parler de l'époque où il était pasteur à Cold Hill. C'était un homme très aimable. Son chien, Jasper, est resté assis sur le canapé à côté de moi pendant toute notre conversation ou presque.

Robinson prit note.

— Nous n'allons pas vous déranger plus longtemps ce soir. Si nous avons besoin de votre déposition, pourrez-vous venir au poste de police de Lewes ?

— Oui, bien sûr. Je suis désolé. Je suis bouleversé par ce qui s'est passé. Nous le sommes tous les deux. Merci de nous tenir au courant, quand vous saurez comment il est mort.

Il raccompagna les enquêteurs à la porte et les regarda courir sous la pluie vers leur petite Ford grise, puis s'éloigner. Quand il retourna dans la cuisine, Caro était toujours assise à la table, livide, incrédule.

— Qu'est-ce qui se passe, Ollie ?

Il se plaça derrière elle, l'enlaça et se pencha pour l'embrasser sur le front. Ses cheveux sentaient bon le shampooing.

— C'est juste une horrible coïncidence.

Il l'embrassa de nouveau, se dirigea vers le réfrigérateur, prit une bouteille de sauvignon blanc et l'ouvrit. Puis il sortit deux verres propres du lave-vaisselle, servit Caro et en fit de même pour lui.

— Tu veux que je vienne travailler à côté de toi ?

Elle renifla et secoua la tête.

— Ça va aller.

— Tu as trouvé les menus à emporter ?

— Non. Si je te donne les noms des restaurants, tu peux commander pour moi ? Il faut que je finisse ce que je suis en train de faire.

— Pas de souci.

Elle griffonna les noms sur le coin d'une feuille, le déchira et le tendit à Ollie.

Il monta l'escalier d'un pas lourd, son verre de vin à la main. C'était une simple coïncidence, comme il l'avait dit. Une coïncidence tragique, et qui tombait mal. Mais ces enquêteurs, fallait-il vraiment qu'ils soient aussi zélés ?

Dans la chambre de Jade, au bout du couloir, la musique était à fond. N'était-elle pas censée faire ses devoirs ? Il haussa les épaules. On était vendredi, elle avait tout le week-end, même si elle ne ferait sans doute pas grand-chose, étant donné que Phoebe dormait chez eux. Peu importe. Il gagna son bureau.

En entrant, il regarda les cartons qui n'avaient toujours pas été déballés. Il se promit de s'en occuper très vite. De ranger cette pièce pour entamer la semaine suivante sur de bonnes bases. Il allait devoir travailler sur les sites des restaurants et relancer ses prospects. Il regarda par les fenêtres, la pluie battante et la lumière qui déclinait. Il était 19 h 30, il ferait bientôt nuit. L'hiver approchait. La perspective de journées fraîches et ensoleillées, et peut-être de neige, le réjouissait. Il avait hâte d'allumer l'immense cheminée, dans le séjour.

Ils réussiraient à traverser cette période sombre, il en était persuadé.

Il s'assit à son bureau, posa son verre à côté de lui et appuya sur une touche de son clavier pour sortir l'écran de son état de veille et entrer son mot de passe. Quelques secondes plus tard, tous ses dossiers apparurent sur le fond bleu ciel qu'il avait choisi plusieurs années auparavant.

Soudain, la température de la pièce chuta. Il eut l'impression que quelqu'un se trouvait debout derrière lui. La sensation de froid s'accentua. Il tourna son fauteuil, mais il n'y avait personne dans la pièce, et la porte était fermée. Il revint vers son écran et vit tous les dossiers disparaître. Un message en grandes lettres noires surgit :

KINGSLEY PARKIN. LE RÉVÉREND BOB MANTHORPE.
À QUI LE TOUR ? JADE ? CARO ? TOI ?

Puis les mots disparurent et ses icônes habituelles réapparurent. Il eut la chair de poule. Il n'était pas seul dans cette pièce. Il y avait quelqu'un d'autre. Ou quelque chose. Il était observé par des yeux invisibles. Il sauta de son siège en scrutant tout autour de lui comme un fou.

Le plafond. La porte fermée. Les murs. Tremblant, il regarda de nouveau l'écran. Tous ses fichiers étaient là. L'icône de son Mac en haut à droite, le dossier de Charles Cholmondley en dessous, puis celui de la Chattri House.

Tout était normal.

Et pourtant, il n'avait pas rêvé.

— Qui êtes-vous ? Que voulez-vous ? hurla-t-il.

Une série de frissons se succédèrent. Puis il se mit à transpirer abondamment. Après avoir eu si froid, il avait soudain trop chaud. Il se dirigea vers une fenêtre et l'ouvrit. De l'air froid et humide souffla sur son visage. Il respira les douces odeurs d'herbe mouillée. Son cœur battait à tout rompre.

Il y avait quelque chose dans cette pièce, il en était persuadé.

Il examina de nouveau le plafond. Les deux ampoules suspendues à leur cordon.

Il secoua la tête.

Reprends-toi, se dit-il à lui-même, en repensant à sa conversation avec Bruce Kaplan. À cette histoire d'énergie.

Accepte ce qui se passe, lui avait conseillé le professeur.

Ouais, plus facile à dire qu'à faire.

Il y eut un clic. La pièce s'éteignit, et l'écran de l'ordinateur aussi. Il leva les yeux. Les deux ampoules avaient brûlé.

Encore un fusible qui a sauté, se dit-il.

C'était du moins ce qu'il espérait. La peur ne le lâchait pas. Il sortit de la pièce, claqua la porte derrière lui et dévala un étage. Les lumières fonctionnaient normalement partout dans la maison.

Il était en train de perdre le contrôle, il fallait qu'il résiste. Qu'il soit fort. Pour Caro, il était hors de question qu'il se mette à paniquer.

À QUI LE TOUR ? JADE ? CARO ? TOI ?

Son esprit lui jouait des tours, rien de plus. Rien de plus. Il descendit au rez-de-chaussée, pas du tout convaincu.

38

Vendredi 18 septembre

Graham Norton arpentait le plateau de télévision à grands pas, vêtu d'une veste à carreaux qui lui donnait l'air d'un bookmaker des années 1930. Il fit une blague sur l'une de ses invitées, Nicole Kidman, que l'on pouvait voir en coulisses, avant qu'elle soit accueillie par le présentateur, et Caro éclata de rire. À côté de l'actrice se trouvait un beau gosse qu'Ollie n'avait jamais vu.

Il était content d'entendre Caro rire. Ni lui ni elle n'avaient beaucoup ri ces derniers temps.

Leur chambre, qui sentait le plâtre et la peinture fraîche, était sombre, avec les rideaux tirés et le plafonnier éteint. Ollie était lessivé. Caro aussi. Quelques minutes plus tôt, elle s'était assoupie, puis réveillée, et à présent elle regardait de nouveau l'émission. Il avait toujours aimé leurs vendredis soir, avec le week-end en perspective. C'était un moment où ils se relaxaient en regardant des émissions légères à la télévision. Avant celle-ci, ç'avait été *Have I Got News For You* et *Peep Show*.

Il se sentit partir, puis se réveilla en sursaut. Graham Norton taquinait un acteur américain qu'Ollie connaissait, mais dont il avait oublié le nom.

— Qui c'est, ce type ? demanda-t-il à Caro.

Il se tourna vers elle et vit qu'elle s'était endormie.

— Quel type ? murmura-t-elle.

— C'est pas grave, ma chérie, rendors-toi.

Elle cligna des yeux en fixant l'écran.

— *Night Call*. On avait bien aimé ce film.

— Jake Gyllenhaal, se souvint-il.

— C'est ça. Shak Shillenhaal.

Elle referma les yeux. Il attrapa la télécommande et éteignit la télévision. Puis il tendit le bras pour atteindre sa lampe de chevet. Dans l'obscurité, il roula sur le côté, glissa un bras sous l'oreiller de Caro, se blottit contre elle et l'embrassa sur la joue.

— Bonne nuit, ma chérie.

— Je t'aime. Je t'aime tellement, répondit-elle.

Il resta dans cette position quelques minutes, puis se mit sur le dos. À ce moment-là, il entendit un léger clic. Un frisson le parcourut. Il repensa au message apparu sur l'écran de son ordinateur. À cette sensation qu'il y avait quelque chose dans la pièce. Il avait la même intuition à présent. Il eut la chair de poule. Droit devant eux, une lumière verte s'avançait.

Une forme éthérée, grande comme un être humain. Il était terrorisé. La lumière se rapprochait de plus en plus.

— Va-t'en ! hurla-t-il.

— Qu'est-ce qui se passe ? dit Caro d'une voix ensommeillée.

Puis elle hurla à son tour :

— Ollie ! Ollie !

La lumière se rapprochait toujours.

— Ollie !

En tendant le bras pour allumer, il fit tomber sa lampe, son verre d'eau et son radio-réveil.

— Qui êtes-vous ? Que voulez-vous ? Allez-vous-en !

Il entendit une petite voix.

— Hou ! hou ! je suis le fantôme de la maison de Cold Hill !

C'était Jade.

— Pas de panique, Papa et Maman ! Je vous ai bien eus !

La lumière du plafonnier s'alluma. Jade, qui tenait une torche sous un déguisement vert transparent qui lui couvrait la tête, se tenait près de la porte.

— Nom de Dieu, Jade ! s'écria Ollie.

Jade retira son accoutrement et observa ses parents, tout sourires.

Caro était trop choquée pour s'exprimer.

— Ce n'est vraiment pas drôle, ma chérie, souffla Ollie.

— Je suis le fantôme de Cold Hill ! répéta-t-elle en sautillant.

Ollie faillit sortir du lit, avant de se rappeler qu'il était nu.

— La blague est terminée ! dit-il fermement.

— Tu m'as fait peur, finit par dire Caro. Tu m'as fichu une trouille pas possible.

— J'ai envie de porter ce déguisement pour mon anniversaire. Vous en pensez quoi ?

— Je pense que tu devrais aller te recoucher tout de suite ! trancha Ollie.

— Mais il est bien, non, Papa ?

— Va te coucher. Je te dirai ce que j'en pense demain.

— Je vous ai fait peur, pas vrai ? Au moins un petit peu ?

— Au lit !

— Hou ! hou ! dit-elle en se couvrant de nouveau la tête. Je suis le fantôme de la maison de Cold Hill.

Elle sortit en esquissant quelques pas de danse et ferma la porte derrière elle.

Ollie se tourna vers Caro, qui fixait le plafond, les yeux écarquillés.

— Peut-être que c'est sa façon d'appréhender la situation. La bonne nouvelle, c'est qu'elle ne se laisse pas impressionner.

— Elle a de la chance, lâcha Caro.

39

Samedi 19 septembre

Ollie eut du mal à fermer l'œil. Caro aussi passa tout son temps à se retourner. Il ruminait toujours les mêmes pensées.

À QUI LE TOUR ? JADE ? CARO ? TOI ?

D'où venaient ces mots ? Il se disait, sans y croire, que c'était peut-être une plaisanterie de Jade. Mais il avait senti quelque chose de menaçant et de malveillant dans son bureau. Une énergie ?

Il se mit à trembler, assailli par cette sensation que quelque chose les observait depuis le plafond et se moquait d'eux. Que quelque chose les détestait.

Était-il en train de perdre la tête ?

Il respira plusieurs fois profondément pour essayer de se calmer et pour se convaincre que ce n'était que dans son cerveau. Il avait envie d'allumer la lumière et de dormir avec, ce qu'il n'avait plus fait depuis l'enfance. Mais il ne voulait pas déranger Caro davantage. À ce moment précis, elle semblait endormie.

00 : 20. 00 : 50. 01 : 25. 02 : 12. 02 : 45. 03 : 15. Il n'arrêtait pas de regarder les chiffres verts de son radio-réveil.

Il remarqua qu'il avait de plus en plus mal à la tête.

Bob Manthorpe.

Mort.

Le vieil homme d'Église lui avait semblé en pleine forme, heureux de profiter de sa retraite. Pouvait-il y avoir un lien entre sa visite et la mort de ce dernier ?

C'était ridicule de penser ça. Il s'agissait d'une simple coïncidence. D'un timing malencontreux.

Il se leva, se rendit dans la salle de bains et avala deux cachets de paracétamol. Quand il retourna se coucher, Caro lui demanda d'une voix claire, complètement réveillée :

— Ça va ?

— J'ai juste mal à la tête.

— Moi aussi.

Il sentit le lit bouger, entendit ses pas sur le sol et la porte de la salle de bains se fermer. Elle tira la chasse et revint. Un ressort gémit et le matelas s'inclina légèrement, dans un bruit de froissement de draps.

Quelques instants plus tard, elle lui demanda d'une voix tremblante :

— Qu'est-ce qu'on va faire, Ollie ? On ne peut pas vivre comme ça.

Il lui prit la main et la serra fort.

— On va s'en occuper. On va trouver une solution. Fais-moi confiance. Je sais ce qu'on doit faire.

— J'ai peur. J'ai peur pour Jade. J'ai peur pour nous.

Il avala sa salive, déterminé à ne pas lui avouer que lui aussi avait peur. Il fallait qu'il soit fort pour elle. Et pour lui-même.

03 : 38. 03 : 59. 05 : 03.

La pièce baignait dans une légère pénombre. Les oiseaux commençaient tout juste à chanter. En regardant le radio-réveil, il se rendit compte qu'il avait dormi plus d'une heure. Il distingua le plafond, la forme du chevet de Caro et la méridienne à côté de la fenêtre, où s'empilaient leurs vêtements. L'aube pointait. Une nouvelle journée s'annonçait.

Il se sentait plus calme, à présent. Caro dormait et respirait profondément. Et soudain, il se retrouva dans la maison de ses parents, dans le Yorkshire. Sur les murs des pièces où il pénétrait était écrit en lettres noires :

À QUI LE TOUR ? JADE ? CARO ? TOI ?

Et sa mère le réprimanda :

— À cause de toi, nous sommes tous damnés. Regarde où elles t'ont mené, tes ambitions !

Et son père n'arrêtait pas de répéter :

— Je te l'avais dit, je te l'avais dit...

Paniqué, Ollie se souvint qu'il avait laissé son ordinateur portable, avec toutes les informations à mettre en ligne pour Cholmondley, dans le garage. Il passa la porte, mais le garage était vide. Son père, qui le suivait, lui dit à voix basse :

— Cholmondley est un arnaqueur, tu le sais, ça, mon fils, n'est-ce pas ? Il ne faut pas que tu côtoies des gens comme ça. Trouve-toi un vrai travail. Fais quelque chose d'honnête dans ta vie.

— Où est mon ordinateur, Papa, qu'est-ce que tu en as fait ? vociféra Ollie. Où est-il ?

— Je l'ai donné à réparer. La vérité te rendra libre !

Ollie se réveilla en sursaut, trempé de sueur, et ressentit un grand soulagement en réalisant que ce n'était qu'un rêve. Il roula sur le côté pour regarder l'heure.

08 : 11.

Mais son soulagement fut de courte durée, quand la réalité lui revint. Il resta allongé et réfléchit. Il repensa à la conversation qu'il avait eue jeudi avec l'ancien pasteur, et notamment au conseil que celui-ci lui avait donné.

Il sortit du lit sans faire de bruit, se dirigea vers la fenêtre et ouvrit à peine le rideau, les yeux lourds de sommeil. Une légère brume flottait au-dessus du lac. Des canards se déplaçaient majestueusement, comme s'ils avaient un but, mais sans se presser. Il avait beau avoir tondu la pelouse le week-end dernier, il allait devoir de nouveau sortir la tondeuse et la débroussailleuse. Mais avant cela, il avait du pain sur la planche.

Il se dirigea vers le dressing, dans le couloir, enfila sa tenue de jogging et descendit. En entrant dans la cuisine, il perçut des odeurs de curry. Les boîtes du dîner de la veille avaient passé la nuit sur l'égouttoir et les assiettes n'avaient pas été lavées. Bombay et Sapphire miaulaient à côté de leurs gamelles. Il leur donna à manger, rafraîchit leur bol d'eau, jeta les emballages et débarrassa les assiettes, se rendit dans le cellier,

269

ouvrit la porte et sortit. L'air était agréablement frais. La matinée s'annonçait belle, avec un ciel dégagé, et la journée serait sûrement magnifique, comme souvent à la toute fin de l'été.

Il fit quelques étirements sommaires, puis se dirigea à petites foulées vers le lac, où il s'arrêta pour contempler les canards. Après quoi il le contourna, déverrouilla le portail de l'enclos et se fraya un chemin dans l'herbe haute détrempée. Arrivé au bout, il poussa l'autre porte, avant d'attaquer l'ascension de la colline.

Il fit quelques foulées à travers champs, mais dut s'arrêter pour reprendre son souffle. Trop fatigué pour poursuivre sa course, il s'assit quelques instants. Un troupeau de moutons se trouvait non loin de lui. Certains le regardèrent avec curiosité, et l'un d'eux se mit à bêler. La situation était ridicule. En temps normal, il aurait gravi cette côte sans sourciller. Peut-être étaient-ce le déménagement et les événements récents qui lui sapaient son énergie.

Il se releva tant bien que mal, monta la pente en marchant, essaya de continuer sa course, mais dut abdiquer de nouveau. Il parcourut les derniers mètres en haletant. Arrivé au sommet, il découvrit les doux contours des Downs du Sud qui s'étiraient à perte de vue – plus d'une centaine de kilomètres vers Winchester et une trentaine vers Eastbourne. Avec Caro, ils projetaient depuis des années de faire une randonnée de deux ou trois jours dans la région. Maintenant qu'ils vivaient littéralement au pied des collines, ils n'avaient plus d'excuse.

Toujours essoufflé, le cœur battant, il se tourna et regarda leur maison, en contrebas, et le village de Cold

Hill, à sa gauche. Il observa les toits, les jardins, le clocher de l'église et les rubans d'asphalte. Un terrain de cricket. Il distingua une grande maison victorienne, avec piscine et court de tennis, en retrait du village, au bout d'une longue allée. Ce devait être le vieux presbytère dont Annie Porter lui avait parlé – la famille avec des enfants du même âge que Jade.

Le paysage était superbe, la matinée parfaitement calme. Ce pourrait être le paradis, ici, si seulement…

Il entendit le bêlement d'un mouton, le croassement d'un corbeau et le bourdonnement, au loin, d'un ULM. Il s'attarda sur le lac, sur leur propriété, la piscine vide, les dépendances, les murs en briques rouges de leur maison et sa tour.

Caro et Jade étaient-elles toujours endormies ? Et cette chose, quelle qu'elle soit, dans leur maison aussi ?

Trente minutes plus tard, sous la douche, écoutant d'une oreille son émission de radio préférée, « Saturday Live », il se sentait un peu mieux et beaucoup plus positif. Bruce Kaplan était un gars intelligent. C'était sans doute une question d'énergie. Il y avait beaucoup d'énergie négative dans cette maison. Rien de plus. Elle devait être maîtrisée et Bob Manthorpe lui avait dit quelque chose d'important, jeudi. Il n'avait pas utilisé le mot énergie, mais c'était ce dont il voulait parler, Ollie en était persuadé. Il allait suivre le conseil de l'ancien pasteur.

En sortant de la salle de bains, une serviette autour de la taille, il vit que Caro, allongée, lisait ses messages sur son téléphone.

— Bonjour, ma chérie.

— Tu as réussi à dormir ?

— Un peu.

— Je pense qu'on a dîné trop tard, j'ai eu une indigestion, dit-elle.

— Moi aussi.

C'était un mensonge, mais il préférait qu'elle mette leur manque de sommeil sur le compte d'une réalité tangible.

Il entendit quelque chose vibrer.

— Je pense que c'est ton téléphone. Il a déjà vibré, c'est ça qui m'a réveillée.

— Je suis désolé.

Il se dirigea vers sa table de nuit et saisit l'appareil, qu'il mettait toujours sur silencieux la nuit.

C'était Cholmondley.

Il fronça les sourcils. En général, ses clients ne l'appelaient pas aussi tôt, encore moins le week-end.

— Bonjour, Charles, fit-il d'une voix enjouée.

Il y eut un bref silence, suivi d'une explosion de colère.

— Vous jouez à quoi, monsieur Harcourt ?

— Pardon ? À quoi je joue ?

— Vous allez avoir des nouvelles de mes avocats lundi matin, voire plus tôt. Comment osez-vous ?

— Je suis désolé, Charles, mais est-il arrivé quelque chose de grave ? Je ne comprends pas, dit Ollie, à la fois confus et mal à l'aise.

— Vous ne comprenez pas ? Qu'est-ce que vous comptez obtenir avec cet outrage… cet affront. Vous avez perdu la tête ? C'est quoi, au juste, votre petit jeu ?

272

Ollie se leva, abasourdi. Sa serviette commençait à glisser de ses hanches, mais cela lui importait peu.

— Je suis désolé, Charles, mais pouvez-vous m'expliquer ce qui se passe ?

Il sortit de la chambre pour s'éloigner du regard inquisiteur de Caro. La serviette tomba. Il ferma la porte derrière lui.

— Je crois que c'est vous qui me devez une explication, rétorqua Cholmondley.

— Honnêtement, je ne sais pas de quoi vous parlez.

— Ah bon ? Ça vous amuse d'insulter vos clients quand vous avez trop bu ?

— Je vous assure que je n'ai rien fait de la sorte. Pouvez-vous me dire de quoi il s'agit ?

— Et ça vous amuse de mettre en copie la terre entière ? Notre contrat est rompu. Mes avocats vous contacteront lundi.

— Charles, je vous en prie, insista Ollie, désespéré. Je suis vraiment désolé, mais que s'est-il passé ? Je n'en ai aucune idée.

— Dans ce cas-là, vous êtes amnésique.

— Amnésique ?

— Soit vous êtes fou, soit vous avez un sens de l'humour très spécial, monsieur Harcourt.

Ollie entendit le bip d'un appel en attente. Il l'ignora.

— Pardonnez-moi, mais je ne comprends pas de quoi vous parlez, je ne sais pas pourquoi vous êtes en colère.

— Ah bon ? Eh bien, mettez-vous à ma place, imaginez que je vous aie envoyé un message comme ça, en mettant en copie tous vos concurrents. Qu'est-ce que vous en dites ? conclut-il avant de raccrocher.

Perplexe et décontenancé, Ollie accepta l'appel en attente et entendit une autre voix qu'il reconnut. Il s'agissait de l'accent indien distingué d'Anup Bhattacharya.

— Monsieur Harcourt ?

— Bonjour, Anup, dit Ollie d'un ton mal assuré.

— Pouvez-vous m'expliquer de quoi il est question exactement ? fit-il avec un calme apparent, qui cachait mal sa rage.

— Je suis désolé, mais question de quoi ?

— Je voulais juste vous annoncer que notre relation de travail était terminée, monsieur Harcourt. Adieu.

Il raccrocha lui aussi.

Pris de vertige, Ollie s'agenouilla, rattacha la serviette autour de sa taille et monta dans son bureau.

Imaginez que je vous aie envoyé un message comme ça...

De quoi voulait-il bien parler ? De temps en temps, son copain Rob Kempson lui envoyait un e-mail avec une blague à connotation sexuelle ou politiquement incorrecte. Il lui arrivait de les transférer à d'autres amis. Avait-il, par erreur, envoyé ce genre de message à Cholmondley et à Bhattacharya ? Il était sûr que ce n'était pas le cas. Il n'avait pas eu de nouvelles de Rob depuis plus d'une semaine. Avait-il été piraté ?

Il s'assit devant son ordinateur et se connecta. Il ouvrit sa messagerie, puis le dossier « messages envoyés ».

Il n'en croyait pas ses yeux.

Il trouva un e-mail de lui, daté d'aujourd'hui, 03 h 50, à l'intention de Cholmondley. Tous les revendeurs de voitures de collection qu'il avait rencontrés le dimanche précédent, au festival, et dont il avait pris les coordonnées, étaient en copie.

Cher Charles,

Veuillez excuser par avance le ton direct de ce message, mais je suis attaché à certains principes, que j'ai toujours appliqués dans le cadre professionnel. Quand vous m'avez demandé de créer un nouveau site pour votre entreprise, je savais que vous étiez un petit filou, mais je ne pensais pas que vous étiez un tel escroc.

J'ai appris que la plupart des voitures que vous présentez sur votre site n'ont pas le pedigree que vous annoncez. Vous clonez des voitures exotiques, vous leur inventez un passé et vous essayez de les refourguer sous un vernis de respectabilité. Ce qui me pousse à vous écrire ce message, c'est que vous me demandez de faire la publicité d'une Ferrari GTO de 1965, dont un modèle similaire a été récemment vendu aux États-Unis pour 35 millions de dollars. Vous m'avez certifié que cette voiture avait une origine irréprochable. Si par irréprochable vous entendez cannibaliser deux vieilles Ferrari, faire fabriquer de nouvelles « vieilles » pièces dans un atelier de Coventry, truquer un article de journal pour faire croire qu'elle a été trouvée dans une grange après avoir passé trente-cinq ans sous une bâche, trafiquer son numéro de série et son livret de contrôle, alors d'accord, son origine est « irréprochable ». Comme vous, tant que vous ne serez pas rayé de votre profession et emprisonné pour fraude.

Ollie n'en croyait pas ses yeux. Qui avait écrit ça ? Un ancien employé de Cholmondley assoiffé de vengeance ? Quelqu'un qui s'y connaissait en informatique avait-il piraté son ordinateur de chez lui ? Et cette personne avait réussi à accéder au site ? Il ouvrit de nouveau ses messages envoyés et trouva un autre e-mail, adressé celui-ci à Bhattacharya. Il cliqua.

Salut, Anup, vieux roublard ! Tu te présentes comme un brahmane, mais on sait tous que tu es en réalité un Intouchable. À combien d'Indiens honnêtes et travailleurs est-ce que tu as volé des recettes pour tes restaurants ? Loin d'être délicieuses, tes spécialités de New Delhi sont de vrais délits. Tout le monde devrait savoir que ce que tu présentes comme des crevettes, dans tes Tikka et tes Korma, sont en fait des abats de lotte.

Que tu as volontairement oublié de communiquer sur le fait que ton restaurant de Nottingham avait été fermé trois semaines par les services d'hygiène et que tu as dû payer une amende de 3 000 livres quand un rat mort a été découvert dans l'une de tes chambres froides.

Ollie se cala dans son fauteuil. Ces e-mails avaient été envoyés depuis son ordinateur, aucun doute là-dessus. Mais qui avait bien pu les écrire ?

Il pensa d'abord à Jade, puis élimina cette possibilité. Elle aurait été capable de se connecter – son mot de passe, Bombay7, n'était pas difficile à deviner –, mais jamais elle n'aurait pu connaître ces détails à propos de la Ferrari. Et elle n'aurait jamais pu accéder à ce genre d'informations sur Bhattacharya, qu'elles soient d'ailleurs vraies ou fausses.

Il appela Chris Webb et demanda à son informaticien s'il était techniquement possible qu'un concurrent ait piraté son ordinateur et envoyé ces messages.

— Oui. Ce n'est pas facile, mais c'est faisable.

Webb lui enjoignit d'ouvrir l'application TeamViewer et de lui donner le code et le mot de passe. Quelques secondes plus tard, Webb avait le contrôle de l'ordinateur et Ollie vit le curseur bouger sur son écran.

— Là, tu vois, je pourrais envoyer un e-mail en me faisant passer pour toi, lui expliqua Webb. Quels sont les deux messages que tu veux que j'analyse ?

Ollie reprit le contrôle pour les lui montrer.

Pendant plusieurs minutes, tout en restant en contact téléphonique, Ollie regarda le curseur ouvrir les Préférences Système, puis toutes les options l'une après l'autre.

— Je ne trouve rien indiquant que tu aies été piraté. Mais si c'est quelqu'un qui s'y connaît, il sait aussi comment effacer ses traces. Tu es sûr que tu n'as pas trop bu hier soir et que tu ne te souviens pas de les avoir envoyés ?

Ollie repensa au rêve étrange qu'il avait fait, dans lequel son ordinateur disparaissait. Était-il possible qu'il ait eu une crise de somnambulisme et écrit ces e-mails depuis les tréfonds de son subconscient ? Pourquoi aurait-il fait cela ? Ça n'avait aucun sens.

— Chris, pourquoi est-ce que j'aurais eu envie d'insulter mes clients et de me saborder ?

— Tu es sûr que tout va bien en ce moment ? Tu m'as l'air stressé, depuis quelques semaines.

— Je le suis, parce que j'essaie de développer mon business et de gérer les travaux. Mais je m'en sors.

— Désolé, mec, je n'ai pas d'autre explication.

Ollie raccrocha et relut les deux e-mails. Qui pouvait avoir fait cela ?

Était-ce cette énergie qui l'avait poussé à agir ainsi ? Le stress ? Comment pouvait-il ne se souvenir de rien ? Avait-il été piraté par un concurrent ? Cholmondley lui devait plusieurs milliers de livres, et le contrat avec la Chattri House aurait pu lui rapporter plusieurs milliers de plus. Ils avaient besoin de cet argent.

Il fallait qu'il récupère ces deux clients. D'une façon ou d'une autre, qu'il trouve une explication plausible. Et des excuses acceptables.

40

Samedi 19 septembre

Plongé dans ses pensées, Ollie descendit préparer le petit déjeuner et fut surpris de trouver Jade, levée et habillée, si tôt un samedi matin. L'horloge murale ronde, censée évoquer un modèle que l'on trouvait dans les cafés parisiens au XIXe siècle, indiquait 10 h 07. Il remarqua qu'elle était légèrement penchée.

— Quelle capsule voudrais-tu aujourd'hui, Papa ? lui demanda sa fille.

Elle tourna vers lui le présentoir Nespresso, dans lequel elle conservait une large sélection. Non seulement elle faisait le café, mais elle avait, depuis longtemps, pris en charge le distributeur de capsules.

— Le truc le plus fort, répliqua-t-il.

Il se dirigea vers la porte d'entrée, ramassa les journaux et les posa sur la table de la cuisine. Puis il approcha une chaise du mur, monta dessus et remit l'horloge dans son axe.

— Kazaar ? proposa Jade en désignant une capsule noire.

— Parfait.

— Court ou long ?

— Court. Tu pourrais me préparer un double ?

— Trop de caféine, Papa !

Il descendit de la chaise, recula et observa l'horloge. Elle n'était toujours pas tout à fait droite. Il remonta.

— Oui, il me faut une grosse dose de quelque chose. Je n'ai pas très bien dormi la nuit dernière et ta maman non plus. Nous avons eu la visite d'un petit fantôme, qui nous a fichu une peur bleue.

Jade gloussa.

— Je vous ai bien eus, hein ? Tu trouves mon costume réaliste ?

— Très. Mais ce n'était pas drôle, OK ?

— Vous avez huuuurlé !

Il secoua la tête. Son sourire espiègle l'empêchait de se mettre en colère.

— Et toi, tu as bien dormi ?

Elle acquiesça.

Elle inséra la capsule dans la machine à café et rabattit le couvercle.

— Tu n'as pas oublié que Phoebe dort à la maison ce soir, pas vrai ?

— … et que ton petit copain Ruari vient demain. Comment va-t-il, d'ailleurs ?

Elle haussa les épaules.

— Bien.

— Vous sortez toujours ensemble ?

Elle sourit et regarda ailleurs.

— C'est pas vraiment ce que tu penses.

— Je pense quoi ?

— On n'est pas « ensemble ensemble ».

Ollie sourit. Même si ce n'était que momentané, sa fille lui changeait les idées.

— Vous ne vous embrassez pas ?

— Sur la bouche ? Non, beurk !

Il ajusta de nouveau l'horloge et descendit de la chaise.

La machine Nespresso se mit à bourdonner et de délicieux arômes de café frais parvinrent jusqu'à lui.

Caro entra dans la cuisine en robe de chambre, bâilla et s'approcha de Jade avec un regard noir.

— Ce n'était pas marrant du tout, hier soir, OK ?

Jade faillit répondre du tac au tac, mais, lisant la colère sur le visage de sa mère, elle se ravisa, baissa la tête et s'excusa.

— Qui veut des œufs brouillés ? demanda Ollie.

C'était l'une des deux seules choses qu'il savait cuisiner. Ça et le pain perdu, que Jade adorait.

— Moi ! s'écria Jade en levant la main. Ou du pain perdu ? Tu pourrais me faire du pain perdu ? Et tu nous en feras demain aussi, pour Phoebe et moi ?

Il se tourna vers Caro.

— Juste des œufs brouillés… un œuf seulement. Tout va bien ? C'était quoi, ce coup de fil ?

— Charles Cholmondley. Il voulait que je rajoute en urgence des trucs sur son site.

— Il y a un problème ?

— Non, tout va bien.

— Il te doit beaucoup d'argent, non ?

— Oui, je vais lui envoyer la facture.

Elle ne semblait pas le croire.

— Tu m'as dit que tu le trouvais louche. Il n'essaie pas de t'arnaquer, au moins ?

— Non, pas de souci.

Ollie cuisina les œufs. La tête ailleurs, il les fit brûler. Puis il prépara le pain perdu. Qu'il fit brûler également.

Dès qu'il eut terminé le petit déjeuner, il se précipita dans son bureau, s'assit à son ordinateur et se connecta. Il appréhendait de recevoir un autre message et se tenait prêt à faire une capture d'écran. Les mots suivants apparurent :

ON RATE LES ŒUFS. ON RATE LE PAIN PERDU.
ALORS, OLLIE, C'EST PAS LA GRANDE FORME, ON DIRAIT ?

La porte claqua derrière lui, comme si quelqu'un venait d'entrer en trombe dans la pièce.

Il se retourna. Personne. Toutes les fenêtres étaient fermées et, de toute façon, il n'y avait pas de vent. Il frissonna. Il sentit une présence. Quelque chose l'observait d'en haut.

Il pivota vers son ordinateur. Le message avait disparu et tous ses dossiers étaient revenus. Il n'avait pas eu le temps de faire une capture d'écran.

Un courant d'air froid vint caresser son cou. Il regarda le plafond, puis autour de lui. Il se pencha en avant et prit son visage entre ses mains, tourmenté. Était-il en train de perdre la tête ?

Il ouvrit les yeux et regarda les actes notariés et la liste des noms qu'il avait notés, en remontant jusqu'au XVIIIe siècle. Il était trop angoissé pour se concentrer. Il se demandait avant tout comment il allait gérer la situation avec Cholmondley et Bhattacharya. Il sortit son téléphone de sa poche et le posa sur son bureau.

Par la fenêtre, il vit deux lapins jouer dans l'herbe. Ces créatures avaient la belle vie, songea-t-il.

Dans quel pétrin s'était-il mis ?

— Qui es-tu ? Qu'est-ce que tu veux ? dit-il tout haut.

Puis il fit une recherche Google sur le révérend Roland Fortinbrass, le pasteur de Cold Hill. Il trouva le numéro de téléphone de la paroisse et le composa.

Le pasteur décrocha rapidement.

— Ah, Oliver ! Ravi de vous entendre. Je pensais justement venir vous rendre visite. Est-ce que ce matin, ça vous irait ?

— Tout à fait. Ce serait parfait. Il faut que je vous parle. J'ai quelque chose à vous demander. À partir de quelle heure pouvez-vous venir ?

— Je peux être là dans une heure, vers 11 h 30.

— Impeccable, merci.

— Tout va bien ? demanda le pasteur d'une voix hésitante.

— Oui... merci... en fait, non. Pour ne rien vous cacher, ça ne va pas du tout.

41

Samedi 19 septembre

Après avoir raccroché, Ollie se tourna de nouveau vers les actes notariés et essaya de déchiffrer les écritures de moins en moins lisibles, pour ajouter des noms à la liste des anciens propriétaires de leur maison. Mais dans sa tête, il cherchait des façons de récupérer ses principaux clients. Il aurait une chance, pas deux. Il allait devoir être convaincant. Mais il ne savait toujours pas ce qu'il pouvait bien leur dire. S'il affirmait avoir été piraté, Cholmondley lui reprocherait un défaut de sécurité. Bhattacharya aussi.

Soudain, il entendit la porte s'ouvrir et se retourna brusquement. Il se rendit compte qu'il en était au point d'avoir peur de son ombre. Vêtue d'un jean, d'un cardigan, d'une doudoune sans manches et de baskets à la mode, Caro entra.

— Je vais faire les courses au Waitrose de Burgess Hill. On a besoin de rien en particulier ?

Il hésita à lui demander d'attendre le pasteur. Puis décida que, pour une première rencontre, ce serait mieux qu'ils discutent seul à seul.

— Je vais réfléchir. Je t'enverrai un texto si je pense à quelque chose.

— Tu voudrais quoi, pour le dîner ?

Il tendit son index vers elle.

— Toi !

C'était un jeu entre eux, une marque d'affection. Ils répétaient cette même réponse depuis qu'ils étaient ensemble. Mais au lieu de lui décocher son grand sourire habituel, elle grimaça vaguement.

— On a Phoebe avec nous ce soir, et demain aussi, et Ruari pour le déjeuner.

— Avocat-crevettes ce soir, et poisson grillé, si tu trouves quelque chose d'abordable chez le poissonnier ? Et pour les enfants ?

— Jade m'a dit qu'elle voulait de la pizza. J'irai en chercher. Elle m'a aussi commandé une glace au chocolat très spécifique. Pour le déjeuner de demain, je pensais faire un rôti et des légumes. Jade ne veut pas d'agneau. À cause des moutons sur la colline. Bœuf, porc ou poulet ?

— Du porc, peut-être ?

Elle acquiesça et s'avança pour lui passer les bras autour du cou.

— De quoi as-tu parlé, avec Cholmondley, mon chéri ? S'il y a un problème, ce serait bien que tu le partages avec moi.

Il hésita à lui dire la vérité. Elle semblait éreintée. Le pasteur n'allait pas tarder à arriver, et elle serait absente. L'homme d'Église lui avait fait bonne impression. Peut-être pourrait-il discuter de tout avec lui, sereinement, d'homme à homme.

— Tout va bien, ma chérie. Il nous faut des œufs et on n'a plus beaucoup de lait.

Elle hocha la tête.

— Je les ai déjà mis sur la liste.

Cinq minutes plus tard, alors que la Golf s'éloignait dans l'allée, il s'en voulut de ne pas l'avoir mise au courant. Il lut de nouveau les e-mails que Cholmondley et Bhattacharya avaient reçus.

Qu'est-ce qu'il allait bien pouvoir leur dire ?

Y avait-il quelqu'un, dans cette pièce, qui riait de son malheur ?

Il se consacra aux actes, et, vingt minutes plus tard, la liste était complète. Dix-huit personnes avaient été propriétaires de leur maison depuis sa construction, dans les années 1750. Il chercha ensuite sur Google les sites de registres d'actes d'état civil et s'inscrivit à deadarchives.com/uk, qui offrait quinze jours d'essai.

Il entra chaque nom, l'un après l'autre, du plus ancien au plus récent. Il n'y avait pas beaucoup d'informations. Seulement le nom, l'adresse, la date de naissance et de décès, ce qui était suffisant pour lui.

Il travailla assidûment et accéléra en voyant que 11 h 30 approchait. Il recherchait le nom du premier propriétaire du XIXe siècle quand il vit une petite Kia violette monter l'allée.

Il se déconnecta, descendit et ouvrit la porte d'entrée au moment où le pasteur verrouillait la portière de sa voiture. Celui-ci se tourna vers Ollie, qui se tenait sous le porche, et lui fit un signe de la main

— Voulez-vous boire quelque chose ? Du thé, du café ? lui proposa Ollie.

— Je veux bien un thé noir, sans sucre, avec un peu de lait, merci.

Cinq minutes plus tard, ils étaient assis l'un en face de l'autre dans le séjour, sur les canapés. Vêtu d'un jean, d'un pull avec son col romain en dessous, et de grosses chaussures, Fortinbrass trempa ses lèvres dans sa tasse de thé. Ollie lui fit signe de prendre un des biscuits pour enfants emballés, qu'il avait posés sur la table basse entre eux.

— Je suis tenté, mais je ne devrais pas, merci. J'ai pris trop de kilos, ces derniers temps. Vous avez vraiment une magnifique maison, ajouta-t-il en admirant les moulures au plafond et la cheminée majestueuse.

— Elle le sera si nous finissons un jour les travaux !

— Je suis sûr que vous y arriverez. Elle me rappelle la maison dans laquelle j'ai grandi. Mon père était lui aussi pasteur, et, jusqu'à mes 15 ans, nous avons vécu dans un sublime presbytère dans le Shropshire. C'était très prestigieux, mais un cauchemar en hiver, parce que mon père ne pouvait pas se permettre d'allumer le chauffage central. Nous ne sommes pas particulièrement bien payés dans le clergé... Nous avons passé tous les hivers de mon enfance dans la cuisine, blottis contre la gazinière en fonte.

Il but une gorgée de thé et jeta un coup d'œil vers l'assiette de gâteaux. Il hésitait.

— Est-ce que vous et votre famille, vous vous plaisez ici ? Vous m'avez dit au téléphone que tout n'allait pas si bien que ça.

— Oui. J'ai pensé que ce serait une bonne idée de discuter avec vous.

Le pasteur hocha la tête sans révéler la moindre expression.

— Je suis allé voir votre prédécesseur, le révérend Bob Manthorpe, comme vous me l'aviez suggéré.

— Parfait, comment va-t-il ?

— Vous n'êtes pas au courant ?

— Au courant de quoi ?

Ollie lui annonça la mauvaise nouvelle.

— Mon Dieu, c'est très triste. Je ne l'ai pas rencontré souvent, mais il m'avait donné l'impression d'être un homme engagé qui...

Le pasteur s'arrêta au milieu de sa phrase, le regard rivé vers le hall d'entrée.

Ollie se tourna. Il vit une ombre bouger, comme si quelqu'un se trouvait de l'autre côté de la porte.

— Vous vivez avec quelqu'un d'autre que votre femme et votre fille ? Vous avez une fille, c'est ça ?

— Oui, Jade, elle a 12 ans. Non, personne d'autre ne vit ici.

Fortinbrass regarda de nouveau l'embrasure de la porte, troublé. Ollie se leva d'un bond, se dirigea à grands pas vers la porte. Il n'y avait personne dans le couloir.

— Très étrange, dit-il en revenant dans le séjour.

Et il s'arrêta net.

Le pasteur n'était plus là.

42

Samedi 19 septembre

La pièce était vide. Où le pasteur était-il passé ?
Impossible qu'il soit sorti par la porte, et les fenêtres
étaient fermées.

Il remarqua ensuite que l'assiette de biscuits n'était
pas sur la table. Ni les tasses. Comme si personne
ne s'était trouvé dans cette pièce aujourd'hui. Il nota
une odeur de cire et de tissu neuf. Les rideaux étaient
immobiles.

Il fronça les sourcils. Il n'était sorti de la pièce que
quelques secondes. Il se dirigea vers l'une des baies
vitrées et regarda en direction de l'allée. La petite Kia
violette du pasteur n'était pas là non plus. Qu'est-ce
qui… ?

Il perçut un mouvement derrière lui.

Il se retourna et trouva Sapphire, à ses pieds, le dos
rond.

— Salut, minette !

Il s'agenouilla pour la caresser, mais la chatte poussa
une sorte de cri et quitta la pièce à toute allure.

Puis il entendit une voiture arriver et vit, par la fenêtre, une Kia violette approcher de la maison. Ébahi, il regarda le pasteur en sortir, verrouiller soigneusement sa portière et se diriger vers la porte d'entrée.

Avait-il rêvé ? Il avait l'impression d'être dans *Un jour sans fin*.

Hébété, il se rendit dans le hall et ouvrit la porte.

Fortinbrass, qui, comme quelques minutes plus tôt, portait un jean, un pull avec son col romain en dessous et de grosses chaussures, lui fit un signe de la main en marchant vers lui.

— Bonjour, Oliver ! dit-il en lui donnant une vigoureuse poignée de main. Ça me fait très plaisir de vous revoir.

— Moi aussi, fit-il d'une voix hésitante, en cherchant sur le visage de son interlocuteur des signes pouvant trahir qu'il s'agissait d'une farce.

Mais son sourire était franc et son comportement tout à fait normal.

— Voulez-vous boire quelque chose ? Du thé, du café ?

— Je veux bien un thé noir, sans sucre, avec un peu de lait, merci.

Exactement les mots qu'il avait prononcés quelques minutes plus tôt.

— Je vous apporte ça tout de suite !

Il invita Fortinbrass à prendre place dans le séjour et se rendit dans la cuisine, toujours aussi confus. Que se passait-il dans sa tête ? Était-il en train de devenir fou ?

Il ouvrit le placard dans lequel ils rangeaient les biscuits et trouva un paquet de goûter pour enfants. Il l'ouvrit et en disposa plusieurs emballés sur une assiette.

Cinq minutes plus tard, il s'installait, comme un peu plus tôt, dans le canapé en face du pasteur, une tasse à la main. Il lui fit signe de prendre un des biscuits qu'il avait posés sur la table, devant eux.

— Je suis tenté, mais je ne devrais pas, merci. J'ai pris trop de kilos ces derniers temps.

Il sourit et se tapota le ventre.

— Vous avez vraiment une magnifique maison, ajouta-t-il en admirant les moulures au plafond et la cheminée majestueuse.

C'était exactement la conversation qu'ils venaient d'avoir.

— Elle le sera si nous finissons un jour les travaux !

— Je suis sûr que vous y arriverez. Elle me rappelle la maison dans laquelle j'ai grandi. Mon père était lui aussi pasteur, et, jusqu'à mes 15 ans, nous avons vécu dans un sublime presbytère dans le Shropshire. C'était très prestigieux, mais un cauchemar en hiver, parce que mon père ne pouvait pas se permettre d'allumer le chauffage central. Nous ne sommes pas particulière-ment bien payés dans le clergé… Nous avons passé tous les hivers de mon enfance dans la cuisine, blottis contre la gazinière en fonte.

Il but une gorgée de thé et jeta un coup d'œil vers l'assiette de gâteaux. Il hésitait.

— Est-ce que vous et votre famille, vous vous plai-sez ici ? Vous m'avez dit au téléphone que tout n'allait pas si bien que ça.

— Oui. J'ai pensé que ce serait une bonne idée de discuter avec vous, confirma Ollie en trouvant la situa-tion extrêmement bizarre.

Le pasteur hocha la tête sans révéler la moindre expression.

— Je suis allé voir votre prédécesseur, le révérend Bob Manthorpe, comme vous me l'aviez suggéré, ajouta-t-il pour la seconde fois en... en combien de temps ?

— Parfait, comment va-t-il ?

— Vous n'êtes pas au courant ?

— Au courant de quoi ? demanda le pasteur, inquiet.

Ollie lui annonça de nouveau la mauvaise nouvelle.

— Mon Dieu, c'est très triste. Je ne l'ai pas rencontré souvent, mais il m'avait donné l'impression d'être un homme engagé qui...

Le pasteur s'arrêta au milieu de sa phrase, le regard rivé sur le couloir de l'entrée.

Ollie se tourna. Une nouvelle fois, il vit une ombre bouger, comme si quelqu'un se trouvait de l'autre côté de la porte. Il eut la chair de poule.

— Vous vivez avec quelqu'un d'autre que votre femme et votre fille ? Vous avez une fille, c'est ça ? demanda Fortinbrass sans quitter la porte des yeux.

— Oui, Jade, elle a 12 ans. Non, personne d'autre ne vit ici.

Ollie se leva d'un bond, se dirigea à grands pas vers la porte. Il n'y avait personne dans le couloir.

— Très étrange, dit-il en revenant dans le séjour.

Il constata, soulagé, que le pasteur était toujours là, et qu'il tendait la main vers un biscuit.

— Et voilà, je ne peux pas résister. Que disait Oscar Wilde à propos de la tentation ?

— « Je peux résister à tout, sauf à la tentation », répondit Ollie.

— C'est tout à fait ça.

Le pasteur retira l'emballage d'un biscuit et mordit dedans.

— Ceux-ci me rappellent mon enfance, dit-il.

— C'est pareil pour moi.

Ollie eut l'impression d'être légèrement dissocié, comme s'il n'était pas entièrement dans son corps, comme s'il flottait au-dessus.

Soudain, il repensa à ce que Bruce Kaplan lui avait confié après leur match, la veille.

Peut-être que les fantômes ne sont pas du tout des fantômes, et que tout ça a à voir avec notre compréhension du temps... Et si tout ce qui a été existait encore, le passé, le présent et l'avenir, et si nous étions prisonniers d'une minuscule partie de l'espace-temps ? Et si parfois, en soulevant légèrement le rideau, nous avions accès au passé, et parfois à l'avenir ?

Mais, là, ils étaient bien dans le présent, n'est-ce pas ?

Le pasteur croqua de nouveau dans le biscuit. Ollie regarda en direction de la porte. L'ombre était toujours là, comme si quelqu'un se trouvait dans l'entrée.

— Qui est-ce, Oliver ? Quelqu'un qui veut se joindre à nous ?

— Il n'y a personne.

Les deux hommes se levèrent et passèrent la porte. Fortinbrass d'abord, puis Ollie. Le couloir était vide. Ils retournèrent s'asseoir.

— Voilà ce pour quoi je vous ai appelé, expliqua Ollie, espérant que Caro ne reviendrait pas avant qu'ils aient terminé cette conversation.

Il savait qu'elle en avait pour deux bonnes heures, mais cela ne l'empêchait pas de s'inquiéter quand même.

— Vous pouvez tout me dire. Tout ce que vous avez sur le cœur.

— Merci. Quand je suis allé voir Bob Manthorpe, jeudi, il a partagé avec moi quelques rumeurs troublantes sur cette maison. Il m'a aussi appris que dans chaque comté, en Angleterre, il y a un exorciste. Un ministre de la délivrance, c'est ça ? Une personne vers laquelle les hommes d'Église se tournent quand il se passe, dans leur paroisse, quelque chose qu'ils ne peuvent expliquer. Vous voyez ce dont je veux parler ?

Fortinbrass acquiesça, pensif.

— Plus ou moins. Vous voulez que je demande à quelqu'un de venir ?

Ollie remarqua que le pasteur regardait de nouveau vers la porte. L'ombre était toujours là, tapie.

— Vous m'avez l'air d'être un homme très rationnel, Ollie. Êtes-vous sûr de vouloir vous ouvrir à cela ? Vous ne préférez pas ignorer ce qui se passe et qui vous dérange, et attendre qu'il ou elle s'en aille ?

— Vous avez vu l'ombre là-bas, n'est-ce pas, pasteur… révérend… Roland ?

Il désigna le couloir. Il n'y avait plus rien à présent.

Fortinbrass sourit poliment.

— C'est peut-être un jeu de lumière. Un buisson, dehors, agité par le vent.

— Il n'y a pas de vent aujourd'hui.

Fortinbrass tenait sa tasse entre ses deux mains, songeur.

— Je suis athée, Roland. À l'école, ils ont essayé de m'inculquer la religion. L'Ancien Testament, ce

Dieu sadique, égocentrique, assoiffé de vengeance, prêt à nous tuer ici-bas si on ne lui voue pas un amour inconditionnel… c'est quoi, cette histoire ?

Le pasteur l'observa quelques instants.

— La façon dont Dieu se présente dans l'Ancien Testament déstabilise tout le monde, je ne peux pas le nier. Mais je pense qu'il faut se pencher sur le Nouveau pour trouver un véritable équilibre.

Ollie lui jeta un regard dur.

— Maintenant, je suis prêt à accepter n'importe quoi. Nous vivons un cauchemar, ici. J'ai l'impression que nous sommes assiégés par un esprit malin.

Il scruta le plafond, tout autour de lui, et vers la porte. Il frissonna.

Fortinbrass posa sa tasse sur la table et l'emballage du biscuit à côté.

— Je suis là pour essayer de vous aider, pas pour vous juger. Voulez-vous me raconter en détail ce qui se passe ?

Ollie lista tout ce dont il se souvenait : la fois où sa belle-mère avait vu le fantôme ; puis son beau-père, puis Caro, puis la copine de Jade ; les sphères ; le lit qui avait tourné dans la nuit ; les robinets ; la photo de Harry Walters ; la mort de Manthorpe ; les messages sur son ordinateur ; les e-mails à ses clients. Il omit volontairement l'étrange expérience de déjà-vu avant l'arrivée du pasteur, ce matin.

Quand il eut terminé, il s'appuya contre le dossier du canapé et observa l'homme d'Église.

— Je sais que ça semble dingue. Mais, croyez-moi, c'est vrai. Tout est vrai. Est-ce que je suis fou ? Sommes-nous tous devenus fous ?

Fortinbrass le regarda, bouleversé.

— Écoutez, je vous crois.

— Dieu merci, dit Ollie, soulagé.

— Je vais me renseigner. Je ne connais pas exactement les formalités, mais je vais demander.

— L'Église doit pouvoir faire quelque chose, le supplia Ollie. On ne peut pas continuer comme ça. On ne peut pas non plus partir, sinon, on ne serait déjà plus là. Il doit y avoir quelque chose que vous pouvez faire pour nous aider, n'est-ce pas ?

Une heure plus tard, alors qu'Ollie se trouvait sous le porche, tandis que la voiture du pasteur s'éloignait, la Golf de Caro apparut.

— Salut, mon chéri, dit-elle quand il lui ouvrit la portière. C'était qui ?

— Le pasteur.

— Et qu'est-ce que tu lui as raconté ?

— Tout ou presque.

Elle fit le tour de la voiture et ouvrit le coffre. Celui-ci était rempli de sacs blanc et vert, les couleurs du supermarché Waitrose.

— Je vais t'aider à les porter, proposa-t-il.

— Et alors, le pasteur ? Il a été sceptique ou est-ce qu'il peut nous aider ?

Ollie s'empara de quatre paquets.

— Il a vu quelque chose, quand il était là.

— Il a un point de vue sur la question ? lui demanda-t-elle en le suivant dans la maison, chargée de courses, elle aussi.

— Il prend la situation au sérieux.

— Super, lâcha-t-elle, sarcastique. Je me sens beaucoup mieux, tout à coup.

Ils posèrent les sacs sur la table de la cuisine et Ollie la serra dans ses bras.

— On va s'en sortir, ma chérie, je te le promets. Dans un an, on en rira.

— Je suis déjà morte de rire, fit-elle. Je riais d'ailleurs toute seule dans les rayons du supermarché. Notre vie est devenue tellement marrante, pas vrai ?

43

Samedi 19 septembre

En ce début d'après-midi, Ollie regarda par la fenêtre de la tour Jade et son amie Phoebe au bord du lac, qui lançaient quelque chose – du pain peut-être – aux canards, joyeuses et insouciantes.

Tout au long de son enfance, pas particulièrement heureuse, il avait eu hâte de devenir adulte, pour pouvoir quitter l'environnement stérile et négatif créé par ses parents. Mais à présent, il enviait l'innocence des enfants. Eux n'avaient pas à gérer d'arrogants clients comme Cholmondley. Il savait que grandir apportait son lot de traumatismes, mais, avec tout ce qui pesait actuellement sur ses épaules, il aurait échangé sa place contre la leur sans la moindre hésitation.

Qu'avait-il vécu lorsqu'il avait accueilli le pasteur une première fois ? Il était sûr de lui avoir parlé, puis celui-ci avait disparu, avant de réapparaître. Il repensa encore à sa conversation avec Bruce Kaplan, et essaya de mieux comprendre sa théorie.

Notre approche est linéaire, pas vrai ? On va de A à B et de B à C. On se lève le matin, on sort du lit, on boit un café, on va au boulot, etc. C'est comme ça qu'on perçoit chaque journée. Et si notre perception était fausse ? Et si la construction linéaire n'était qu'une façon, pour notre cerveau, de donner du sens à ce qui se passe ? Et si tout ce qui a été existait encore, le passé, le présent et l'avenir, et si nous étions prisonniers d'une minuscule partie de l'espace-temps ? Et si parfois, en soulevant légèrement le rideau, nous avions accès au passé, et parfois à l'avenir ?

Était-il tombé dans une faille spatio-temporelle ? Ou était-ce son esprit qui lui jouait des tours, en modifiant la temporalité dans son cerveau ?

Craquait-il sous la pression ou le stress ?

Soudain, il entendit un bruit parasite à la radio, qu'il gardait allumée en fond sonore pour avoir de la compagnie, puis la voix inimitable, profonde et sonore, de Winston Churchill.

— « De cette bataille dépend la survie de la civilisation chrétienne. Notre existence britannique en dépend, ainsi que la longue continuité de nos institutions et de notre Empire. Toute la fureur, toute la puissance de l'ennemi va bientôt se déchaîner contre nous. Hitler sait qu'il devra nous briser sur cette île ou qu'il perdra la guerre. Si nous parvenons à lui résister, toute l'Europe pourra être libre, et la vie du monde progresser vers de hautes et vastes terres baignées de soleil. »

Le bruit de fond augmenta en volume, noyant certains des mots de Churchill.

Merde alors, songea Ollie. Était-il de nouveau dans une faille spatio-temporelle ?

Puis il entendit la voix du présentateur :

— Eh bien, Bill, pensez-vous qu'un homme politique britannique, aujourd'hui, quel que soit son parti, ait les mêmes qualités oratoires et le même charisme que Churchill ?

Ollie éteignit la radio et se tourna vers son bureau pour se consacrer à son problème le plus urgent. Cholmondley et Bhattacharya devaient, comme tout le monde, savoir qu'il y avait des gens malveillants sur Internet. Des trolls. Des haters. Des hackers. Cholmondley s'était-il attiré les foudres d'un client ? Bhattacharya avait-il un rival jaloux de son succès ?

Ou Ollie lui-même s'était-il fait un ennemi ? Qui ? Il n'avait aucune piste. Tout le monde semblait satisfait de son travail de webmaster. Il traitait tous les ouvriers avec respect. Il n'avait jamais arnaqué personne. Pourquoi quelqu'un lui en voudrait-il ?

Il fixa l'écran, très abattu. En général, son fond d'écran, un gros plan des visages de Caro et de Jade pressés l'un contre l'autre, lui redonnait le sourire, mais pas aujourd'hui.

La porte s'ouvrit et Caro passa la tête.

— Je vais récupérer Jade et chercher Phoebe. Je reviens dans une heure. Tu as besoin de quelque chose ?

— Récupérer Jade et chercher Phoebe ? Qu'est-ce que tu veux dire ?

— Oui, je vais retrouver Jade, qui est à son cours d'équitation, et ensuite on fait un crochet par Brighton pour aller prendre Phoebe chez ses parents.

— Son cours d'équitation ?

— Oui.

Il jeta un coup d'œil vers le lac. Jade et Phoebe n'étaient plus là.

— Tu vas déposer Jade ou la récupérer ?

— La récupérer.

Elle le dévisagea avec curiosité.

— Tout va bien, Ollie ?

— Étant donné les circonstances, tout va le mieux possible, pourquoi ?

— On en a parlé il y a deux jours. Je t'ai dit que j'allais essayer de l'inscrire à des cours d'équitation à Clayton, pas loin d'ici.

Il fit pivoter son fauteuil pour mieux regarder par la fenêtre. Deux minutes plus tôt, il avait vu Jade et Phoebe jouer au bord du lac. Était-il au bord de la crise de nerfs ? Ou de quelque chose de plus grave encore ?

— À quelle heure est-ce que tu as emmené Jade à l'équitation ?

Caro regarda l'heure.

— Il y a plus d'une heure. Il faut que je me dépêche, je suis en retard.

— Sois prudente sur la route, dit-il sans conviction. Tu vas chercher Phoebe aussi ?

— Oui, c'est ce que je viens de te dire.

— Elle n'est pas déjà… plus ou moins là ?

Caro fronça les sourcils.

— Tu as bu ?

— Pas du tout !

— Tu as un comportement très bizarre. On se retrouve tout à l'heure, OK ?

Il examina la pelouse, qu'il allait devoir tondre le lendemain, et les canards sur le lac. Aucune trace de Jade ni de Phoebe. Il n'y avait d'ailleurs personne.

Avait-il rêvé, comme dans le cas du pasteur, ce matin ?

Son ordinateur émit un petit son. Il avait un nouvel e-mail.

Il appuya sur une touche et eut le souffle coupé en voyant le nom de l'expéditeur apparaître. Cholmondley. Peut-être, songea-t-il avec une lueur d'espoir, que le revendeur de voitures de collection avait trouvé qui lui avait envoyé le message d'insultes, et s'excusait auprès de lui pour son accès de rage. Si furieux soit-il, Cholmondley devait être conscient qu'il avait, dans tous les cas, besoin d'un site internet, et donc besoin de lui.

Il ouvrit l'e-mail et déchanta.

Il s'agissait d'un court message de Cholmondley, suivi d'un autre, plus long, envoyé avec son adresse personnelle, de son ordinateur, avec sa signature électronique, daté de trente minutes plus tôt.

Cholmondley,

J'imagine que vous avez attendu toute la journée mes plus plates excuses. Eh bien, désolé de vous décevoir, mais je tenais à vous répéter que je maintiens tout ce que j'ai écrit précédemment. Je vous méprise, mon beau salaud, vous et votre nœud papillon. Je viens tout juste de tomber sur votre casier judiciaire. Bip-bip ! C'était votre petit secret, pas vrai ? Mes aïeux, vous êtes un sacré spécimen ! Oh, le vilain, il s'est fait prendre en train de trafiquer les compteurs kilométriques de voitures d'occasion… Et vous êtes allé au piquet, pour ça, n'est-ce pas ? Dix-huit mois à la prison de Ford. Désolé, mais je ne peux pas risquer ma réputation en collaborant avec quelqu'un comme vous.

Je vous ai envoyé, dans un message séparé, les codes et les dossiers dont vous avez besoin pour que quelqu'un d'autre s'occupe de votre site internet, et que la transition soit des plus douces.

Oliver Harcourt, P-DG, Harcourt Digital Solutions Ltd

Il constata, horrifié, que tous les concurrents de Cholmondley étaient de nouveau en copie. Et que tous les dossiers dont il aurait pu se servir pour faire pression, et être payé, avaient été transmis à son client. Il n'avait plus rien à sa disposition. Et, en lisant la réponse de Cholmondley, il comprit clairement qu'il ne verrait jamais la couleur de l'argent qui lui était dû.

Monsieur Harcourt,

Je suis scandalisé et vous tiendrai personnellement responsable des ventes que je pourrais perdre du fait de vos écrits infâmes et diffamatoires de ce jour. Pour votre gouverne, je n'ai jamais été accusé et encore moins reconnu coupable des activités criminelles que vous évoquez. Mon casier judiciaire est vierge et je ne suis jamais allé en prison. Mes avocats vous contacteront lundi, et vous regretterez amèrement vos propos.

C. Cholmondley

44

Samedi 19 septembre

Ollie fixa l'e-mail, complètement bouleversé. Il se sentit mal, physiquement. Et au bord des larmes. Que se passait-il ? Il pensait avoir vu le pasteur, puis Jade et son amie. Envoyait-il des e-mails sans en avoir aucun souvenir ? Devait-il consulter un médecin ?

Un autre message arriva, et Ollie s'effondra en découvrant qu'il était de Bhattacharya.

Il n'avait pas la force de l'ouvrir. Suspendues au-dessus du clavier, ses mains tremblaient. Son corps entier tremblait. En général, quand il était stressé, il allait courir ou faire un tour à vélo. Mais là, il était trop épuisé pour se lever de son siège.

Chris Webb devait pouvoir trouver d'où venaient ces e-mails, non ? Ce serait la solution. Qu'il arrive à prouver qu'il n'en était pas l'expéditeur, que quelqu'un utilisait son adresse. Il pourrait alors revenir vers Cholmondley et Bhattacharya.

Et si...

Il n'avait pas envie de considérer cette possibilité. Il ne voulait pas envisager de les avoir envoyés. Ne voulait pas croire que quelqu'un, ou quelque chose, l'ait fait, ici, dans son bureau. Il regarda de nouveau vers le haut, avec la sensation que quelqu'un se moquait de lui. Puis il ouvrit l'e-mail du restaurateur indien. C'était aussi grave qu'il le redoutait. Bhattacharya avait reçu, de sa part, une liste de ses présumées infractions aux règles d'hygiène, et il était furieux.

Il faillit vomir sur sa table. Il ferma les yeux et respira profondément, puis composa le numéro de Chris Webb.

— J'ai une urgence absolue. D'autres e-mails ont été envoyés à mes deux clients, avec mes prospects en copie. Il faut que tu m'aides, mon business est en train de couler.

— D'autres e-mails ?

Ollie entendit un brouhaha en fond sonore, comme si Webb regardait un match de football ou de rugby à la télévision.

— Oui, dans l'heure qui vient de s'écouler, alors que j'étais assis à mon ordinateur, nom de Dieu ! Je ne sais pas ce qui se passe. Tu pourrais venir ? J'ai besoin d'aide.

— OK.

— Merci beaucoup. Tu peux être là dans combien de temps ?

— Quarante-cinq minutes environ. En attendant, je te conseille de te déconnecter d'Internet, ou, mieux encore, de tout éteindre jusqu'à ce que j'arrive. Tu peux faire ça ?

— Je m'en occupe tout de suite, merci.

Ollie fixa le clavier, puis l'écran, comme si quelque chose avait pu apparaître pendant qu'il discutait avec son informaticien. Il suivit ses instructions et éteignit son ordinateur à partir du menu Apple.

Il attendit que l'écran soit noir et l'ordinateur silencieux, se leva, descendit et sortit dans le jardin en espérant que l'air frais l'aide à mieux réfléchir. Le ciel était bleu et l'air chaud, mais tandis qu'il se dirigeait vers le lac, il n'en tira aucun bienfait, tant son cœur était lourd. Comme si toute son énergie avait été aspirée et que son corps n'était plus qu'une coquille vide.

Il regarda dans le vague en direction de deux colverts, un mâle et une femelle, qui glissaient sur l'eau.

Qu'est-ce qui leur arrivait ? Avaient-ils commis une terrible erreur, non seulement en s'engageant financièrement au-delà de leurs capacités, mais en se laissant happer par ce mystère impénétrable ?

Devaient-ils partir et remettre cette maison en vente ? Il se posait souvent la question, ces jours-ci. Mais c'était absurde de céder, de tout abandonner à cause d'une simple histoire d'énergie, à en croire Bruce Kaplan. Bob Manthorpe et l'étrange client de Caro, tous deux décédés, leur avaient conseillé de faire appel à l'exorciste du diocèse.

Peut-être était-ce tout ce dont ils avaient besoin. Peut-être que tout rentrerait dans l'ordre après ça. Ce matin, le pasteur lui avait dit qu'il allait déposer une demande, et qu'il le tiendrait au courant.

Son téléphone se mit à sonner. Ollie découvrit un numéro de portable qu'il ne connaissait pas.

— Allô ?

— Allô, Oliver, je ne vous dérange pas ?

C'était Roland Fortinbrass.

— Pas du tout. Merci de me rappeler.

— J'ai une bonne et une mauvaise nouvelle.

45

Samedi 19 septembre

Une heure et demie plus tard, Chris Webb était installé devant l'ordinateur de Ollie. Celui-ci regardait l'écran, par-dessus l'épaule de son informaticien. Les colonnes de chiffres et de lettres ne signifiaient rien pour lui, mais Webb les parcourait avec attention, tout en faisant des commentaires à voix haute.

— Mais qu'est-ce que… ? Ah, je vois… Mais comment est-ce que t'as pu arriver là, toi ? Et ça, c'est quoi ?

— C'est quoi quoi ? lui demanda Ollie.

— Ça n'a rien à faire là !

— Qu'est-ce qui n'a rien à faire là ?

— Tu as modifié les réglages ?

— Non, pourquoi ?

— Quelqu'un les a modifiés.

— Quelqu'un ? Ce n'est pas possible, Chris. Je suis la seule personne à utiliser cet ordinateur.

Webb grimaça.

— C'est peut-être un bug Mac. J'ai quelques clients qui ont eu un problème similaire, récemment, avec le nouveau système d'exploitation. Des réglages qui se sont modifiés sans raison.

— Est-ce que ça pourrait nous apporter la preuve que j'ai été piraté ?

Webb but une gorgée du café qu'Ollie lui avait apporté.

— Ce bug ne permettrait pas d'accéder à tes données. Je pense plutôt que c'est un problème avec le système d'exploitation. Tu es sûr que ce n'est pas Jade ?

— Absolument certain.

— Je ne trouve aucune trace. Je vois celles que j'ai laissées quand je me suis connecté par TeamViewer, mais aucun signe d'utilisation non autorisée.

Distrait par un mouvement dans l'embrasure de la fenêtre, Ollie vit Caro approcher dans sa Golf, avec Jade côté passager et une autre personne, sans doute Phoebe, à l'arrière.

— C'est un mystère, lâcha l'informaticien, perplexe. Je suis désolé, mais je ne sais pas quoi te suggérer. On pourrait peut-être installer un pare-feu supplémentaire…

— Chris, il faut que je fasse quelque chose pour sauver ce qui peut l'être. Je ne peux pas me permettre de perdre ces clients.

— Je comprends.

— J'ai une idée, dit Ollie, en s'animant soudain. Cholmondley et Bhattacharya ne se connaissent pas. Est-ce que tu pourrais leur écrire un mail à chacun, leur expliquant que tu es mon informaticien et que ces messages ont été envoyés par un hacker qui leur en veut ?

Webb ne sembla pas enchanté.

— Je rédigerai ces mails, il suffira que tu les signes. Par la suite, j'appellerai mes clients, quand la pression sera retombée.

— Pourquoi pas, mais…

— Mais quoi ?

— Je peux écrire ces messages, ça ne me dérange pas, mais je ne suis pas sûr que cela signe la fin de tes ennuis.

— Qu'est-ce que tu veux dire ?

— Je ne pense pas que tu aies été piraté, Ollie.

Ils échangèrent un long regard.

— Qui est-ce qui les a écrits, alors ?

— Quelqu'un, dans cette maison. Je sais que ça peut te sembler fou, mais je ne pense vraiment pas que tu aies été piraté, dit-il en levant les bras. À moins que cette personne ne soit plus intelligente que moi, ce qui est toujours une possibilité !

— Chris, fit Ollie, exaspéré par le fait que son informaticien doute qu'il ait pu être piraté. Ces derniers mails ont été envoyés alors que j'étais assis à mon bureau. Jade avait un cours d'équitation et Caro n'est pas venue taper un message sous mon nez sans que je m'en aperçoive.

— Les e-mails peuvent être programmés et envoyés à une certaine heure. Peut-être que quelqu'un les a rédigés dans la nuit, pendant que tu dormais. Soit en accédant physiquement à ton ordinateur, soit à distance.

Ollie secoua la tête, incrédule.

— Mais qui ferait ça, Chris ?

— Je ne sais pas, moi. Tu t'es fait des ennemis ?

— Non.

Est-ce que ça pouvait être Jade ? Pendant une crise de somnambulisme, peut-être ? Elle s'y connaissait en informatique, mais elle n'aurait jamais utilisé ce langage, et elle ne connaissait pas les détails techniques sur la Ferrari ni sur les restaurants. Qui avait accès à ce genre d'informations, d'ailleurs ? Et pourquoi cette personne aurait-elle envoyé ces e-mails ? Dans l'objectif de lui nuire, c'était évident. Qui cela pouvait-il bien être ? Et pourquoi ?

— Honnêtement, je ne me suis mis personne à dos. C'est un mystère.

Webb lui jeta un regard en coin.

— Peut-être est-ce de nouveau ton vilain petit fantôme !

Ollie n'apprécia que moyennement la plaisanterie.

46

Samedi 19 septembre

— Alors, qu'est-ce qu'il a dit, le pasteur ? demanda Caro, perchée sur l'accoudoir d'un fauteuil en cuir dans lequel Ollie aimait lire.

La pièce était très encombrée par les dossiers pas encore classés et les tableaux encadrés toujours pas accrochés.

Chris Webb venait juste de partir, après avoir envoyé à Cholmondley et Bhattacharya des e-mails signés de son nom afin de leur exposer la situation. Avec un peu de chance, quand Ollie les contacterait à son tour, ce soir ou plutôt demain, ils accepteraient cette explication. Elle était crédible. En faisant preuve de charme et de persuasion, il arriverait très certainement à les convaincre.

Il n'avait pas le choix.

— Le pasteur a discuté avec l'exorciste du Sussex, ils seront là lundi, vers 18 heures, quand tu seras rentrée du travail, ma chérie.

— Bien, lâcha-t-elle, légèrement soulagée. Et qu'est-ce qu'il va faire, cet exorciste ? Se balader dans la maison en agitant un encensoir et en murmurant des incantations ?

Ollie sourit, heureux qu'elle n'ait pas perdu son sens de l'humour.

— Je n'ai pas l'impression que ce sera aussi théâtral. Il veut discuter avec nous pour mieux comprendre ce qui se passe et trouver une solution. D'après ce que le pasteur m'a dit, c'est un homme particulièrement intelligent et très terre à terre. Pas un illuminé. Il a fréquenté les grandes écoles, mention très bien à Oxford ou à Cambridge, et il a étudié la psychologie avant de rentrer dans les ordres.

— Et comment le pasteur… comment s'appelle-t-il ? Rosencrantz ?

— Fortinbrass. Roland Fortinbrass.

— Je savais qu'il y avait une référence à *Hamlet*. Comment est-ce qu'il t'a semblé, lui ? Il fait confiance à ce gars pour nous débarrasser de tout ce qui se passe ici ?

— Oui.

— Qu'est-ce qu'il a dit ? Il avait un point de vue sur la question ?

Ollie ne répondit pas immédiatement. Fortinbrass lui avait annoncé pas mal de choses, au téléphone. Une bonne et une mauvaise nouvelle. La bonne nouvelle, c'était que l'exorciste avait accepté de venir. La mauvaise, c'était que la maison semblait maudite depuis longtemps. Ollie s'était souvenu que l'ancien pasteur, Bob Manthorpe, l'avait mentionné, mais sans s'attarder.

Oui. Cette maison a eu son lot de tragédies. Mais ne soyez pas découragés. Les vieux du village disaient que la maison était maudite, ou damnée, mais la réalité, c'est qu'une demeure de cet âge a forcément connu des morts.

Bob Manthorpe avait-il essayé de le rassurer en minimisant ce qu'il savait ? Fortinbrass, lui, n'avait pas mâché ses mots quand il lui avait résumé sa conversation avec le spécialiste.

Des exorcismes avaient été réalisés dans le passé, dès la fin du XVIIIe siècle, comme en témoignaient des rapports de l'évêché de Chichester. À l'époque victorienne, les gens du coin avaient surnommé la maison de Cold Hill « la maison de la mort ». Ils pensaient qu'elle était maudite et nombreux étaient ceux qui refusaient de s'en approcher. Selon la légende, des hommes d'Église avaient même refusé leur aide, malgré les demandes. Bien sûr, ce genre de petite communauté rurale était friande de rumeurs.

Cependant, Ollie en était conscient, il n'y avait pas de fumée sans feu. Et il était bien placé pour savoir que quelque chose ne tournait pas rond dans cette maison.

Mais il n'avait rien à gagner à dire à Caro ce que Fortinbrass lui avait confié. Cela ne ferait que l'angoisser davantage durant le week-end. Avec un peu de chance, la visite des deux pasteurs, lundi soir, leur permettrait de tourner la page. Ce qui le dérangeait le plus, c'était l'idée qu'il y avait déjà eu plusieurs exorcismes. Pourquoi ? Quelle était l'origine de ces phénomènes ?

Il se sentait idiot de n'avoir rien découvert de tout cela avant d'acheter la maison. Ce genre d'histoires ne lui avait jamais traversé l'esprit. D'ailleurs, comment aurait-il pu savoir quoi que ce soit de ce passé ? Il avait entré les mots « maison de Cold Hill » dans Google, mais n'avait rien trouvé de particulier. Sur un site spécialisé en immobilier, juste son prix de vente la dernière fois, mais aucune information sur ses effroyables antécédents.

— Non, finit-il par dire. Fortinbrass n'a pas de point de vue personnel. Selon lui, l'exorciste nous apportera une solution. Quelle qu'elle soit.

Caro haussa les épaules.

— Et si on contactait un médium ? Peut-être que quelqu'un comme Kingsley Parkin, mon ancien client, pourrait nous dire ce qui se passe, non ?

— J'y ai pensé, mais je ne suis pas certain que ce soit une bonne idée. Je ne voudrais pas qu'on se disperse. Du moins, pas avant d'avoir rencontré l'exorciste.

— Comment il s'appelle, notre *ghostbuster* ?

Ollie sourit.

— Benedict Cutler.

— Benedict. Je ne sais pas s'il a le physique de l'emploi, mais il en a le nom. Je vais descendre préparer la pizza pour les filles. À la demande de Jade, j'ai acheté tout plein de délicieux cupcakes chez Yolande et je vais les disposer joliment pour Ruari, qui vient demain. Tu veux que je te monte quelque chose ?

— Ça va, j'ai bu un thé avec Chris Webb, dit-il en désignant deux tasses vides.

Elle les prit et l'embrassa.

— On va s'en sortir, pas vrai, Ollie ?

— Bien sûr.

315

Il la regarda quitter la pièce. Au moment où elle fermait la porte derrière elle, il reçut un SMS. Il consulta l'écran de son iPhone et se figea en lisant le message :

VOUS NE VOUS EN SORTIREZ PAS VIVANTS !

47

Samedi 19 septembre

Les mots disparurent instantanément. Ollie vérifia dans son téléphone : il n'y avait aucun nouveau message. Aucune trace des mots qui s'étaient affichés.

Comment étaient-ils apparus ?

Il leva de nouveau les yeux vers le plafond, nerveux. Combien avait-il eu d'hallucinations aujourd'hui ?

Il hésita à appeler Chris pour lui demander de rechercher l'origine du message, mais il sentait que la patience de son informaticien avait des limites. Ollie avait bien vu qu'il commençait à s'interroger sur sa santé mentale.

Il espérait que Fortinbrass et l'exorciste seraient en mesure de les aider, lundi soir.

Pour essayer de penser à autre chose, il se consacra de nouveau aux actes notariés. Sur certains, l'écriture s'était tellement effacée qu'il dut utiliser une loupe pour la déchiffrer. Il avança dans la liste des précédents propriétaires de la maison.

Plus il progressait, plus la situation empirait.

En rentrant les noms dans Google, il n'obtenait aucune information vraiment intéressante. Il retrouva la trace de quelques membres de certaines familles et d'une fondation pour les arts en Gambie, mais guère plus. Il jugea surprenant qu'il n'y ait pas plus de références, dans la mesure où la maison sortait de l'ordinaire et où de nombreux propriétaires étaient des aristocrates.

Une heure plus tard, il arriva au dernier nom de la liste, celui du premier propriétaire de la maison, Sir Brangwyn De Glossope, dont Bob Manthorpe lui avait vaguement parlé.

Il continua ses recherches et tomba sur une petite photo sépia prise devant la maison de Cold Hill. Elle figurait au-dessus de deux paragraphes extraits d'un livre intitulé *Les Mystères du Sussex*, publié par une petite maison d'édition en 1931, écrit par un certain Martin Pemberton.

La maison de Cold Hill fut construite dans les années 1750 à la demande de Sir Brangwyn De Glossope, sur les vestiges d'un monastère. Sa première épouse, Matilda, héritière d'une riche famille de propriétaires terriens du Sussex, les Warre-Spence, disparut sans avoir eu d'enfant un an après leur installation dans la propriété. C'est son argent qui permit de financer la construction de la maison, De Glossope étant sans le sou au moment de leur mariage.

Selon la rumeur, De Glossope l'aurait assassinée et se serait débarrassé de son corps afin d'être libre de voyager à l'étranger avec sa maîtresse, Evelyne Tyler, ancienne domestique dans leur précédente demeure, avec laquelle il eut ensuite trois enfants, tous décédés en bas âge. Evelyne, quant à elle, trouva la mort en chutant du toit de la maison. Est-elle tombée ou l'a-t-on poussée ? Nous ne le saurons jamais. De Glossope périt sous les sabots de son cheval quelques semaines plus tard.

Ollie ne put s'empêcher de regarder de nouveau vers le plafond, mal à l'aise. Evelyne Tyler ? Était-ce elle qui leur causait tous ces soucis ? Était-elle en colère à cause de ce qui lui était arrivé ? Ou était-ce Matilda De Glossope, née Warre-Spence ?

Il fit des recherches sur ce dernier nom. Il trouva plusieurs références, mais toutes concernaient des événements récents. Rien sur l'histoire de la famille. Il se mit en quête d'informations sur l'espérance de vie aux XVIIIe, XIXe et XXe siècles. Au XVIIIe siècle, même si elle ne dépassait pas quarante ans, les personnes qui survivaient à l'enfance et à l'adolescence avaient de bonnes chances de vivre jusqu'à 50 ans, 60 ans, voire plus. Ce qui n'était pas une bonne nouvelle dans le cas qui l'intéressait. Elle augmentait ensuite continuellement, pour atteindre 77 ans pour un homme et 81 ans pour une femme, aujourd'hui au Royaume-Uni.

Il consulta de nouveau ses documents – le carnet A4 sur lequel il avait noté les noms, la pile d'actes notariés et les dates de naissance et de mort trouvés sur le site deadarchives.com/uk.

Sir Brangwyn De Glossope était mort à 39 ans. Après lui, aucun des propriétaires de la maison n'avait fêté son quarantième anniversaire, à part les Rothberg, si tant est dans leur cas que leur vie valait le coup d'être vécue.

Merde ! Il frissonna. Son quarantième anniversaire était dans une semaine.

Il se dirigea vers la fenêtre. Toute la chaleur et les couleurs semblaient avoir disparu, malgré la douceur de cet après-midi, comme sur une photo exposée trop d'années au soleil.

En regardant vers le lac, il vit Jade et son amie Phoebe au bord de l'eau, qui lançaient quelque chose – du pain peut-être – aux canards, joyeuses et insouciantes.

Exactement comme quelques heures plus tôt, alors que Jade prenait un cours d'équitation et que Phoebe était chez elle, avec ses parents.

48

Dimanche 20 septembre

— J'ai trouvé des choses intéressantes sur Internet à propos des alignements de sites, dit Caro sans transition.

Après avoir mis le rôti au four, ils se baladaient autour du lac en regardant deux canards se diriger vers la petite île, entre les lianes du saule pleureur. Une foulque au plumage noir brillant, avec un bec blanc et des petites échasses qui lui donnaient une allure dégingandée, se précipita de la pelouse vers le rivage boueux, comme si elle était en retard à une réunion.

Ollie avait passé son bras autour de la taille de Caro. En cette fin de matinée dominicale, le temps était en train de changer. De fortes pluies étaient annoncées dans l'après-midi et des coups de vent dans la nuit. L'été indien se terminait pour de bon et le fond de l'air était frais. Aujourd'hui, c'était le premier vrai jour d'automne. Des oiseaux migrateurs passèrent au-dessus de leurs têtes, haut dans le ciel.

— Les alignements de sites ? répéta Ollie, distrait.

Ces derniers jours, il avait du mal à se concentrer sur quoi que ce soit. Obnubilé par ses deux clients, préoccupé par sa santé mentale et par les factures qui s'accumulaient pour remettre cette maison en état, il avait à peine fermé l'œil de la nuit. Avant de se lancer, il avait fait le pari que, au cours des douze prochains mois, sa nouvelle activité lui permettrait de gagner suffisamment d'argent pour payer les différents corps de métiers.

Il y avait autre chose qui l'inquiétait aussi. En voulant faire un jogging jusqu'en haut de la colline, ce matin, il avait dû s'arrêter très vite et s'asseoir pour reprendre son souffle. Comment peut-on perdre la forme si rapidement ? Était-ce cette maison qui lui pompait toute son énergie ? Il lui avait fallu de la force et du courage pour monter jusqu'au sommet, où il avait dû s'asseoir à nouveau. Et il avait eu du mal à revenir jusqu'à la maison.

— Un client m'en a parlé il y a quelques semaines, continua Caro. Je m'en suis souvenue cette nuit. Il voulait acheter un cottage et m'avait demandé de vérifier s'il ne se trouvait pas sur l'un de ces alignements.

— Tu peux me rappeler de quoi il s'agit ?

— Il s'agit de lignes sur lesquelles sont bâtis un grand nombre de monuments anciens, comme des églises, par exemple. Il y en a dans tout le pays, mais personne ne sait exactement à quoi elles correspondent. Selon certaines théories, il pourrait s'agir de nappes phréatiques ou de gisements de minerais. Il y a eu des tonnes d'articles écrits sur le sujet. Apparemment, quand deux lignes se croisent, il peut y avoir toutes sortes de perturbations électromagnétiques. D'après ce que j'ai lu, plusieurs maisons supposément hantées sont construites au niveau de ces intersections.

— C'est le cas ici ? lui demanda Ollie.

— J'ai consulté les cartes du Sussex sur Google. Il semblerait que ce soit le cas, mais je n'en suis pas encore certaine, il faudrait faire plus de recherches.

— Et si on est dans cette situation, on décide quoi ? On met la maison sur des roulettes et on la pousse un peu plus loin ?

Elle esquissa un sourire.

— Apparemment, il y a des moyens de disperser cette énergie en plantant des lances sur ces lignes, un peu comme de l'acupuncture à grande échelle.

Ollie haussa les épaules.

— Ça me semble très farfelu, mais je suis prêt à essayer n'importe quoi.

— Renseigne-toi sur le sujet.

— Je vais le faire.

En se rapprochant de la maison, ils entendirent de la musique par la fenêtre de la chambre de Jade. Trois silhouettes sautaient en rythme. Jade, Phoebe et Ruari.

— Qu'est-ce qu'ils font ? s'interrogea Ollie. De l'aérobic ?

— Ils tournent un nouveau clip. Jade voudrait le projeter sur le mur pendant son anniversaire, la semaine prochaine, mais…

Caro hésita.

— Mais quoi ?

— Je ne sais pas, Ollie. Peut-on prendre le risque d'organiser une fête chez nous, avec tout ce qui se passe en ce moment ? Je n'étais déjà pas très rassurée d'avoir Phoebe à dormir et Ruari à déjeuner. Je ne sais pas si c'est une bonne idée d'avoir de la visite avant que les choses se soient calmées. D'ailleurs, on devrait dîner au restaurant, pour ton anniversaire, plutôt que d'inviter des gens chez nous.

Il repensa soudain qu'il allait avoir 40 ans. Et à tout ce qu'il avait découvert la veille.

— On ne peut pas commencer à vivre dans la peur, ma chérie. Il faut…

— Commencer ? Je vis déjà dans la terreur, au cas où tu ne t'en serais pas rendu compte. Avant, j'aimais partir du bureau, parce que ça voulait dire te retrouver, revoir ton visage, passer la soirée avec toi… Maintenant, j'ai peur. Chaque kilomètre que je fais dans cette direction me rapproche de cette maison, et parfois, tout ce que je veux, c'est faire demi-tour et retourner à Brighton.

— Demain soir, tout sera réglé, ma chérie. Ce qui s'est passé jusqu'à présent ne se reproduira plus.

— Grâce au *ghostbuster* Benedict Cutler. Cloche, livre et bougie, pas vrai ? Tant qu'il ne fait pas tourner la tête de Jade de 360°, comme dans *L'Exorciste*. Parce que c'est bien de ça qu'il s'agit, n'est-ce pas ?

Ollie sourit.

— D'après ce que j'ai cru comprendre, je ne pense pas qu'il décrirait ainsi sa pratique.

— Mais c'est bien d'un chasseur de fantômes dont on a besoin, ici, pour que cet endroit redevienne normal, hein ?

Ils s'étaient toujours tout dit et n'avaient aucun secret l'un pour l'autre. Ollie culpabilisait de ne pas lui révéler ce qu'il avait découvert à propos de la maison.

Les exorcismes qui avaient échoué…

Les hommes d'Église qui refusaient de s'en approcher…

Le fait que quasiment aucun de ses occupants n'avait atteint son quarantième anniversaire…

Un mouvement soudain attira leur attention vers l'une des fenêtres du haut. Caro dévisagea Ollie, paniquée.

— Tu as vu ?

— Pas vraiment.

Il fixa la fenêtre.

— Qu'est-ce que tu as vu ?

— Des gens. Des gens qui nous observaient.

Elle montra du doigt une minuscule fenêtre qu'il n'avait pas vraiment remarquée auparavant, juste sous les avant-toits, surmontée d'une gouttière rouillée et endommagée.

— Ce sont sans doute les enfants.

Très mal à l'aise, Caro désigna la chambre de Jade. Les trois adolescents étaient toujours en train de danser, bras écartés, comme des petits fous sur la musique.

— Ils sont tous dans cette chambre, Ollie. Il y a des gens chez nous.

— Ne bouge pas, continue à observer.

Il courut vers la maison, traversa l'atrium sans retirer ses bottes, grimpa au premier étage et regarda dans toutes les directions. Il entra d'abord dans la chambre bleue, qui était vide, puis dans la jaune avec sa salle de bains attenante.

Il n'y avait personne.

Puis il se rendit compte que les fenêtres des deux pièces étaient beaucoup plus grandes que celle que Caro avait désignée.

Laquelle était-ce ?

Il vit que Caro était toujours sur la pelouse et s'empressa de la rejoindre.

— Tu as trouvé quelqu'un ?

— Non. Où est-ce que tu les as vus, exactement ?

Elle désigna de nouveau la toute petite ouverture.

— Là !

— Tu peux les décrire ?

— J'ai aperçu des visages, mais très furtivement.

— Quels visages ? Un homme ? Une femme ?

Elle fixait toujours la fenêtre, pétrifiée. Sa voix était distante, comme si elle était en transe.

— Un homme, une femme et un enfant, je crois. Ils se trouvaient là sans être là.

Ses mots raisonnèrent en lui. Il frissonna. Il scruta de nouveau la minuscule fenêtre, un peu plus haute que celles à guillotine qui l'encadraient, juste sous les avant-toits, en essayant de comprendre dans quelle pièce elle se situait.

— À quoi est-ce qu'elle correspond ? s'interrogea-t-il.

— C'est pas celle de la chambre à côté de notre salle de bains ?

— Non.

Il tendit l'index pour passer le premier étage en revue, de gauche à droite.

— Ça, c'est la chambre de Jade. À côté, c'est la chambre jaune et la fenêtre de la salle de bains adjacente. Ensuite, c'est la chambre bleue.

Ils nommaient les pièces d'après la couleur de leur papier peint.

— Et tout au bout, c'est la fenêtre de notre salle de bains et celle de notre chambre.

Elle suivit les mouvements de son doigt, très concentrée.

Puis elle regarda de nouveau la fenêtre au niveau de la gouttière cassée.

— Donc, c'est quelle pièce ?

— Je n'en sais vraiment rien, mais…

Il s'arrêta au milieu de sa phrase. Les silhouettes étaient réapparues. Il y avait une famille, les parents et un enfant. Ils les dévisagèrent à tour de rôle, à travers le petit carreau de verre, avant de disparaître.

— Ma chérie, c'est peut-être Jade qui essaie de nous faire peur.

— Non, répondit-elle d'une voix tremblante. Elle est toujours dans sa chambre.

— Ils nous jouent un tour, ces sales gosses !

Il fonça vers l'atrium et grimpa de nouveau l'escalier, suivi de Caro.

Il tourna à gauche et ouvrit la porte de l'endroit dans lequel il pensait avoir vu les visages. Mais il n'y avait personne.

La chambre tapissée d'un vieux papier peint floral blanc et bleu, en partie décollé, était vide. Il y avait de la moisissure noire sur un mur, plusieurs lattes du parquet manquantes et un lavabo souillé. Une douille pendait au bout d'un cordon marron, fixé à une moulure au plafond. La pièce était froide et humide.

Il la referma et ouvrit la suivante, tout aussi vide, où un papier peint jaune se détachait par endroits. La salle de bains était à l'abandon et la grande fenêtre à guillotine semblait ne pas avoir été levée depuis des années.

Toujours suivi par Caro, il se dirigea vers la chambre de Jade. La musique était à fond. Jade, Phoebe et Ruari, avec sa coiffure de pop star et son grand sourire, faisaient des tours sur eux-mêmes en brandissant une pancarte sur laquelle était écrit OUi ! d'un côté et NOn ! de l'autre.

En voyant son père, Jade arrêta la musique et le dévisagea.

— Papa ! s'écria-t-elle d'un ton lourd de reproche.

— Est-ce que l'un de vous est allé dans la pièce d'à côté ?

— Papa, tu nous déranges, c'est très important ce qu'on fait !

— Est-ce que l'un de vous est allé dans l'une des chambres vides, il y a quelques minutes ? insista-t-il. Jade, Phoebe, Ruari ?

— Papa, tu me mets la honte. On est occupés, OK ? Personne n'a été dans la chambre d'à côté.

Phoebe et Ruari acquiescèrent simultanément.

Ollie fixa la fenêtre. Il referma derrière lui, tellement préoccupé qu'il remarqua à peine que la musique était repartie de plus belle. Caro lui jeta un regard interrogateur.

— C'est pas eux, concéda-t-il. Mais il y a quelque chose que je ne comprends pas. Il y a la chambre de Jade, puis la chambre d'amis…

Il pénétra dans la chambre jaune, montra du doigt la fenêtre et se rendit dans la salle de bains attenante.

— Ça, c'est la fenêtre suivante.

Il ressortit et entra dans la chambre bleue.

— Bon, il y a celle-ci. L'entrée à gauche est celle de notre salle de bains, et à droite celle de la salle de bains de la chambre jaune, c'est bien ça ?

Elle hocha la tête, plongée dans ses propres calculs.

— Ce qui veut dire qu'on a une fenêtre en plus.

— Une fenêtre en plus ? Ce n'est pas possible, répliqua-t-elle.

Il toqua contre le mur des chambres bleue et jaune en plusieurs endroits différents, sans remarquer aucune anomalie. Puis ils redescendirent dans le jardin. Ollie prit une photo avec son téléphone et demanda à Caro de rester en bas, tandis qu'il remontait à l'étage. Il traversa la chambre bleue et essaya d'ouvrir la fenêtre. Les deux cordons étant cassés, il batailla pour la soulever de quelques centimètres. Il se baissa et appela Caro :

— Chérie, je suis dans la chambre bleue et je vais aller dans la salle de bains de la chambre jaune, qui devrait être la fenêtre juste à côté.

Il entra dans la chambre jaune et se rendit dans la salle de bains. Là aussi, il y avait une fenêtre à guillotine, plus petite que celles des chambres, et en aussi mauvais état. Il réussit à la soulever de quinze centimètres et découvrit Caro, abasourdie.

— Chérie ! C'est bien la fenêtre d'à côté ?

Elle écarquilla les yeux, sous le choc. Elle fixait un point à sa gauche.

— Chérie ! cria-t-il d'une voix plus forte. C'est bien la fenêtre suivante ?

— Non, dit-elle d'une voix blanche. Non, Ollie ! Il y en a une autre. Et il y a des gens dans cette pièce.

49

Dimanche 20 septembre

Ollie quitta la chambre jaune et retourna dans la bleue. La température avait encore chuté depuis sa dernière visite, deux minutes plus tôt. Il eut l'impression d'entrer dans une chambre froide. Il se dirigea vers la fenêtre et appela Caro.

— C'est la fenêtre suivante !

Elle secoua vigoureusement la tête.

— Non, il y en a une petite entre les deux. Les gens ne sont plus là, mais je les ai vus, Ollie !

Il essaya de soulever davantage la fenêtre à guillotine, pour regarder sur le côté. En vain. Comment pouvait-il y avoir une fenêtre supplémentaire ? se demanda-t-il. Une pièce avait-elle été murée ? Il avait vu les plans de la maison quelques mois plus tôt, avant de faire une offre, quand il avait discuté avec le géomètre, mais il ne savait pas où ceux-ci étaient rangés.

— Ne bouge pas, Caro !

Il descendit et sortit par la porte principale. Les ouvriers stockaient leurs échelles devant la façade.

Il choisit la plus longue, la porta jusqu'à l'arrière de la maison et la posa contre le mur, sous la minuscule fenêtre en question. L'échelle n'était pas assez haute, mais depuis le dernier barreau, il pourrait jeter un coup d'œil, calcula-t-il. Les pieds reposaient sur des dalles recouvertes de mousse.

— Fais attention, Ollie !

— Empêche-la de glisser, ma chérie.

Il commença son ascension. Elle empoigna l'échelle, la sentit vibrer, et cala ses deux pieds à la base, tout en le surveillant avec inquiétude. Ollie avait toujours eu le vertige, même à quelques mètres de hauteur. En approchant du sommet, il se rendit compte qu'il était à bout de souffle. Il s'arrêta. Il avait la tête qui tournait.

— Tout va bien, mon chéri ? lui lança-t-elle d'une voix angoissée.

— Oui, haleta-t-il.

Il attrapa le dernier barreau, mais il n'était toujours pas assez haut pour regarder par la fenêtre. Encore soixante centimètres. Sans lâcher le barreau du haut, il monta son pied d'un échelon, puis d'un deuxième.

— Ollie, je t'en prie, sois prudent ! répéta Caro d'une voix qui l'irrita profondément.

— Je suis prudent ! Arrête de me le répéter, OK ?

Posant ses mains contre le mur en briques pour garder l'équilibre, il se déploya très lentement jusqu'à parvenir à attraper l'appui de la fenêtre, dont la peinture blanche s'écaillait. Mais au moment où il s'agrippait à la surface en bois, celle-ci s'effrita comme du papier mâché.

— Putain ! fit-il en basculant vers l'arrière.

— Ollie ! hurla Caro.

Il réussit à saisir le dernier barreau d'une main, et se pencha vers l'avant pour retrouver son équilibre, le souffle coupé.

— Descends ! lui ordonna-t-elle. On demandera à un ouvrier de monter, ce soir ou demain.

Ollie hésita. Mais il était pris de vertige. Ce n'était pas une bonne idée de retenter.

Il descendit très lentement. Quand il atteignit la terre ferme, soulagé, il constata qu'il transpirait abondamment.

Caro remarqua son état.

— Tout va bien ?

— Oui, prétendit-il.

Son cœur palpitait et, bizarrement, il sentit poindre une rage de dents. Le jardin tanguait, comme s'il venait de débarquer d'un bateau et qu'il n'avait pas encore retrouvé ses repères. Il s'essuya le front d'un revers de la main. Son tee-shirt, sous son pull, était trempé.

— Tout va bien.

— Tu as le teint verdâtre.

— Ça va, ma chérie. Je vais appeler Bryan Barker pour lui demander s'il peut nous envoyer quelqu'un maintenant.

Il décrocha l'échelle avec son aide, la transporta de l'autre côté de la maison et la déposa avec les autres. En se redressant, il nota qu'il était de nouveau à bout de souffle, et que son cœur battait très rapidement. Il devait avoir attrapé un virus. La grippe peut-être. Ce n'était pourtant pas le moment de tomber malade.

— Tu n'as pas l'air bien, Ollie.

— Les alignements de sites, lui dit-il en guise de réponse. Je vais appeler Bryan, puis regarder sur mon ordinateur si je trouve des infos sur le sujet.

— Je vais te montrer les sites que j'ai consultés, fit-elle en le dévisageant, toujours préoccupée.

Il monta les deux étages jusqu'à son bureau en s'agrippant à la rampe et dut faire une pause pour reprendre sa respiration avant d'entrer.

— Tu devrais t'allonger, lui conseilla Caro. Il faut que tu sois en forme demain soir.

— Ça va aller, la rassura-t-il en s'asseyant devant son écran. Tout va bien. J'aimerais bien abattre ce mur, mais avec les gamins chez nous, je ne peux pas. Je n'ai pas envie de leur ficher la trouille.

Il tomba sur la boîte vocale de Barker et lui demanda de le rappeler de toute urgence.

Ils passèrent une dizaine de minutes à se renseigner sur les alignements de sites, puis Caro déclara en regardant l'heure :

— Je ferais bien d'aller préparer le déjeuner. Tu es sûr que tu ne devrais pas te coucher ?

Il se leva, l'enlaça et la serra fort dans ses bras.

— Tout va bien. Je suis juste épuisé par ce qui se passe.

— Dans ce cas-là, on est deux. Et on ne s'en sortira pas tant qu'on n'aura pas trouvé avec qui on partage cette maison.

— On va se débarrasser de nos invités indésirables. Le pasteur et Benedict Cutler s'en occuperont demain. J'en suis persuadé, ma chérie.

— Je l'espère, dit-elle en esquissant un sourire.

— On va s'en sortir, affirma-t-il d'un ton catégorique. Je te le promets.

Elle l'embrassa sur le front et quitta la pièce pour descendre dans la cuisine. Il s'enfonça dans son fauteuil, se mit face à l'écran de l'ordinateur et découvrit, avec stupeur, un nouveau message en grandes lettres noires :

DANS TES RÊVES, OUAIS

50

Dimanche 20 septembre

Pétrifié, incapable de détacher son regard de l'écran, il sentit son estomac se nouer. Les mots s'effacèrent. Un instant plus tard, il entendit un bruit au-dessus de lui, comme si quelqu'un déchirait du carton.

Il leva les yeux vers le plafond. Il vit une sorte de toile d'araignée apparaître et s'élargir sous ses yeux. Le plâtre était en train de se fissurer. Un petit morceau se détacha et une pluie de poussière s'abattit sur sa tête et sur le clavier.

Parcouru par un frisson, il découvrit une section de poutre, désormais à découvert. Et puis le phénomène s'arrêta comme il avait commencé. Les fissures cessèrent de s'agrandir. La poussière ne tomba plus.

Il tremblait de façon incontrôlable.

Qu'était-il en train de se passer, nom de Dieu ?

Il descendit dans le couloir du premier étage et perçut d'agréables odeurs de rôti en provenance de la cuisine. La musique était toujours à fond dans la chambre de Jade. Il se rendit dans la chambre jaune, puis dans sa salle de bains. Il observa la baignoire ancienne en émail, les taches marron sous les robinets et autour de la bonde, les murs carrelés. Puis il alla dans la chambre bleue et se dirigea vers le mur censé être mitoyen. Il cogna fort pour voir s'il était creux.

Ce n'était pas le cas.

Que se passait-il derrière cette petite fenêtre ? De quelle pièce s'agissait-il ? Qui se trouvait là-dedans ?

Quand il retourna sur le palier, quelqu'un lui rentra dedans ; il fit un vol plané et se retrouva le nez contre la moquette élimée.

— Eh ! s'écria-t-il, furieux, en pensant que c'était Ruari.

Il regarda autour de lui et constata qu'il était seul.

— À table ! cria Caro depuis le rez-de-chaussée. On mange !

— OK, ma chérie ! dit-il d'une voix tremblante, en se relevant.

— Demande à Jade, Phoebe et Ruari de descendre.

— C'est bon, je les préviens.

— C'est servi !

Pendant le déjeuner, Jade, tout excitée, parla de la vidéo qu'ils tournaient, en leur montrant le clip sur son téléphone, de son anniversaire qui approchait et du chiot qu'ils allaient adopter. Ruari, qu'Ollie et Caro aimaient bien, était aussi bavard que d'habitude, à parler football et en particulier de Crystal Palace, l'équipe rivale de Brighton. Ollie et Ruari tombèrent d'accord sur le fait qu'elle allait devoir se battre pour rester en première division.

— Jade nous a dit que vous aviez un fantôme chez vous, dit soudain Ruari en souriant. C'est plutôt cool.

— Je pense que la plupart des vieilles maisons ont des fantômes, répliqua Ollie.

Il n'avait quasiment pas touché à son assiette. Le rôti de porc et sa couenne croustillante étaient pourtant l'un de ses plats préférés, mais il manquait d'appétit.

— C'est mortel, s'exclama Ruari en hochant la tête. Carrément mortel.

Ollie vit une ombre bouger au niveau de la porte qui menait à l'atrium. Elle flottait, comme la veille, alors qu'il se trouvait dans le séjour avec le pasteur.

— Excusez-moi une seconde, dit-il en se levant brusquement et en se dirigeant à grands pas vers l'endroit en question.

Il traversa l'atrium et se rendit dans l'entrée. Il sentit les poils de sa nuque se dresser. Devant lui, au pied de l'escalier, il aperçut deux silhouettes translucides. De dos, on aurait dit Caro et Jade. Il courut vers elles mais, au moment où il allait les atteindre, elles disparurent. Il n'y avait personne.

Il regarda dans la cage d'escalier.

Rien.

Tremblant de tout son corps, il se demanda ce qui se passait dans sa tête. Il retourna dans la cuisine. Caro fronça les sourcils, interloquée. Jade, Phoebe et Ruari riaient à une blague.

— Je croyais avoir entendu une voiture, dit-il tout penaud.

À la fin du déjeuner, Ollie s'excusa et monta dans son bureau, particulièrement nerveux. En entrant, il examina le plafond et s'arrêta net, stupéfait.

La fissure avait disparu. Le plâtre était intact.

Il s'assit et prit son visage entre ses mains. *Mon Dieu, qu'est-ce qui m'arrive* ? se demanda-t-il une nouvelle fois.

Il scruta son clavier, le retourna et le secoua. De la poussière en tomba.

Venait-elle du plafond ou s'était-elle accumulée là avec le temps ?

Il écouta le bruit de la pluie contre la fenêtre. Puis, quand il rouvrit les yeux, il découvrit sur l'écran de son téléphone qu'il avait manqué un appel de Cholmondley et que celui-ci lui avait laissé un message sur son répondeur.

Il s'empressa de l'écouter.

Le ton était sec et le message bref.

— Ici Charles Cholmondley, monsieur Harcourt. Dimanche, 13 h 20. Pourriez-vous me rappeler pour m'expliquer ce qui se passe ?

Ollie respira plusieurs fois à fond, puis appuya sur le bouton de rappel. Son client décrocha à la première sonnerie, comme s'il patientait, téléphone à la main.

— Charles ! dit-il d'une voix aussi amicale que possible. Je viens d'avoir votre message.

— Peut-être voulez-vous vous expliquer ?

— Vous avez reçu le message de mon informaticien ?

— En effet, d'un certain Chris Webb, se présentant comme tel, mais l'e-mail était adressé à quelqu'un d'autre.

— Pardon ?

— Êtes-vous à ce point incompétent, ou peut-être est-ce simplement votre informaticien, pour ne pas réussir à envoyer un e-mail à la bonne personne ?

— Excusez-moi ? répéta Ollie, confus. Il vous a écrit pour vous expliquer les problèmes auxquels nous sommes confrontés. Figurez-vous que…

— Je m'appelle Charles Cholmondley, monsieur Harcourt. Le message de votre informaticien était adressé à un certain Anup Bhattacharya.

Il lui fallut un long moment pour réaliser. Il secoua la tête.

Non ! Non ! Ils ne pouvaient pas avoir fait ça. Ils avaient fait tellement attention !

— Apparemment, ce M. Bhattacharya aurait fait l'objet de propos malveillants de la part de quelqu'un qui lui en veut. Cette personne aurait piraté votre système pour s'en prendre à lui. Y a-t-il une raison pour laquelle M. Webb m'a contacté, moi ?

Merde ! Merde. Merde. Merde. Son plan avait échoué. Comment allait-il désormais s'en sortir ?

— Peut-être devriez-vous mieux vérifier à qui vous adressez vos justifications, monsieur Harcourt.

— Laissez-moi vous expliquer, Charles, je vous en prie.

Quelques minutes après avoir raccroché, il reçut un e-mail de Bhattacharya. Celui-ci avait réceptionné celui que Chris Webb avait transmis à Cholmondley, et le commentait ainsi :

Mauvais destinataire.

Ollie vérifia que les deux e-mails avaient été correctement envoyés. Comment avaient-ils pu être mal distribués ?

Il appela Chris Webb pour lui raconter ce qui s'était passé.

— Impossible, répliqua celui-ci. Sachant à quel point la situation était délicate, j'ai vérifié plusieurs fois. Il est impossible que ces messages soient parvenus à la mauvaise personne.

— Moi aussi, j'ai vérifié. Ça peut sembler impossible, mais c'est pourtant ce qui s'est produit.

— Impossible, répéta-t-il. Attends une seconde.

Ollie l'entendit taper sur son clavier. Puis Webb reprit son téléphone :

— Tu es toujours là ?

— Oui, répondit Ollie.

— Je me suis mis en copie cachée des deux messages. Les deux ont bien été transmis à la bonne personne. Il est impossible qu'ils aient reçu chacun l'e-mail de l'autre.

— C'est pourtant le cas, Chris. Comment est-ce que tu expliques cela ?

— Je ne l'explique pas. Peut-être que le problème provient de ton carnet d'adresses, ou alors…

— Ou alors quoi ?

— Tu sais ce que je vais te dire, n'est-ce pas ?

51

Lundi 21 septembre

Les chiffres verts du radio-réveil indiquaient 03 : 10.
Ollie avait à peine fermé l'œil jusqu'à présent, à part
quand il avait rêvé qu'il se trouvait dans la maison
de Bob Manthorpe. Dehors, c'était le déluge, la pluie
cognait contre les carreaux, accompagnée d'un courant
d'air froid. Les journaux du dimanche gisaient sur le
sol, à côté du lit. Personne ne les avait lus. Dans la
soirée, il avait été incapable de se concentrer sur quoi
que ce soit, n'arrêtant pas de penser aux silhouettes
entraperçues pendant le déjeuner, près de l'escalier,
et à celles que Caro et lui avaient vues derrière la
mystérieuse fenêtre.

Cette fenêtre à laquelle ne correspondait aucune
pièce.

Une pièce où on ne pouvait pas entrer, dont on ne
pouvait pas sortir.

Dans son rêve, il se trouvait dans le salon de l'ancien
pasteur, à observer un rond de fumée. Ils avaient la
même conversation que celle de jeudi, soit trois jours

auparavant. Trois jours qui auraient pu tout aussi bien être un mois.

— *Il avait retrouvé des lettres, des journaux intimes et toutes sortes de documents de cette époque. Au pub, il racontait à qui voulait bien l'écouter que la femme de Brangwyn était restée dans la maison.*

— *Dans la maison fermée ?*

— *Ou enterrée quelque part sur le terrain. Je ne pense pas qu'ils avaient, à cette époque, les outils de détection d'aujourd'hui. Si c'est vrai, il serait parti pendant des années, aurait rouvert la maison et commencé une nouvelle vie avec une seconde épouse. Selon les ragots, l'esprit de sa première femme n'était pas emballé par ce scénario... Et elle n'aimait pas que les gens quittent sa maison.*

Ollie entendit son cœur battre dans sa poitrine. Une pulsation légèrement irrégulière, qui le mettait mal à l'aise. Cette pièce secrète... Matilda De Glossope, née Warre-Spence, se trouvait-elle à l'intérieur ?

Il entendit soudain un craquement. Puis quelque chose d'humide et de moisi tomba sur le lit, constellant son visage de gouttes malodorantes. Il s'assit d'un seul coup, cria et repoussa de ses deux mains la matière qui continuait à tomber sur lui.

— Ollie ! Qu'est-ce qui se passe ? Qu'est-ce qui se passe ? hurla Caro en se débattant, elle aussi.

On aurait dit du papier. Du papier détrempé. Ollie roula sur le côté et chuta du lit. Caro continua à lutter en criant. Il se releva, trouva l'interrupteur et alluma la lumière. Caro essayait de se dépêtrer de l'immense lé de papier peint floqué rouge qui s'était affalé sur eux, laissant sur le mur une trace brune qui ressemblait à une cicatrice. Il attrapa l'un des côtés et la libéra.

Caro, les yeux écarquillés, était dans l'incapacité de comprendre ce qui venait d'arriver.

— Mon Dieu ! Qu'est-ce que c'était que ça encore ?

Alors qu'elle regardait autour d'elle, terrifiée, il y eut un nouveau craquement. Le haut d'une large bande de papier mural venait de se détacher. Ollie s'élança pour essayer de l'empêcher de tomber. Il s'aperçut alors que la surface était mouillée. À la fois affolé et déconcerté, il fixa les murs et constata qu'ils étaient tous brillants d'humidité.

Un autre coin se décolla en se repliant sur lui-même.

Caro hurla et sauta du lit. Elle courut vers Ollie et s'agrippa à lui, terrorisée.

— Qu'est-ce qui se passe, nom de Dieu ?

— Ça doit être une nouvelle fuite, dit-il avec un sentiment de grande impuissance.

— Un autre ceci, un autre cela. J'ai failli mourir électrocutée sous la douche et maintenant étouffée sous du papier peint. Cet endroit est dangereux. C'est quoi, la prochaine tuile ?

— On va s'en sortir, ma chérie.

— J'en peux plus, Ollie, de ces...

Elle fut interrompue par un bruit menaçant, dont Ollie n'arriva pas à identifier l'origine. Tout le papier peint allait-il se détacher ?

— On ne peut pas dormir ici. J'ai peur que ça continue comme ça toute la nuit. Et demain j'enchaîne les réunions.

— Je pense qu'on devrait s'installer sur les canapés, concéda Ollie. Moi aussi, j'ai une journée chargée, il faut qu'on dorme.

Cependant, dix minutes plus tard, allongé sur un canapé un peu trop court pour lui, il ne pensait qu'à une chose : les e-mails. Il était impossible que Chris et lui se soient trompés de destinataires.

Plus il retournait le problème dans son esprit, plus il était certain de ne pas avoir commis d'erreur. Mais, dans le même temps, il s'interrogeait : son esprit lui jouait-il des tours ? Il avait l'impression que, depuis qu'ils avaient emménagé là, quelqu'un avait pris le contrôle de ses pensées aussi facilement que Chris Webb, à cinquante kilomètres de distance, pouvait prendre le contrôle de son ordinateur grâce à un simple software.

Quelqu'un ou quelque chose s'emparait-il de son esprit à distance ? Était-ce pour cela qu'il voyait, sur des écrans, des messages qui n'existaient pas ? Qu'il avait l'impression de tomber dans des failles spatio-temporelles ? Qu'il voyait les murs se fissurer et se réparer comme par magie ? Et que les papiers peints se décollaient ?

Caro semblait enfin endormie. Immobile, pour ne pas la déranger, il essayait lui aussi de trouver le sommeil, tout en pensant à la journée du lendemain. Il avait été surpris que Cholmondley accepte de le rencontrer. Ils s'étaient donné rendez-vous dans son show-room, au nord de Londres. Ollie se mettrait en route juste après avoir déposé Jade à l'école.

Il avait mal à la tête, l'impression qu'elle était prise en étau. Sans compter des douleurs au ventre et aux dents. Comme quand il était petit, il gardait les yeux fermés par peur de ce qu'il verrait en les ouvrant.

Cette maison, qui aurait dû être leur paradis, était devenue un cauchemar dont il n'arrivait pas à se réveiller.

Et tout était sa faute, il en était bien conscient. Caro aurait été heureuse de passer sa vie dans une maison modeste à Brighton, à l'instar de ses parents. C'était lui l'ambitieux, l'arriviste, qui l'avait persuadée de faire ce pari sur l'avenir en emménageant ici. À présent, il n'était plus sûr de rien, pas même de l'état de sa santé mentale.

Il voyait des ombres bouger, des pasteurs arriver avant l'heure, des enfants absents nourrir des canards, des visages derrière des fenêtres, des fissures se refermer toutes seules et une fenêtre qui n'appartenait à aucune pièce.

Lui qui avait toujours été en pleine forme s'essoufflait désormais au moindre effort. C'était cela qui l'effrayait le plus. Il envisagea de prendre rendez-vous pour un check-up. Pouvait-il avoir une tumeur au cerveau ?

Régulièrement, il ouvrait les yeux pour regarder l'heure au radio-réveil. Le temps passait avec une lenteur atroce.

04 : 17

04 : 22

04 : 41

Soudain, il entendit un clic et se raidit.

— Maman ? Papa ? dit Jade en chuchotant, la voix empreinte d'inquiétude.

— Qu'est-ce qu'il y a, ma chérie ? fit-il à voix basse.

— Il y a un homme dans ma chambre. Il n'arrête pas de répéter qu'il est mon père.

Ollie alluma la lampe qui se trouvait au bout du canapé et vit sa fille, dans un long tee-shirt beige, l'air hagard.

— Hum ? gémit Caro.

— Tout va bien, chérie, murmura-t-il.

— Il dit qu'il est mon père. J'ai très peur. Je n'arrive pas à dormir, Papa.

Ollie se leva et, en boxer et tee-shirt, la serra dans ses bras.

— Reste ici avec nous, ma puce. Tu peux dormir sur le sofa avec ta maman. Raconte-moi cette histoire du monsieur dans ta chambre.

— Il vient toutes les nuits.

— Toutes les nuits ?

Elle acquiesça.

— Mais d'habitude il ne parle pas.

— Pourquoi tu ne m'as rien dit ? À quoi est-ce qu'il ressemble ?

— Il te ressemble, Papa. Je pensais que c'était toi. Il dit qu'on aurait tous dû partir, mais que maintenant c'était trop tard.

Il la prit de nouveau dans ses bras.

— C'est ce que tu penses, toi aussi ?

Jade secoua la tête.

— Non. Moi, j'aime bien vivre ici. C'est chez nous, maintenant.

— On est d'accord, n'est-ce pas ?

— On est chez nous.

Quelques secondes plus tard, elle s'endormit debout, contre lui.

Il l'allongea sur le sofa à côté de Caro, qui, dans son sommeil, tira la couette sur sa fille et passa un bras autour d'elle pour la protéger.

Ollie retourna sur l'autre canapé, lumière allumée, et écouta sa femme et sa fille qui dormaient. Il s'en voulait de les avoir attirées dans ce guet-apens.

Dans cette maison hantée.

Bruce Kaplan n'avait pas de souci avec les fantômes. Avec un peu de chance, demain soir, eux n'auraient plus de problèmes non plus. Leur maison ne serait plus hantée. Grâce à Benedict Cutler, Lady Matilda reposerait en paix. Et eux pourraient reprendre le cours de leur vie. Tout allait bien se dérouler. Vraiment. Les exorcismes n'avaient peut-être pas fonctionné dans le passé, mais le passé est un autre pays, n'est-ce pas ? Aujourd'hui, en 2015, *ça allait le faire*, comme aurait dit Jade.

Et c'était la maison de leurs rêves. Les rêves, on ne les abandonne pas. Trop de gens vivent sans les réaliser. Lui ne tomberait pas dans ce piège-là. La vie n'est pas un long fleuve tranquille, mais quand on sait saisir les bonnes occasions, elle réserve son lot de belles surprises.

Il ne fallait pas qu'il capitule. Il ferait en sorte que Jade et Caro soient heureuses et en sécurité d'une façon ou d'une autre. Et ça commencerait demain. Il écouta la respiration de sa fille et de sa femme, les deux personnes qui comptaient le plus au monde pour lui.

Les deux personnes pour lesquelles il était prêt à mourir.

52

Lundi 21 septembre

Le trafic pour entrer dans Londres, en ce lundi matin, était catastrophique. La M25 et Edgware Road étant embouteillées, il était presque midi quand Ollie arriva enfin au show-room de Charles Cholmondley, situé dans le quartier chic de Maida Vale.

En se garant sur le parking réservé aux visiteurs, dont l'accès était protégé par des cordages en velours, il admira, envieux, les véhicules en vitrine. Une Ferrari des années 1970, une Bugatti Veyron, une Bentley Continental Fastback des années 1950, une Aston Martin DB4 Volante et une Rolls-Royce Silver Cloud des années 1960 étincelaient comme si elles avaient passé leur vie enveloppées dans de la soie et n'avaient jamais touché l'asphalte.

Sur le trajet, il avait réussi à joindre le chef de chantier pour lui demander de faire grimper quelqu'un pour voir ce qui se trouvait derrière cette petite fenêtre, entre la chambre bleue et la chambre jaune, et il avait laissé un message au plombier pour qu'il enquête sur cette soudaine humidité des murs de leur chambre. Puis passé vingt minutes à essayer de calmer Bhattacharya. Il n'était pas sûr d'avoir réussi, mais le restaurateur avait admis l'éventualité d'un hacker malveillant, qui ne lui en voulait pas, mais quelqu'un qui plutôt en voulait à Ollie. Prendrait-il le risque de s'exposer à la colère d'un ancien client de Ollie ? Il allait réfléchir.

Dans le bureau lambrissé de Cholmondley, décoré de voitures de collection miniatures et de posters encadrés de publicités vintage pour des grosses cylindrées, avec vue sur le show-room, la discussion ne se passa pas aussi bien qu'Ollie l'avait espéré. Le revendeur avait tout du charmeur fourbe. À grand renfort d'effets de manches, il lui expliqua point par point pourquoi il n'allait pas régler sa facture. Cependant, si Ollie acceptait de renoncer à ce paiement, en lieu et place de dommages et intérêts, il était prêt, possiblement, à refaire appel à ses services dans l'avenir.

Ollie quitta son client peu après 13 heures. Celui-ci ne lui ayant offert ni thé, ni café, ni même un verre d'eau, il avait la gorge sèche. Il n'avait presque rien mangé la veille, et n'avait réussi à avaler que deux cuillerées de céréales au petit déjeuner. Son estomac gargouillait, il avait les nerfs à vif et commençait à faire un malaise hypoglycémique.

Il s'arrêta à une station-service, fit le plein de diesel, puis acheta un sandwich au jambon, un KitKat et un Coca-Cola. Il retourna à sa voiture et mangea, tout en écoutant les informations à la radio.

La circulation était toujours dense, mais moins que dans la matinée. La pluie ne facilitait pas les choses.

Il allait arriver juste à temps à l'école de Jade. Il décida d'ignorer l'itinéraire conseillé par le GPS, car il aurait alors dix minutes de retard, et de couper à travers Little Venice, White City et Hammersmith, et de traverser la Tamise dans ce quartier-là.

Son téléphone sonna soudain. C'était Bryan Barker.

— Désolé de ne pas vous avoir rappelé hier, je suis allé voir ma sœur dans le Kent et j'avais oublié mon portable chez moi. Vous avez passé un bon week-end ?

— J'ai connu mieux.

— J'aimerais bien vous annoncer une bonne nouvelle pour vous remonter le moral, mais au fur et à mesure qu'on avance dans les travaux, on rencontre de nouveaux problèmes.

— Il s'agit de quoi, cette fois ?

— Il y a des fissures inquiétantes à la base de la tour, sous votre bureau. On ne s'en est rendu compte qu'en grattant le crépi.

— Et elles sont dues à quoi ?

— Eh bien, peut-être à de légers mouvements de terrain, des changements au niveau des nappes phréatiques, un assèchement du sol ou un affaissement.

— Un affaissement ? s'exclama Ollie, conscient que cela serait synonyme de dépenses exorbitantes. Pourquoi est-ce que ça ne figurait pas dans le dossier de vente ?

— J'ai le rapport sous les yeux, justement. Il est fait état de possibles mouvements, mais l'inspection n'était pas envisageable sans gratter le crépi. Il est indiqué que vous en avez été informé, et que vous n'avez pas souhaité plus d'informations.

— Super, lâcha Ollie, amer. Ça ne s'arrêtera donc jamais.

— Vous auriez dû vous acheter une jolie petite maison toute neuve, si c'est la simplicité que vous vouliez ! plaisanta Barker.

— Ouais, c'est ça.

Ollie se concentra quelques secondes sur la route. Il connaissait bien ce coin de Londres. Il avait effectué son tout premier job dans une petite société informatique du côté de Ladbroke Grove, à la lisière avec Notting Hill, et avait pris l'habitude de se déplacer à vélo. Il suivit le canal sur sa droite.

— Oh, et il y a autre chose, se souvint Barker. La fenêtre que vous nous avez demandé de regarder. Il y a un problème.

— Lequel ?

— Je suis monté ce matin – on a mis deux échelles bout à bout. Il y a des barreaux qui bloquent la vue.

— Des barreaux ? Comme dans une prison ?

— Exactement.

— Donc il y a une pièce ?

— J'en sais rien. Il faudrait qu'on les scie ou qu'on abatte un mur.

— Vous serez là jusqu'à quelle heure, aujourd'hui ?

— Il faut que je parte tôt. J'ai une visite de chantier et c'est l'anniversaire de Jasmin. Je vais me faire taper sur les doigts si je suis en retard !

— J'ai demandé au plombier de s'en occuper, mais vous pourriez jeter un coup d'œil à notre chambre ? On a un gros problème d'humidité.

— D'accord. Vous serez là demain matin ?

— Oui, je prévois de travailler de chez moi toute la journée.

Ollie raccrocha et continua sa route, plongé dans ses pensées.

Il avait avancé sur un sujet : Cholmondley. Il allait accepter sa fichue proposition, en espérant se faire un nom parmi les revendeurs de voitures de collection. Même si cela allait lui être très difficile de regagner la confiance de ceux qui se trouvaient en copie du message malveillant… Avec un peu de chance, Bhattacharya ne résilierait pas son contrat. Et ce soir, ils avaient rendez-vous avec Benedict Cutler et le pasteur.

Il avait un bon pressentiment.

Fortinbrass lui avait semblé très humain, sérieux et fiable. Avec Benedict Cutler, ils les aideraient à se débarrasser de cet esprit malveillant. On était en 2015, nom de Dieu ! Les fantômes avaient peut-être terrifié les populations dans le passé, mais plus aujourd'hui. L'heure de vérité avait sonné pour les hôtes indésirables de la maison de Cold Hill.

Cette idée le fit sourire. Au niveau de l'aéroport de Gatwick, sur la M23, il n'était plus qu'à vingt-cinq minutes de l'école de Jade, selon le GPS. Il arriverait avec dix minutes d'avance sur l'heure de la sortie. Il se pencha pour allumer la radio. L'après-midi, il aimait bien écouter l'émission d'Allison Ferns, sur Radio Sussex.

Il monta légèrement le volume pour écouter les informations de 15 heures. Le présentateur annonça d'une voix neutre, avec un accent britannique distingué, qu'à la suite d'une action menée par des grévistes à Calais, le trafic de l'Eurostar était de nouveau perturbé. Des frappes aériennes avaient été effectuées contre un bastion de Daech. Un médecin généraliste remettait en question l'efficacité des vaccins contre la grippe. Puis Ollie se raidit soudain :

« Les deux personnes décédées aujourd'hui des suites d'une collision frontale entre leur Golf Volkswagen et un camion, sur la B2112 entre Haywards Heath et Ardingly, sont Caroline Harcourt, avocate de Brighton, et sa fille Jade. »

53

Lundi 21 septembre

Ollie braqua sur la voie d'arrêt d'urgence, écrasa la pédale de frein et alluma les feux de détresse. Il pleuvait toujours à verse. Il était trempé de sueur et son corps entier battait au rythme de son cœur. Un camion, qui frôla le rétroviseur en passant à toute allure, secoua la Range Rover. Ollie enfonça la touche qui composait directement le numéro de Caro.

Il entendit une sonnerie, deux, puis trois.

— Décroche, je t'en prie, décroche, ma chérie.

C'est avec un soulagement immense qu'il entendit sa voix, malgré le ton professionnel qu'elle prenait quand elle était au travail.

— Ollie, je suis avec un client. Je peux te rappeler plus tard ?

— Tout va bien ? haleta-t-il.

— Oui, très bien, merci. Je t'appelle dans une demi-heure environ.

— Jade n'est pas avec toi ?

— Je pensais que c'était toi qui allais la chercher à l'école.

— Oui, en effet. Rappelle-moi quand tu peux.

Un autre camion passa à quelques centimètres de la voiture.

Avait-il rêvé ? Ça devait être ça. À moins qu'il ne s'agisse de nouveau d'une faille spatio-temporelle, songea-t-il, terrorisé. Venait-il de vivre quelque chose qui n'avait pas encore eu lieu ? Était-ce une nouvelle preuve qu'il devenait fou ?

Pendant quelques jours, tant qu'il ne serait pas certain qu'il avait imaginé cette scène, il ne laisserait pas Caro conduire la Golf ni emmener Jade où que ce soit.

Il vérifia dans le rétroviseur que la voie était libre, accéléra et reprit sa place dans le trafic. Il tremblait toujours de façon incontrôlable et suait à grosses gouttes.

Il ne se détendit que lorsqu'il vit Jade franchir le portail de l'école, sac sur le dos, discutant joyeusement avec un groupe d'amies. Elle se dirigea vers lui et monta dans la voiture.

— Tu as passé une bonne journée, ma puce ?

Elle haussa les épaules et boucla sa ceinture de sécurité.

— M. Simpson nous a soûlés.

— Ton prof de musique ? Je croyais que tu l'aimais bien.

— Oui, mais parfois, il est super lourd !

Il sourit, mais à l'intérieur de lui, une tempête faisait rage.

Quand ils arrivèrent chez eux, peu avant 16 heures, la pluie s'était transformée en bruine. Le seul véhicule garé devant la maison était la camionnette noire du plombier. Jade grimpa dans sa chambre et Michael Maguire sortit de la cuisine, le visage tout crasseux.

— Lord Harcourt ! le salua-t-il.

— Quelles sont vos conclusions à propos des murs de la chambre, Mike ?

— C'est un mystère, répondit l'ouvrier en secouant la tête.

— Mais ils sont trempés, pas vrai ? D'où vient l'humidité ? Des combles ?

— Ils sont très légèrement humides, mais j'imagine que c'était suffisant pour décoller le vieux papier peint.

— Très légèrement ? Ils étaient trempés cette nuit. On a dû dormir dans les canapés du salon.

Le plombier sembla stupéfait.

— Vous voulez qu'on regarde ensemble ?

Ollie le suivit dans l'escalier, puis dans la chambre.

Il posa sa main à plat contre chaque lé de papier peint, ainsi que sur les parties dénudées. Maguire avait raison. Les murs étaient quasiment secs.

— Je ne comprends pas. Ils ne peuvent pas avoir séché dans la journée, d'autant qu'il a plu des cordes.

— J'ai discuté avec Bryan Barker. Il a un appareil pour mesurer l'humidité, on va faire quelques vérifications demain, si j'ai le temps. La journée s'annonce chargée. Votre nouveau chauffe-eau arrive dans la matinée. Vous n'aurez pas d'eau chaude pendant quelques heures, mais je m'arrangerai pour que tout fonctionne dans la soirée.

— Vous avez une masse ? lui demanda soudain Ollie.

— Une masse ? répéta Maguire, surpris.

— Oui.

— Vous avez envie d'assommer quelqu'un ?

— On peut dire ça comme ça, dit Ollie en esquissant un sourire.

— J'en ai vu une quelque part… dans la cave, je crois, indiqua le plombier en fronçant les sourcils.

— Parfait. Merci.

Ollie observa les deux endroits où les papiers peints étaient tombés et ceux où ils avaient commencé à se décoller. Il fit le tour de la pièce, comme il l'avait fait au milieu de la nuit, en posant sa paume contre le mur.

Maguire disait vrai : l'humidité avait presque complètement disparu.

Comment ?

Mais il avait un souci plus important. Il s'assit au bord du lit, sortit son téléphone et chargea la page de *L'Argus* en ligne, qui relayait les dernières infos du Sussex. Il fit une recherche avec le mot-clé « circulation ». Un accident impliquant trois voitures avait eu lieu sur l'A27 au niveau de Southwick une heure plus tôt. Un piéton était dans un état critique après avoir été renversé par une camionnette près de la tour de l'Horloge, dans le centre de Brighton, vers midi. Un homme âgé avait dû être extrait de son véhicule qui s'était retourné sur l'A23, au niveau de l'intersection vers Gatwick.

Aucun mort à déplorer. Aucune collision avec un camion. Aucune mère tuée avec sa fille.

Était-ce son esprit qui lui jouait des tours ? Les deux chats, Bombay et Sapphire, arrivèrent dans la pièce et se frottèrent à tour de rôle contre sa jambe. Il les caressa, retira son costume pour enfiler un jean, un pull et des baskets, puis descendit dans la cuisine. Il avait très envie de boire.

Il s'était fixé comme règle de ne jamais consommer d'alcool avant 18 heures, sauf un verre de vin, de temps en temps, au déjeuner. Mais aujourd'hui, il attrapa une bouteille de whisky sur l'étagère, dévissa le bouchon et but à même le goulot. La brûlure féroce dans sa gorge et dans son ventre l'aida à positiver. Il avala une deuxième gorgée, referma la bouteille et la reposa sur l'étagère. Puis il descendit à la cave.

Les ouvriers de Barker avaient bien avancé. Les briques étaient visibles à plusieurs endroits. Contre un des murs soutenus par des étais, il remarqua une grosse boîte à outils, une disqueuse, une perceuse, et par terre, une masse avec un long manche en bois.

Il souleva l'outil et le monta au premier étage. Comme d'habitude, la musique était à fond dans la chambre de Jade.

Bien, se dit-il. Avec un peu de chance, elle ne l'entendrait pas ou penserait que c'étaient les ouvriers.

Il entra dans la chambre bleue, se dirigea vers le mur de droite et donna un coup de masse. Sa frappe fit un bruit sourd, du plâtre se détacha, mais il ne réussit à faire qu'une modeste brèche. Il recommença plusieurs fois et le trou s'agrandit peu à peu.

Soudain, la tête de la masse s'enfonça dans le mur. Il la retira et frappa de nouveau. Des briques rouges apparurent. C'est alors qu'il sentit que quelqu'un se trouvait derrière lui, dans la pièce. Il se retourna. Personne.

— Fous-moi la paix ! cria-t-il.

Il cogna à plusieurs reprises. L'ouverture devenait de plus en plus large, tandis que des morceaux de briques s'amoncelaient au sol.

Dix minutes plus tard, trempé de sueur et hors d'haleine, il décida que la cavité était tout juste assez grande pour qu'il puisse s'y glisser.

Le cœur battant, il s'approcha, s'agenouilla et jeta un coup d'œil. Il sentit une odeur rance de vieux bois et d'humidité. Mais il faisait trop sombre pour qu'il distingue quoi que ce soit. Il alluma la torche de son téléphone et projeta le faisceau à l'intérieur.

Un frisson le parcourut.

C'était une pièce minuscule, de moins de deux mètres de large. Une ancienne chambre d'amis ? Elle était complètement vide. À part ce qui se trouvait contre le mur du fond. Il fut pris de tremblements.

Merde ! Non, pas ça !

Une chaîne rouillée était fixée au mur. Une paire de menottes était attachée à cette chaîne. Des os maintenus ensemble par des tendons noircis pendaient aux menottes. Quelques doigts, une main, un poignet.

Les ossements de la personne qui avait été emprisonnée là, y compris son crâne, étaient éparpillés sur le sol. Il remarqua les haillons d'une robe bleue et d'autres vêtements, une paire de chaussures en soie jaune à boucles en or et un éventail poussiéreux.

Sous le choc, il ne pouvait détacher son regard du squelette. Il identifia les jambes, les bras et la cage thoracique. Le crâne lui souriait.

Soudain, il fut parcouru d'un courant électrique. Ses poils se dressèrent et il eut l'impression que des milliards d'ongles lui lacéraient la peau.

Puis il ressentit un coup violent dans le bas du dos.

54

Lundi 21 septembre

— Merde ! hurla-t-il en se cognant la tête contre le haut du trou, au moment de se reculer.

Sa fille se trouvait juste derrière lui.

— Tu m'as foutu la trouille, Jade !

— Qu'est-ce que tu fais, Papa ?

— Je... J'essaie juste de... de voir où sont les câbles électriques dans cette maison.

— Je peux regarder ?

— Il n'y a rien à voir. Retourne faire tes devoirs, ma puce. Excuse-moi si je t'ai dérangée.

Il passa un bras autour de ses épaules et la serra fort. Elle lui sembla incroyablement fragile. Après le choc qu'il avait eu cet après-midi, il était heureux de pouvoir la toucher, de sentir son odeur, d'entendre son adorable voix innocente. Heureux qu'elle soit en vie.

— J'ai de la géo à faire, Papa. Tu t'y connais en plaques tectoniques ?

— Sans doute moins que toi, pourquoi ?

— Pour mes devoirs.

— D'après ce qu'on dit, elles se déplacent.

— On pourrait aller en Islande ? Il y a un rift, là-bas. On peut marcher le long, j'ai lu des trucs cool et j'ai vu des photos trop belles !

— En Islande ? Bien sûr. Quand est-ce que tu veux partir ? Dans une demi-heure ?

— Papa, tu me fatigues parfois, tu sais ça ?

Ollie attendit qu'elle soit repartie dans sa chambre.

Toujours fébrile, il lui fallut plusieurs minutes avant d'avoir le courage de regarder une nouvelle fois par le trou. Était-ce Lady De Glossope, née Matilda Warre-Spence ?

Avait-il enfin, deux siècles et demi plus tard, percé le mystère de sa disparition ? Son mari lui avait-il réservé ce sort ? Avait-il dépensé toute sa fortune avant de la menotter à ce crochet, de l'emmurer, la laisser mourir et se décomposer tandis qu'il marivaudait de par le monde avec sa maîtresse ?

Était-ce pour cela que Sir Brangwyn De Glossope avait gardé sa maison fermée pendant trois ans ? Le temps aussi que les rats se régalent et que le corps soit réduit à néant ?

Était-ce le fantôme de cette femme ou son esprit, quel que soit le nom qu'on lui donne, qui causait tous ces problèmes ? Avait-elle, de rage, jeté un sort sur cette maison ?

De nouveau, il eut la sensation d'être parcouru par un courant électrique et sentit une présence derrière lui. Il se retourna. Personne, mais il avait l'impression que quelqu'un le narguait. Il s'éloigna du trou en titubant.

Bon Dieu ! Ils cohabitaient avec ce cadavre depuis leur arrivée.

Qu'allait-il dire à Caro ? Comment annonce-t-on ce genre de nouvelle ?

Dans moins de deux heures, les pasteurs seraient là et identifieraient ce qui se passait réellement.

Il était conscient qu'il aurait dû appeler la police, mais, après leur dernière visite, il n'en avait pas vraiment envie.

Il sortit de la pièce, claqua la porte et tenta de retrouver un semblant d'équilibre.

Merde, merde, merde.

Il descendit dans la cuisine, s'assit à la grande table et, incapable de contrôler ses tremblements, feuilleta le magazine *Sussex Life*, qui avait dû être livré avec les journaux du matin, pour essayer de se calmer.

Il s'attarda sur les maisons à vendre, décrites dans le style hyperbolique des agents immobiliers. Certaines expressions auraient très bien pu s'appliquer à leur manoir.

Propriété historique imposante nécessitant travaux de rénovation.

Magnifique maison de famille en périphérie d'un village, dans un paysage de campagne à couper le souffle.

Spectaculaire maison de campagne avec poutres apparentes.

Superbe manoir de style georgien.

Toutes ces propriétés étaient-elles vendues avec un fantôme ?

Des spectres dont la mission était de foutre en l'air la vie des occupants ?

Il vit une ombre bouger.

Il leva les yeux, effrayé. Puis il se détendit. C'était Caro.

— Chérie, tu rentres tôt ! dit-il en se levant.

— Tu n'as pas eu mon message ?

— Quel message ?

— Je t'ai rappelé, mais tu n'as pas décroché. Je t'ai aussi envoyé un texto. Mon dernier client de la journée a annulé, j'ai décidé de rentrer plus tôt.

Elle esquissa un sourire vulnérable.

— Pour accueillir nos visiteurs. Ranger un peu et préparer de quoi grignoter. Comment s'est passé ton rendez-vous ?

— Ça a été.

— Ça valait le déplacement ?

— Pour me donner envie d'acheter une belle bagnole, oui. Tu aurais dû voir son show-room. Il est incroyable. Il a des voitures qui me font littéralement baver.

— Tu risques de baver longtemps. Et ici, comment ça se passe ?

— Tout va bien.

Il cherchait comment lui annoncer la présence d'un squelette sans la faire paniquer.

— Je vais monter voir Jade. Elle a passé une bonne journée à l'école ?

— Je crois. Elle m'a juste dit qu'elle en avait marre de son prof de musique.

— Je croyais qu'elle l'aimait bien.

— Moi aussi.

Caro fit une pause.

— Où est-ce qu'on va les recevoir, le chasseur de fantôme et son pote ? Ici ou dans le salon ?

— Je dirais ici. Il fait bon dans la cuisine. À moins que tu ne veuilles que j'allume la cheminée…

— Non, ici, c'est parfait.

Elle le dévisagea soudain.

— Qu'est-ce que tu as fait ? Tu es couvert de poussière.

— Rien, j'ai juste passé un peu de temps avec les ouvriers dans la cave.

— Comment tu te sens, Ollie ?

— Comment je me sens ?

— Oui.

— Bien.

— Tu n'en as pas l'air.

Tu n'aurais pas l'air très en forme non plus si tu venais juste de découvrir un squelette menotté derrière un mur, faillit-il répliquer.

Mais il se contenta de lui répondre :

— J'ai juste hâte que les pasteurs débarquent. J'ai un bon pressentiment.

Il profiterait peut-être de leur présence pour informer Caro de l'existence d'ossements.

— J'aimerais bien partager ton optimisme, mais en ce moment, je n'ai aucun bon pressentiment, dit-elle d'une voix triste. Je vais aller me changer, et tu devrais en faire autant, on dirait que tu reviens d'un chantier.

— C'est le cas !

— D'accord, mais je pense que ce serait plus poli d'avoir une tenue un peu plus correcte.

— Tout va bien se passer, ma chérie.

Caro garda le silence avant de déclarer :

— Je pense qu'on ne devrait pas rester ici un jour de plus, Ollie. Ma mère m'a dit qu'on pouvait s'installer chez eux jusqu'à ce que les problèmes d'humidité soient réglés. C'est une bonne idée, non ? On ne peut pas continuer comme ça.

Ollie avait déjà vécu plusieurs mois avec ses beaux-parents, cinq ans auparavant, pendant les travaux de rénovation de leur maison de Carlisle Road. Après trois jours, il avait eu des envies de meurtre sur son beau-père. Et au bout de cinq, il aurait bien liquidé sa belle-mère aussi.

— On est en train de s'en occuper, Caro.

— Oui, et quand ce sera fini, on reviendra.

— Il faut que je sois sur place pour superviser les ouvriers.

— Pas de souci, tu peux faire des allers-retours. On emménagera au sous-sol. Jade aura sa propre chambre. On sera au sec et en sécurité.

Tes parents me rendront dingue, songea Ollie.

— Et si on en discutait après le passage des pasteurs ?

— D'accord, concéda-t-elle à contrecœur. Mais je ne suis pas totalement convaincue. Peut-être qu'ils nous débarrasseront des fantômes, mais je doute qu'ils aient une solution pour l'humidité des murs et les papiers peints qui se décollent.

— Si Dieu a réussi à traverser la mer Rouge, je ne pense pas que quelques gouttelettes lui poseront problème, plaisanta Ollie.

— Attendons de voir, dit-elle en esquissant un sourire.

Plus apaisé depuis que Caro était rentrée, Ollie monta à l'étage, se nettoya le visage, chassa la poussière de ses cheveux et enfila des habits propres. Puis il décida d'aller répondre à ses e-mails avant que les deux

hommes d'Église arrivent, dans une heure et demie.
Il s'installa devant son ordinateur et se connecta, sans trop savoir sur quoi il tomberait.

Son iPhone lui indiqua l'arrivée d'un SMS.

**CHAPI ET CHAPO SONT EN ROUTE ! DU MOINS,
C'EST CE QUE TU CROIS. ILS SONT MORTS.
VOUS ÊTES TOUS MORTS.**

Et, comme chaque fois, les mots disparurent dans la seconde.

55

Lundi 21 septembre

Ollie fixa son téléphone, désespéré. Le texte avait disparu.

Oui, les deux pasteurs étaient en route, et ils allaient les aider à se sortir de ce merdier, mais comment la personne qui lui envoyait ces messages le savait-elle ? Certains hackers parvenaient à accéder aux téléphones et aux ordinateurs. Était-ce l'origine de toutes ces mauvaises plaisanteries ?

Pressé qu'ils arrivent, il essaya de se concentrer sur l'e-mail qu'il voulait envoyer aux revendeurs de voitures de collection qui s'étaient retrouvés en copie de la missive incendiaire que Cholmondley avait reçue, afin de s'excuser et d'expliquer ce qui s'était passé. Il accusa réception du message d'un cabinet en droit pénal de Brighton qui cherchait à mettre à jour son site – l'un des partenaires de Caro leur avait donné son contact. Il était incapable de leur soumettre une proposition concrète, car il n'arrivait pas à réfléchir. Il avait d'ailleurs du mal à écrire, tant ses mains tremblaient.

Peu après 18 heures, il entendit un bruit métallique au loin, comme deux énormes poubelles s'entrechoquant. Un quart d'heure plus tard, il fut distrait par une sirène. Quand ils habitaient Brighton, celles-ci n'avaient rien d'extraordinaire, mais dans ce coin, elles étaient plutôt rares.

Il l'écouta approcher, puis s'arrêter soudain à proximité de chez eux. Il regarda par la fenêtre en direction de l'allée. Il était 18 h 15 et il commençait déjà à faire sombre. Dans moins d'une heure, le soleil se coucherait. Une deuxième, puis une troisième sirène retentirent. Quelques instants plus tard, il vit des gyrophares glisser à travers les arbres, puis s'immobiliser.

Même s'il ne pouvait pas distinguer le bout du chemin qui menait à leur maison, c'était bien à ce niveau-là que les véhicules d'urgence s'étaient rassemblés. La porte de son bureau s'ouvrit derrière lui. Il se retourna et découvrit Caro, les traits tirés.

— Ollie, il se passe quelque chose. J'espère que ce n'est pas un incendie ou…

— Tu veux que j'aille voir ?

— C'est vraiment pas loin. Juste en bas de chez nous, j'ai l'impression. Il ne faudrait pas que l'accès soit bloqué, pour les pasteurs. Ils auraient dû arriver il y a un quart d'heure, n'est-ce pas ?

Il regarda l'heure à sa montre. Elle avait raison.

— Je prends mon vélo et je vais voir ce qui se passe.

Une nouvelle sirène s'ajouta au vacarme.

— Fais attention !

Il se dépêcha de descendre, traversa l'atrium et fonça vers la remise, où se trouvait son vélo. Il s'élança dans l'allée et longea le champ avec les alpagas, en faisant attention à ne pas coincer le bas de son jean dans la chaîne. Avec la bruine qui lui piquait les yeux, il regrettait de ne pas avoir mis une casquette. En approchant du portail, il vit clairement la ronde des gyrophares.

Il freina et descendit de vélo, abasourdi.

Une dizaine de mètres plus bas, un tracteur était arrêté dans une position étrange. En dessous gisait la carcasse d'une petite voiture violette. Comme si le tracteur et la voiture avaient eu une collision latérale, la pelle ayant embroché le compartiment passager, qui était quasiment aplati. Un ruban rouge écarlate s'élargissait à vue d'œil sur le macadam humide.

C'était le tracteur qu'il avait croisé plusieurs fois, celui du fermier Arthur Fears. Ollie remarqua plusieurs voitures de police, deux ambulances, un camion de pompiers et un groupe de policiers à casquette blanche, dont deux agenouillés près de la voiture violette.

Elle aussi, il la connaissait. Il l'avait vue à deux reprises samedi.

C'était la petite Kia du pasteur Roland Fortinbrass.

— Reculez, monsieur, lui intima une policière.

— Je… je vis là-bas, dit Ollie d'une voix blanche, incapable de détacher son regard du carnage. J'attends de la visite, ajouta-t-il en se demandant pourquoi il venait de dire ça.

— Il faudra qu'ils se garent et qu'ils montent à pied, monsieur. Nous bloquons la route jusqu'à l'arrivée des enquêteurs.

Ollie reconnut la silhouette du fermier, arc-bouté, visiblement abattu, à l'arrière de l'une des voitures de police.

Fortinbrass et Cutler se trouvaient être les victimes. Il le savait. Et il voyait bien, à la façon dont l'habitacle avait été écrasé comme une vulgaire boîte de sardines, que ni l'un ni l'autre ne pouvait être vivant.

Quel connard, ce Fears, songea-t-il. En remarquant le sang ruisseler, il faillit vomir.

Il frissonna.

**CHAPI ET CHAPO SONT EN ROUTE ! DU MOINS,
C'EST CE QUE TU CROIS.
ILS SONT MORTS. VOUS ÊTES TOUS MORTS.**

Le souvenir du message qu'il avait reçu lui glaça le sang.

Que se passait-il ? Était-il responsable de cet accident, d'une façon ou d'une autre ? Son esprit contrôlait-il les événements ?

Il essaya de rationaliser. Il n'y avait aucun doute sur ce qui venait de se produire. Fortinbrass devait être en train de gravir la côte juste avant de tourner à droite vers la maison. Arthur Fears descendait à toute allure, dangereusement comme toujours. Soit le pasteur avait mal jugé la vitesse du tracteur, soit il avait calé. Peu importe.

Il ressentit un profond désespoir. Qu'allait-il faire maintenant ? Retourner à la maison et annoncer à Caro que leur dernier espoir venait d'être anéanti ? Elle aurait besoin d'aide. Ils avaient tous besoin d'aide, mais surtout Caro. Qui pouvait la lui apporter ? Sa mère ? Sa mère saurait être à la hauteur.

Et pourquoi pas Annie Porter ?

Leur voisine comprendrait que Caro soit en état de choc. Elle serait sans doute bouleversée, elle aussi, et il était surpris, avec tout ce boucan, qu'elle ne soit pas encore sortie de chez elle. D'autant plus qu'elle était remontée, se rappelait-il, contre le fermier et sa façon de conduire.

— Je peux passer ? demanda-t-il à la policière.

Elle l'escorta d'un pas rapide de l'autre côté de l'accident. Il regarda une fois de plus derrière lui, horrifié. La vue était en partie bloquée par des pompiers, dont l'un était armé d'un outil pour découper la tôle, et des urgentistes à genoux, qui s'activaient près des fenêtres du véhicule. Certains transmettaient des instructions à voix haute et les talkies-walkies grésillaient.

Il sentit la bile monter dans sa gorge. Il ravala sa salive, sauta sur son vélo et descendit en roue libre jusqu'au portail du Garden Cottage. Il remarqua, interdit, que celui-ci avait été repeint dans un blanc brillant. Il se demanda quand. Sans doute durant le week-end.

Il posa délicatement sa bicyclette contre la barrière et constata que le portail n'était plus branlant, que les charnières avaient été changées. En s'approchant de la porte d'entrée, il nota qu'elle aussi avait été repeinte, dans un bleu marine brillant. Un petit heurtoir en forme de tête de lion avait été installé là où ne se trouvaient, auparavant, que deux pattes en laiton. Elle avait donné un vrai coup de neuf au cottage, songea-t-il en frappant à la porte. Il espérait qu'elle n'avait pas l'intention de vendre et de déménager, car il l'appréciait beaucoup.

Quelques instants plus tard, une femme d'une vingtaine d'années lui ouvrit. Jolie, malgré ses traits tirés, elle tenait dans ses bras un bébé grognon, en body à pois. Une voix masculine appela depuis une autre pièce, dans laquelle la télévision était allumée :

— Mel, c'est qui ?

Ollie s'aperçut soudain que l'intérieur aussi était transformé. Les antiquités d'Annie et les photos de paysages maritimes avaient disparu, remplacées par un miroir doré et trois aquarelles de cricket. La décoration était tellement différente qu'il se demanda, confus, s'il ne s'était pas trompé de maison.

Mais c'était impossible. C'était le seul cottage à trois cents mètres à la ronde.

— Oui ? l'interrogea la jeune femme, légèrement irritée.

Il se rendit compte qu'il observait son hall d'entrée avec insistance.

Était-elle la fille d'Annie Porter, ou sa nièce peut-être ?

Étaient-ils, elle et son mari, chargés de rénover la maison de la vieille dame ?

— Je passais juste dire bonjour à Annie. Elle est là ?

— Annie ?

Il se demanda de nouveau s'il ne s'était pas trompé de maison.

— Oui, Annie Porter.

Elle sembla réfléchir.

— Annie Porter… L'ancienne propriétaire ?

Ollie eut la désagréable sensation que le sol se dérobait.

— Ancienne ? Je suis bien au Garden Cottage, n'est-ce pas ?

La jeune femme le gratifia d'un regard étrange.

— Oui, mais on habite ici depuis près d'un an. On a acheté à un exécuteur testamentaire, à la mort de Mme Porter. Vous ne saviez pas qu'elle était décédée ?

— Décédée ? Ce n'est pas possible !

— Je pense qu'elle est enterrée dans le cimetière du village.

Le cottage se mit à pencher, lui faisant perdre l'équilibre. Il s'appuya contre l'embrasure de la porte pour ne pas tomber.

— Je suis Oliver Harcourt. Avec ma femme, nous habitons un peu plus haut, la maison de Cold Hill. J'ai vu Annie il y a quelques jours seulement. Je ne comprends pas. Je…

Le regard de la jeune femme se fit encore plus suspicieux.

— Kev ! cria-t-elle soudain, légèrement paniquée. Kev !

Un homme visiblement harassé, proche de la trentaine, en tee-shirt et pantalon de jogging gris, apparut derrière elle.

— Qu'est-ce qu'il y a, Mel ?

Elle montra du doigt Ollie.

— Kev, ce monsieur ne veut pas croire que nous habitons ici depuis des mois.

L'homme fronça les sourcils, pencha la tête vers sa femme, puis fixa Ollie droit dans les yeux, en demandant :

— Quel monsieur ?

56

Lundi 21 septembre

La mère qui portait son bébé retourna dans la maison. Ollie l'entendit dire :

— Je te promets qu'il y avait quelqu'un, Kev, je l'ai vu ! Il m'a même dit son nom : Oliver Harcourt. Il habite la grosse propriété, un peu plus haut. La maison de Cold Hill.

— Mel, il n'y avait personne, répliqua son mari.

— Je n'ai pas rêvé !

— C'est peut-être ta dépression post-partum...

Ollie resta immobile quelques instants. Que se passait-il ? Était-il la cible d'une conspiration visant à le rendre fou ? Annie Porter était-elle vraiment morte ?

Impossible.

Je pense qu'elle est enterrée dans le cimetière du village.

Il remonta sur son vélo. Les sirènes s'étaient toutes arrêtées.

Le silence était surnaturel. Seuls quelques oiseaux chantaient, tandis que la nuit tombait. Il se dirigea vers le village. Il avait la tête qui tournait. Il passa devant le cottage habituellement signalé par un panneau « Bed & Breakfast ». Celui-ci avait disparu. Il freina au niveau de l'atelier du forgeron. Ce n'était plus une forge. Une enseigne indiquait qu'il s'agissait désormais d'un salon de thé baptisé Ye Olde Tea Shoppe.

Que s'était-il passé ? Les changements devaient avoir eu lieu ces derniers jours, car il n'avait rien remarqué la semaine précédente.

Tandis qu'il continuait à pédaler, il nota que la façade du pub avait changé. Le design était beaucoup plus épuré, la couleur plus claire – blanche ou beige, difficile à dire avec le peu de lumière –, et le panneau « The Crown » avait été remplacé par une enseigne plus grande, dans une typographie élégante :

Bistrot Tarquin

Il freina fort, au point de bloquer sa roue arrière, et regarda autour de lui, confus. De belles voitures étaient garées sur le parking. L'endroit avait l'air chic et cher.

Il se remit à rouler le plus vite possible, comme si la vitesse pouvait lui permettre de retrouver sa santé mentale. Arrivé à l'entrée de l'église, il descendit de son vélo qu'il posa contre le mur en silex.

Au moment où il franchissait la grille du cimetière, un petit homme austère, veste en tweed et col romain, sortit de l'église et se dirigea vers lui. Quand ils se croisèrent, Ollie lui demanda :

— Excusez-moi, savez-vous où se trouve la tombe d'Annie Porter ?

L'homme d'Église passa sans lui prêter la moindre attention, comme s'il ne l'avait pas vu.

Ollie se retourna.

— Excusez-moi ! Excusez-moi ! cria-t-il.

L'homme arriva au niveau du portique et tourna à gauche dans le presbytère.

Bonjour la politesse, songea Ollie.

Il se souvint que les tombes les plus récentes étaient au fond, derrière l'église. C'était là-bas qu'il avait trouvé la famille O'Hare, et noté encore de la place autour, sans doute pour les sépultures à venir. Il monta la colline à grands pas, heureux de constater que le sprint à vélo et cette marche ne lui coupaient pas les jambes et ne lui compressaient pas la cage thoracique, comme ç'avait été le cas récemment.

En approchant de la grande pierre tombale de la famille O'Hare, il remarqua une rangée supplémentaire de fosses qu'il n'avait pas vues lors de sa précédente visite.

Il éclaira de son application torche les nouvelles sépultures et s'arrêta net.

ANNIE ELIZABETH VIOLET PORTER

16 Mars 1934 – 6 Janvier 2016

ÉPOUSE CHÉRIE D'ANGUS,
CAPITAINE DE CORVETTE
MORT AU COMBAT

2016 ?

Ce n'était pas… pas possible. D'une façon ou d'une autre, dans son cerveau perturbé, il voyait l'avenir ou, du moins, pensait le voir. Mais soudain, il constata que cela ne lui faisait plus rien. Cela ne le dérangeait pas, ça l'intéressait vaguement, comme s'il était conscient de rêver. Il se réveillerait dans quelques instants et tout rentrerait dans l'ordre.

Par curiosité, il s'avança vers la tombe suivante, à peu près de la même taille que celle d'Annie Porter, mais en apparence plus coûteuse, et le marbre blanc semblait plus précieux.

En lisant les inscriptions gravées, il sentit le sol se dérober sous ses pieds, comme s'il se trouvait dans un ascenseur en chute libre.

OLIVER WILLIAM HARCOURT
27 SEPTEMBRE 1975 – 21 SEPTEMBRE 2015

CAROLINE PATRICIA HARCOURT
17 AVRIL 1979 – 21 SEPTEMBRE 2015

JADE HAYLEY EDWINA HARCOURT
24 SEPTEMBRE 2002 – 21 SEPTEMBRE 2015

Impossible, pour lui, de détacher son regard.
Le 21 septembre 2015, c'était aujourd'hui.

57

Lundi 21 septembre

Ollie tourna les talons, traversa le cimetière en courant, franchit le portique, attrapa son vélo et, sans prendre le temps d'allumer les phares, se mit à pédaler aussi vite que possible à travers le village.

En approchant du pub, il constata qu'il était de nouveau comme avant. Légèrement délabré, peu accueillant, avec son enseigne « The Crown ». Le forgeron était là où il avait toujours été et le panneau « Bed & Breakfast » aussi.

Il était de retour dans la normalité.

Mais il tremblait, terrorisé. Il fallait absolument qu'il empêche Caro et Jade de quitter la maison. Ils devaient y passer la nuit et attendre calmement que le jour se lève. Que le 22 septembre arrive. Il voulait être sûr que ce soit juste un rêve, un épisode bizarre qui se jouait dans sa tête, et non pas une faille spatio-temporelle, un voyage dans le futur.

Il avait du mal à pédaler. Il dut s'arrêter, à bout de souffle, trempé de sueur. Il était en train de reprendre sa respiration quand une silhouette se dessina dans l'obscurité. Elle se dirigeait vers lui, pipe au bec. Il reconnut la chevelure blanche et la barbe de Harry Walters.

— Harry ! l'interpella-t-il.

Celui-ci l'ignora, à l'instar de l'homme d'Église un peu plus tôt, comme s'il ne l'avait pas vu. Puis il fit halte un peu plus bas et tourna la tête.

— Vous auriez dû m'écouter. Je vous avais dit de partir quand vous le pouviez encore, espèce d'imbécile.

Et il reprit sa route.

Ollie lâcha son vélo et courut après lui.

— Harry ! Harry !

Avant de s'immobiliser. Harry Walters venait de s'évaporer.

La terreur le glaça.

Il retourna à son vélo. Au moment où il se baissait pour le ramasser, il perçut le moteur d'une grosse voiture approcher à vive allure, pleins phares, et se rangea sur le bas-côté pour la laisser passer même si, la voie étant bloquée à cause de l'accident, elle n'irait sans doute pas très loin.

Alors qu'elle le dépassait, roulant trop vite pour ce type de route, il vit qu'il s'agissait d'une grosse Cadillac Eldorado décapotable des années 1960 volant à gauche. La vitre côté conducteur étant en partie baissée, Ollie entendit la musique qu'ils écoutaient : *Sunny Afternoon*, des Kinks.

Tandis que les lumières des feux arrière disparaissaient dans un virage, il sentit une riche odeur de cigare.

Il remonta sur son vélo et se remit à pédaler, conscient que la Cadillac ne passerait pas le barrage de la police et ne tarderait pas à rebrousser chemin. Deux minutes plus tard, au niveau du Garden Cottage, il dut de nouveau s'arrêter pour faire une pause. Pourquoi était-il si essoufflé ? Avait-il un problème de santé ?

Haletant, il se tourna vers le portail du cottage. Celui-ci était de nouveau comme avant : abîmé et désaxé, avec ses gonds rouillés.

Constatant qu'il n'avait pas assez d'énergie pour rouler, il dut se résoudre à pousser son vélo dans la côte. Après le virage, il entendit un bruit de scie électrique. Un panneau bleu et blanc « ACCIDENT » avait été placé au milieu de la route et un policier en gilet jaune fluorescent et casquette blanche se tenait à côté, torche à la main.

Pantelant, Ollie regarda, épouvanté, la voiture accidentée, et dit :

— J'habite juste au-dessus, la maison de Cold Hill.

— OK, vous pouvez circuler, monsieur, mais je dois vous accompagner.

— Vous pouvez me dire ce qui est arrivé ?

— Non, désolé.

— Je crois que les gens dans la voiture venaient nous voir, ma femme et moi.

— Des amis à vous ?

— Le pasteur et un collègue à lui. Je reconnais la voiture. Le conducteur du tracteur, quel inconscient ! Il roule toujours comme s'il était sur un circuit automobile.

— Mais vous n'avez pas été témoin de l'accident, si ?

— Non. Je pense l'avoir entendu.

— D'accord, maintenant veuillez circuler, monsieur, une dépanneuse va arriver.

— Oui... bien sûr. Vous savez où est allée la Cadillac qui vient de passer ?

— Une Cadillac ?

— Oui, une belle décapotable des années 1960. Elle m'a doublé il y a deux minutes.

— Elle n'est pas parvenue jusqu'ici, sinon je l'aurais arrêtée. Elle a dû bifurquer avant.

Ollie se contenta d'acquiescer, sous le choc en revoyant le carnage. Mais il savait.

Il savait qu'entre l'endroit où la Cadillac l'avait dépassé et ici, il n'y avait pas de bifurcation.

58

Lundi 21 septembre

Ollie dut de nouveau s'arrêter à mi-chemin pour faire une pause. Dans la pénombre, il vit deux alpagas trotter vers lui. Il était tellement épuisé que, s'il avait eu son téléphone sur lui, il aurait appelé Caro pour lui demander de venir le chercher avec la Range Rover. Mais, dans son empressement, il l'avait oublié dans son bureau.

Il avait attrapé un virus, ça ne faisait plus aucun doute. Il allait devoir s'allonger en arrivant. Il aurait dû rester au lit ce week-end, pour s'en débarrasser plus vite.

Il se sentait malade et fiévreux. Des images de corps écrasés, d'organes ensanglantés tournoyaient dans sa tête. Roland Fortinbrass, le gentil pasteur. Broyé. Son collègue spécialiste des exorcismes. Broyé.

CHAPI ET CHAPO SONT EN ROUTE !
DU MOINS, C'EST CE QUE TU CROIS.
ILS SONT MORTS. VOUS ÊTES TOUS MORTS.

Il distingua dans la nuit sans étoiles le hall d'entrée éclairé, ainsi que son bureau. Trempé de sueur, il poussa son vélo jusque derrière la maison. Il y avait davantage de lumières de ce côté-là – l'atrium et la cuisine, leur chambre et celle de Jade. Dans la semi-obscurité, il mit sa bicyclette à l'abri dans la remise et se dirigea vers l'atrium.

— Chérie ! cria-t-il.

Il découvrit deux valises près de la porte d'entrée.

— Caro ?

— Je suis en haut ! répondit-elle.

Il monta à l'étage et gagna leur chambre.

Deux autres valises étaient ouvertes, posées sur le sol. Caro était en train de remplir l'une d'elles de vêtements.

— Qu'est-ce que tu fais ? lui demanda-t-il.

— J'ai essayé de te joindre, mais tu ne décrochais pas.

— J'avais oublié mon téléphone dans mon bureau.

— La vieille dame du Garden Cottage a appelé. Elle m'a dit, pour l'accident. J'ai compris que c'était la voiture du pasteur et qu'il y avait deux personnes à l'intérieur. On sait tous les deux ce que ça signifie, n'est-ce pas ?

Elle se tourna vers lui.

Il s'approcha d'elle et la prit dans ses bras.

— On va s'en sortir, ma chérie.

— On part. Maintenant. Jade, toi et moi, Bombay et Sapphire. On ne reste pas une nuit de plus ici.

— Je ne me sens pas bien, il faut que je m'allonge.

Se détachant de lui, elle alla poser une main sur le lit.

— Tu vas dormir là-dedans ? Touche, Ollie !

Il palpa la couverture. Elle était trempée ainsi que l'oreiller.

— Merde alors !

— Regarde les murs, ajouta-t-elle en les désignant.

Ils étaient brillants d'humidité.

— On pourrait de nouveau dormir dans le salon.

— Non, assena-t-elle. Tous les draps sont mouillés. Pareil dans la chambre de Jade. On n'a plus une seule serviette sèche dans la maison. Il faut qu'on s'en aille tout de suite.

Elle ferma la valise.

— Fais ton sac. Prends juste ce dont tu as besoin pour demain. Mes parents nous attendent.

— Caro, c'est…

— C'est quoi, Oliver ?

Il avait le vertige.

— Ma chérie… Bon, donne-moi une heure, il faut que je rassemble des trucs dans mon bureau.

— Non, on part maintenant. J'emmène Jade et les chats. Rejoins-nous dès que tu es prêt.

Il savait qu'elle ne changerait pas d'avis.

— D'accord, mais tu prends la Range Rover, dit-il en pensant au flash info écouté un peu plus tôt dans la journée, en revenant du show-room de Cholmondley.

— Je n'aime pas la conduire, tu sais. Elle est trop grosse pour moi.

Il la reprit dans ses bras et tenta de l'embrasser, mais elle détourna la tête.

— Juste ce soir, je t'en prie. Je conduirai la Golf.

— Pourquoi ?

— Parce que…

384

Il ne voulait pas lui dire ce qu'il avait entendu à la radio.

— Ce sera plus pratique pour mettre toutes les valises.

Elle haussa les épaules.

— Bon.

— Je vais t'aider à charger le coffre.

— Non, prépare tes affaires. Jade va le faire.

Il accepta à contrecœur. Il descendit la valise dans le hall d'entrée et la plaça à côté des deux autres. Leur fille arriva avec les paniers des chats.

— Tout va bien, ma puce ?

— Tu nous rejoins bientôt, Papa ?

— Oui.

Il l'embrassa et remonta à l'étage. Il s'arrêta sur le palier pour reprendre son souffle. Il était tellement mal qu'il crut qu'il allait vomir. Il respira plusieurs fois profondément et monta dans la tour, jusqu'à son bureau.

Exténué, il s'assit dans le fauteuil pivotant devant son ordinateur, en s'attendant à voir apparaître un nouveau message sur l'écran.

Mais rien.

Il ferma les yeux. Il avait la cage thoracique comprimée. Il resta plusieurs minutes ainsi, à somnoler par intermittence.

La réception d'un message le fit sursauter.

Il entendit un bruit de pneus sur le gravier et une voiture s'éloigner.

Il s'assoupit de nouveau, et son téléphone bipa une seconde fois.

À moitié réveillé, il attrapa son iPhone et regarda l'écran. C'était un message de Caro.

LA BATTERIE DE LA RANGE ROVER EST À PLAT. J'AI PRIS
LA GOLF. APPELLE UN DÉPANNEUR ET REJOINS-NOUS DÈS
QUE TU PEUX. JE T'AIME. BISOUS

— Non ! hurla-t-il.

Il bondit de son fauteuil, portable à la main, et se
précipita dans l'escalier, puis dans le hall et ouvrit la
porte d'entrée. Il courut vers l'allée en criant :

— Caro ! Caro !

La Range Rover était là, silencieuse. Ses feux arrière
étaient en train de disparaître.

— Caro ! hurla-t-il.

Il piqua un sprint pour tenter de rattraper la voiture,
qui s'éloignait de plus en plus.

La police allait l'arrêter en bas, songea-t-il. Avec
l'accident, la route devait toujours être bloquée. Ils ne
la laisseraient pas passer. Mon Dieu, faites qu'elle ne
passe pas !

Au niveau du troupeau d'alpagas, il perdit de vue les
phares du véhicule, mais continua à courir, de plus en
plus oppressé. La douleur était intolérable.

Il avait l'impression qu'on lui enfonçait des poi-
gnards dans la poitrine. Il n'arrivait plus à respirer.
Soudain, des mains invisibles se mirent à le tirer en
arrière.

— Non ! Lâchez-moi !

C'était comme s'il courait retenu par un élastique
de plus en plus tendu.

— Lâchez-moi !

Et soudain, il décolla et la douleur cessa. Il se sentit
traîné vers l'arrière.

— Non !

Il pédalait en l'air et, tout en flottant, se mit à monter vers le ciel.

— Non ! Caro ! Caro !

Quelque chose le ramenait vers la maison, de plus en plus vite. Il vit la Range Rover en dessous de lui. Il allait être projeté et écrasé contre la façade. Subitement, il se retrouva dans la cuisine. Tout était calme. La douleur dans sa poitrine avait disparu. Caro et Jade, assises à table, le regardaient en souriant. Elles baignaient dans une lueur verte étincelante, comme si une lampe puissante les éclairait par-derrière.

— Chéri ! s'exclama Caro.

— Waouh Papa, super impressionnant ! souffla Jade.

— Bienvenue chez nous ! dit Caro.

Jade hocha la tête, enthousiaste. La télévision était allumée. Il s'agissait d'une prise de vue aérienne de véhicules d'urgence. Il reconnut une route de campagne qui menait chez les parents de Caro. Un camion était arrêté dans une position oblique. Ce qui restait d'une Golf Volkswagen gisait un peu plus loin.

— Tu vois ? lança Caro avec bonne humeur. C'est nous ! Les morts n'ont plus peur ! On est bien, ici, non ?

— Et on peut rester là pour toujours, pas vrai, Papa ?

Soudain, elles se mirent à s'estomper et la lumière dans leur dos baissa en intensité.

— Revenez ! Revenez ! cria-t-il.

Sa propre voix faiblit. Puis un homme qu'il ne connaissait ni d'Ève ni d'Adam, proche de la quarantaine, bien habillé, cheveux blonds gominés en arrière, costume gris, chaussettes voyantes et mocassins, entra dans la cuisine en tenant à la main un carnet, un appareil de mesure numérique et un appareil-photo.

Il prit plusieurs clichés, sous des angles différents.

— Pardonnez-moi, mais qui êtes-vous ? lui demanda Ollie.

L'homme l'ignora comme s'il ne l'avait pas vu.

À l'aide d'un laser qu'il pointait vers les murs, il mesura la longueur et la largeur de la pièce, qu'il nota dans son carnet.

— Excusez-moi ? répéta Ollie.

Sans répondre, le gars passa au cellier.

59

Mercredi 21 septembre 2016

— On est bientôt arrivés ?

Assis à côté de sa sœur, à l'arrière de la Porsche Cayenne hybride pleine à craquer, Connor avait cassé les pieds de ses parents pendant tout le trajet depuis Londres.

— Plus que quelques minutes.

Pourquoi ne pouvait-il pas être calme, comme sa sœur ? se demandait Seb. Leonora était plongée dans le film qu'elle regardait, casque sur les oreilles, sur l'écran installé dans l'appuie-tête avant.

Nicola jeta un coup d'œil au GPS et se tourna vers Connor.

— Cinq minutes, mon chéri !

Ils passèrent devant un panneau « COLD HILL – RALENTIR », et, quelques instants plus tard, la voiture, en mode électrique, faillit décoller sur un dos d'âne.

— Oups ! fit Seb.

— Ralentis, mon chéri, lui conseilla Nicola.

— Papa ! le réprimanda Leonora.

— On peut le refaire, Papa ? demanda Connor, tout excité. On peut le refaire ?

C'était une belle journée de fin d'été. Il n'y avait pas eu de problème de circulation et ils avaient fait le voyage en un temps record. Seb était aux anges. Citadins toute leur vie, Nicola et lui avaient toujours rêvé de vivre à la campagne. La société de gestion du patrimoine pour laquelle il travaillait depuis plus de dix ans venait d'être rachetée par une banque américaine et le prix des actions qu'il détenait s'était envolé, ce qui leur avait permis de s'offrir cette vieille bicoque au nord de Brighton.

En regardant dans le rétroviseur, il découvrit la mine réjouie de son fils.

— On va vivre ici, Connor. On repassera sur ce dos d'âne des milliers de fois !

— Ouais, cool !

— Trop cool ! répéta son père.

Il n'avait jamais été aussi heureux. Dans quelques minutes, leur nouvelle vie allait commencer. Et elle allait être incroyable !

La maison de Cold Hill...

Ils avaient déjà fait imprimer du papier à en-tête.

La maison de Cold Hill...

Pas mal pour un gars ayant fait toutes ses études dans le public, dont le père était facteur. Pas mal pour un mec qui n'avait pas encore fêté ses 40 ans. Pas mal du tout, songea-t-il, avec un sourire jusqu'aux oreilles.

Ils passèrent devant une vieille église normande, avec un joli portique en bois, une rangée de cottages victoriens, un pub-restaurant chic, le « Bistrot Tarquin », où, deux mois plus tôt, ils avaient pris la décision de faire une offre sur la maison en dégustant des huîtres Rockefeller, suivies d'un homard grillé, le tout accompagné d'un pouilly-fuissé tout à fait honorable.

Ils remarquèrent un salon de thé, Ye Olde Tea Shoppe, puis ils s'engagèrent dans une montée bordée de maisons de différentes tailles.

Le GPS indiquait que leur destination se trouvait à cent cinquante mètres à droite.

Seb ralentit et mit son clignotant.

— Et voilà !

Face à une boîte aux lettres rouge se trouvaient deux piliers en pierre surmontés d'effrayantes vouivres et un portail en fer forgé rouillé, déjà ouvert. Sous une immense pancarte « VENDU », posée par l'agence Richwards, une plaque élégante, fixée à droite, annonçait « MAISON DE COLD HILL » en lettres dorées sur fond noir.

Ils grimpèrent la côte et se retrouvèrent devant la maison. L'endroit était tellement beau que Seb sentit son cœur bondir de joie.

— On est arrivés !

Penchée vers l'avant, Nicola demanda :

— C'est qui, les gens à l'intérieur ?

— Où ça ?

— J'ai vu un homme, une femme et une jeune fille à la fenêtre, au-dessus de la porte d'entrée. La pièce avec le balcon à la Roméo et Juliette.

Seb ralentit et regarda dans cette direction.

— Je ne vois rien.

— J'ai dû rêver, dit-elle en souriant.

— On dirait une maison hantée ! s'écria Leonora.

— Ouh ouh, peut-être qu'il y a plein de fantômes !
ulula Connor.

Seb se gara devant le porche et contempla la maison
à travers le pare-brise.

— Dès qu'on aura le permis de construire, on rasera
tout ça et on bâtira la maison de nos rêves !

Nicola se pencha vers lui pour l'embrasser.

Quelques instants plus tard, Seb reçut un texto.
Il consulta l'écran et lut :

IL FAUDRA D'ABORD ME PASSER SUR LE CORPS

Remerciements

Je dois un énorme merci à la famille Rance – Matt, Emma et leur fille Charlie – qui m'a autorisé à utiliser l'adorable Charlie comme modèle pour le personnage de Jade Harcourt. Elle et ses parents m'ont généreusement aidé et conseillé. Je n'aurais jamais réussi à imaginer un tel personnage sans eux.

J'aimerais aussi remercier tous ceux qui m'ont aidé dans mes recherches, en particulier Gary, Rachel et Bailey Kenchington – ma superstar –, Jim Banting, l'avocat Richard Edmondson, associé au cabinet Woolley Bevis Diplock, Michael Maguire, Robin et Debbie Sheppard, Jason Tingley et le révérend Dominic Walker.

J'ai la chance d'avoir un groupe de soutien extraordinaire, que nous appelons en plaisantant la « Team James », qui m'apporte un retour indispensable à différents stades de l'écriture. Un grand merci à Susan Ansell, Graham Bartlett, Martin et Jane Diplock, Anna-Lisa Hancock, Sarah Middle et Helen Shenston, à mes agents Carole Blake, Julian Friedmann, Louise Brice, Melis Dagoglu et à toute mon équipe chez Pan Macmillan, dont Wayne Brookes, Geoff Duffield, Anna Bond, Sara Lloyd, Toby Watson, Stuart Dwyer, Charlotte Williams, Rob Cox, Fraser Crichton, et à mes incroyables attachés de presse Tony Mulliken, Sophie Ransom, Becky Short et Eve Wersocki, chez Midas.

J'aimerais remercier trois personnes en particulier. L'ancien commissaire David Gaylor, qui m'a inspiré le personnage de Roy Grace, qui est devenu un ami très cher et qui me sert parfois de chauffeur (!). Mon assistante Linda Buckley, qui a une capacité de travail infinie, m'aide à garder du temps libre pour écrire et porte une attention toute particulière aux détails. Enfin et surtout, je remercie ma chère Lara pour son insondable sagesse, son écoute, ses conseils avisés et son soutien indéfectible à tous les niveaux. Bien sûr, mes remerciements ne seraient pas complets si je ne mentionnais pas nos fabuleux amis à quatre pattes : Oscar, notre chien de sauvetage, croisement entre un labrador, un bullmastiff et un parson russell, et notre labradoodle, qui nous a rejoints récemment et porte un nom particulièrement adapté à ce livre : Spook !

Et comme chaque fois, un grand merci à vous, mes merveilleux lecteurs ! J'adore vous lire sur Twitter, Facebook et Instagram, et vos commentaires sont un encouragement permanent.

Peter James
Sussex, Angleterre

scary@pavilion.co.uk
www.peterjames.com
(*Vous pouvez vous abonner à ma newsletter,
le lien est sur mon site*)
www.facebook.com/peterjames.roygrace
www.twitter.com/peterjamesuk
www.instagram.com/peterjamesuk

La traductrice souhaiterait remercier David Nichols,
traducteur.

Composition et mise en pages
Nord Compo à Villeneuve-d'Ascq

Achevé d'imprimer en Espagne
par Liberdúplex
à Sant Llorenç d'Hortons (Barcelone)
en janvier 2020
S30855/01